「あ、の……その、た、たべさせて、ほ、ほし、いっ……ですっ……」
「食べさせ……ああ、オムライスを？はい、どうぞ」
神城リーリャ
百合園明日葉

「ほ、ほら、分かったでしょ、だから似合わないって言ったのに……」

「……カワイイ」

「え……？」

「カワイイですよ、明日葉さん」

「っ、そ、そんなこと、ないよ……」

「あ、う……ソーリャの
ここ、綺麗……」
「ん……自分が見られる側になると、
少し恥ずかしいですね……
まあ、私からも見えているのですけど」

第一章『秘密の約束』

☆ふたりの優等生

陽の光が差し込む、小さな教室。

春の終わりの爽やかな陽光を反射して、きらきらと輝く金色の髪があった。

金を敷き詰めたようなウェーブの髪の持ち主は、透き通るような美貌（びぼう）を持った美少女だった。

細く、白い体躯（たいく）は触れれば砕けてしまうような儚（はかな）い麗（うるわ）しさをまとい、目鼻立ちは整っていて、深い海色の瞳が周囲の視線を引き込むように輝いている。その金色を彩（いろど）るように添えられたカチューシャも印象的だ。

お伽噺（とぎばなし）のお姫様のような、或（ある）いは人形のような、少女でありながら既に完成されているようにも見える美しさを惜しげもなく晒した彼女は、柔らかな笑みを崩すことなく、凛（りん）とした姿勢で窓際の席に腰掛けていた。

「神城（かみしろ）リーリャさん」

「はい」

名前を呼ばれた少女――神城リーリャは、小鳥のさえずりのように可愛らしく、よく響く声で返事をして、優雅な動作で音ひとつ立てることなく席を立った。

一歩、また一歩と、教師のいる壇上に近寄っていくその姿でさえ、誰もが惹きつけられてしまう。

「神城さん、今回のテストも全教科満点で、総合一位です。素晴らしいですわ」

「ありがとうございます、先生方がしっかりとした授業をしてくださるお陰です」

完璧な少女は完璧な微笑(ほほえ)みでテスト用紙を受け取り、くるりと踵(きびす)を返す。

「凄いね、神城さん……」

「今回、凄く難しかったのに……」

「ああ見えて、運動もできるし……」

「見た目も中身も家柄も、完璧なお嬢様って感じだよね……」

金色の少女は周囲からの視線と言葉に気付き、そして、

「……皆様、ありがとうございます♪」

お礼の言葉と共に、にこりと微笑んだ。

天使のような柔らかな笑みに、学友たちは一斉に机に突っ伏して、

「カワイイッ……！」

「尊いッ……！」

「嫉妬(しっと)する気も起きないッ……！」

あまりの眩(まぶ)しさに思わず声を漏らしていた。

学友たちのその反応を見て、きょとん、と目を丸くするリーリャ。

彼女の、空気すらも染め上げるほどの圧倒的な存在感に、教師はごほんと大きく咳払いすることで教室の雰囲気を真面目なものに戻す。

「それでは、学年二番は……百合園明日葉(ゆりぞのあすは)さん！」

「はいっ‼」

金色の人形少女とは対称的な、元気の良い声と、席を立つ音が響く。

　黒髪をポニーテールにさっぱりとまとめた少女は、同年代と比べると頭ひとつ抜けた、恵まれた身長を持っていた。学園指定の制服を着てもなお、すらりとした印象のある肉体美を持つ身体。

　瞳は見るものにまで活力を分け与えるよう、きらきらと輝く黒瑪瑙(くろめのう)。肌は少し焼けているが、しなやかな体躯と合わさり健康的な魅力があった。

「さすが特待生！」

「すごーい、明日葉さん！」

「運動も勉強もできるなんて、カッコイイ……！」

「や、あはは、どーもどーも。みんなありがとー」

　リーリャのときとは違う、和気あいあいとした雰囲気が生まれ、明日葉自身もかけられる言葉に対して気軽な調子で返す。猫のように軽やかなステップを踏み、時には伸びてくる同級生たちの手にハイタッチで応じながら、彼女は教師の前に立った。

「惜しかったですね、明日葉さん。ですが、素晴らしい成績ですよ」

「いやいや、運動の方はボクに譲ってもらってるんで。次も頑張ります」

　教師の言葉にも恐縮することなく、爽やかに笑って明日葉はテスト用紙を受け取った。

「うわぁ、やっぱりここかぁ」

　間違えた部分をとんとんと指で押しながら、ポニーテールを揺らして明日葉は席に戻る。

「リーリャさん、凄いね、ボク全然分かんなかったよ」

「あ……ありがとうございます、百合園さん」

　ふたつ隣の、少し離れた席からでもしっかりと届く活力に溢(あふ)れた声で、明日葉はリーリャに声をかける。リーリャは唐突に話しかけられて一瞬だけ目を丸くしたものの、すぐに微笑んで優雅にお辞儀した。

（うーん、やっぱりリーリャさんは凄いなぁ……）

名門であり、明日葉の通う学園の出資者でもある神城グループの息女、神城リーリャ。成績は常に学年トップで、家柄をひけらかすでもない。ただ花のように佇み、柔らかな微笑みで周囲を惹きつける。

誰が見ても完璧なお嬢様であるリーリャのことを、明日葉は尊敬の眼差しで見た。

（ボクも特待生って言われてるわけだし、みんなの模範として頑張らないといけないよね……）

明日葉が通っている女学園は本来であればかなりの学費が要求される、いわゆるお嬢様学校と呼ばれる場所だ。

彼女は優秀な成績と陸上競技での実績が認められたが故に学費を免除された特待生の身分であり、周りの生徒よりも遥かに小さな、ごく一般的な家庭の出だ。

しかし、努力をまったく苦にしない不屈の精神で彼女は特待生の席を勝ち取り、持ち前の明るさで周囲にも好意的に受け取られている。

（……ああ、でも）

底抜けの明るさを持つ彼女の顔が、ふいに曇った。

自らが生み出した明るい雰囲気が遠くなり、明日葉は思考の海に沈むようにして、顔を俯かせる。

（そんなふうに頑張っても、もう……）

ぐるぐると巡る昏い気持ちが、太陽のような少女の顔に深い影を落とす。

瞳は机を映しても心までは届かず、耳が音を拾っても意識までは揺らさない。

深く深く、悩み事という海に意識は沈み、そして――

「――さん？　百合園さん？」

「ひゃいっ⁉」

唐突に、視界いっぱいにやってきたものに、明日葉は飛び上がるほど驚いた。

「り、りりり、リーリャさん……⁉」

明日葉の顔を覗き込んでいるのは、金髪の美少女だった。

形の良い眉を心配そうに歪めている相手は、あらゆるパーツが明日葉よりも小さく、可憐で、愛らしい。名前を呼ばれたリーリャは、透き通った蒼い瞳を安堵したように細めて、

「よかった、やっとお返事をしてくれました」

「っ……ご、ごめん、呼んでくれてたんだね」

不意打ちで至近距離の笑顔を貰い、明日葉は心臓が跳ねるのを感じた。

（うわぁうわぁ、近くで見るとすっごい綺麗、可愛い、お人形みたい……！）

徹頭徹尾完璧なお嬢様、神城リーリャ。

努力と前向きさで上り詰めた特待生、百合園明日葉。

学園の人気を二分する有名人であるふたりだが、彼女たちに明確な接点はない。

顔を見れば挨拶はするし、テストを返却されたときのようにいくらか言葉を交わすことはあるものの、休み時間に談笑したり、休日を共に過ごしたりするような間柄ではない。

そもそも明日葉は常に人に囲まれているが、リーリャはお嬢様ばかりのこの学園内においてさえ高嶺の花という立場で遠巻きに憧れの視線を送られているだけだ。仲が悪いわけではないが、学園における生活スタイルが真逆なのだ。

明日葉にとって、神城リーリャという少女を至近距離で見るのはこれが初めてのことだった。

（だってこんなに顔小さいし、細いし、肌白いし、おめめキラキラだし……ええええ、どうしようこれ、どうしたらいいのかな⁉）

すれ違うときでさえも感じていたリーリャの美しさを間近で見て、明日葉はやや混乱していた。

「あ、あの、えーと……ご、ごめん、なんの話だっけ！　ていうか今、テスト返してる途中じゃなかったっけ⁉」

「……テストの返却ならもう終わって、ホームルームも終わりましたよ？」

「へっ⁉」

言われて周囲を見渡してみると、既に教室内には生徒も教師もいなかった。

「皆さん、何度か百合園さんに話しかけていたのですが……」

「う、うわー、完全に上の空だった……」

「お疲れのようでしたから、そっとしておいてあげてくださいと、私からお願いしておいたのですが……もう日が傾いてきましたから、さすがにお声をかけたのです」

「ご、ごめんね、ありがとう」

悩み事で沈んでいるうちに、随分と時間が過ぎていたらしい。明日葉は慌てて鞄を掴み、

「ぼ、ボク、寮に戻るね！　リーリャさん、また明日！」

「あ……ま、待ってください、百合園さん！」

「え、あ……な、なに？」

ばつが悪くなったのを誤魔化(ごまか)して帰ろうとしたところを呼び止められて、明日葉は足を止める。

自分の態度が良くないことは理解していたが、控えめな性格のリーリャは引き留めたりしないだろうと思っていた明日葉にとって、これは意外な展開だった。

（いや、そもそも今までリーリャさんがボクに話しかけてきてくれたことって挨拶とか目が合ったときくらいしかないよね、どうして急に……？）

疑問に思っていると、金髪の少女は少しだけ言葉を探すように目を伏せて、

「その……私の家に、来てくださいませんか？」

「……へ？」

「……少しの時間で構いません。私のお屋敷に、来て欲しいのです。その……お、お願い、できませんか？」

唐突な誘いに、明日葉の疑問は困惑に変わる。

リーリャのことを嫌っているわけではなく、むしろ尊敬しているし、女らしくない自分から見て理想の美少女すぎて眩しいとすら感じる。

それでも、自分たちは放課後に家で仲良くおしゃべりに興じるような関係ではなかったはずだ。

「……いい、けど」

困惑しながらも、明日葉は断れなかった。

面倒見の良い彼女にとって、困り顔での『お願い』というのは、ひどく断りづらいシチュエーションだった。

なにより、いつも教室の隅で花が咲くような微笑みを崩さないリーリャが困ったような顔をするなど見たことがない。

なにか深い理由がある、そう察するには充分すぎるほどの状況に、明日葉は一瞬、自らの悩みを忘れてしまったのだ。

「よかった……それでは、早速参りましょう。表に車を待たせてありますから」

「あ……う、うん」

なぜ、と理由を聞けないままで、明日葉はリーリャの家に招待されることになった。

夕日に照らされた、ほっとした顔をする金の少女の表情はひどく新鮮で、黒髪の少女はまた、自らの心臓が早鐘を打つのを感じた。

☆約束は白百合の香り

「……ふ、わぁ」

煌びやかなシャンデリアが吊り下げられた高い天井を見上げ、明日葉は感嘆の声をこぼす。

「どうか楽にしてくださいね、百合園さん」

「う、うんっ」

どうにかこうにかという感じで、かくかくと首を縦に振る明日葉だったが、もちろん『楽に』などできるわけがない。

この部屋に置かれている調度品のひとつひとつ、座っているカーペット一枚でさえも、恐らく自分のお小遣いを何年とやり繰りしても手が届かないだろう。

それほどまでに今、彼女がいる空間は豪奢で、お伽噺のお姫様が住まう城の中のように格式の高い空間だった。

（すっごい豪華。それに……）

ちらり、と視線を送る相手がまた、この空間に違和感なく完璧に収まってしまっている。

同年代と比べると背の高い自分と比べて頭ひとつ以上に小さな、人形のような麗しさを持った少女。

自分と同じ学園の制服を、とても同じ服とは思えないほどに優雅に着こなしている少女の髪は、金色を敷き詰めたようなウェーブ。

吸い込まれそうになる深い蒼色の瞳はひどく幻想的で、目が離せなくなるような儚さをまとっている。

にこやかに微笑む動作すらも、まるで完成されたひとつの演目のような美しさだ。

誰が見ても完璧なお嬢様、神城リーリャ。そんな相手とふたりっきりという状況に、明日葉は自らの存在をひどく場違いに感じていた。

（だってだって、ボクはガサツだし、どっちかっていうとアウトドア派だし、お洒落なんて全然できないし、そもそも女のくせに大きくてかわいくないし、こんな、お嬢様って感じの部屋でのんびりなんてっ……）

出されているお茶に口をつけることすらも恐れ多い。もしもカップを割ってしまったらどうしよう。

完全に萎縮してしまっているクラスメイトを見て、人形のように麗しい少女は困ったように眉尻を下げる。

「すみません、その……自分の部屋に人を招くのは初めてなのです。なにか失礼があったのでしたら……」

「ち、違うよ！　リーリャさんのせいじゃないよっ！」

困った顔すらも絵になってしまうほどに麗しい目の前の少女に、明日葉は慌てて首を振った。

「そうじゃなくて、その……なんか恥ずかしいなって。ボクはリーリャさんと違っておうちが大きいわけじゃない、ただの特待生だから、こういう豪華な家に慣れてなくって……」

同じ学園に通っているふたりだったが、立場は大きく異なっていた。

ふたりが所属する女学園は、古い歴史と、高い知名度があり、入学するためにそれなりの『格』というものを要求される。

金髪の少女、リーリャは、由緒正しい家柄を背景に持つ生粋のお嬢様で、彼女の父は学園の出資者のひとりでもある。入学は自然な流れと言えるだろう。

対して黒髪の少女、明日葉は、本来であればリーリャと同じ学園に通うことは許されない、ごく平凡な家の生まれだ。

そんな立場の差からくる明日葉の羞恥心を、リーリャは花開くように微笑んで否定した。

「百合園さんは部活動と学力、双方の実績を認められての入学です。恥じ入ることなど、なにひとつないと思います」

「うぅ、そうかもしれないけど……というか、どうして突然、ボクを家に呼んでくれたの……？」

彼女の困惑の理由は、なにも家柄の違いを見せつけられたというだけではない。

常に明るく、運動部の仲間たちに囲まれて、眩しい笑顔を振りまく特待生の明日葉。

常に静かで、優雅に微笑み、遠巻きに憧れの視線で囲まれているお嬢様のリーリャ。

ふたりはどちらも人目を引く存在だが、学園における生活スタイルは大きく異なっている。少なくとも、放課後を共に過ごすような仲睦まじい関係ではない。

（そりゃ少しくらいなら話すし、綺麗で凄い子だって思ってたけど……突然、家に呼ばれるなんて……）

誘われた理由も分からず、ただ流されるがままに明日葉はお屋敷に招待された。

（なにより今は……お茶を楽しむなんて……とても……）

それでも、平素の彼女であれば、戸惑いつつもこの状況を受け入れることはできただろう。

学園の他の生徒に比べれば平凡な出自でありながら、努力で特待生という身分を勝ち取り、持ち前の明るさと人付き合いの良さで人気を培った『いつも』の明日葉ならばだ。

しかし今、彼女はそこまでの余裕を持つことができない状態にあった。それでも彼女は相手を傷つけないように、なるべく言葉を選んで口を開く。

「その……リーリャさん。用事があるなら、できれば手短にして欲しいんだけど……えっと、ボク、ちょっと用事が……りょ、寮の門限もあるし……」

「……百合園さんの心配事は、おうちのことですね？」

「っ……!?」

「お父様の事業の失敗……とても残念に思います。そして、百合園さんの特待生の取り消しも」

「な、なんで、それを……!?」

「……私のお父様は、学園の出資者ですから」

平凡な家に生まれた優秀な子供。その親として、少しでも恥ずかしくないようにと、明日葉の父親は事業を起こした。

しかし残念ながら彼女の父に商才はなく、結果として大きな借金を抱えてしまった。

そうなってしまっては、いかに優秀な生徒とはいえ、学園側は庇（かば）い立てをしない。脛（すね）に傷を持つような親の子を置いていては学園そのものの評判も下がり、伝統に傷がついてしまうからだ。

「……すみません。知られたくないと、そう思われているのは分かっていたのですが……その、偶然、お父様から聞いてしまって」

「……ううん。気にしないで。その……ほんとの、ことだから……」

今更取り繕ったところで、事実が消えることはない。

そしてどれだけ優秀であったところで、明日葉はまだ子供だ。

親の失敗や、学園の決定を覆すことなどできるはずもない。

それでも、家族思いの少女はずっと悩み続けていた。どうすればいいのか、自分になにができるのか。

無論、考え尽くしても良い方法など浮かぶはずもなく、学園から除籍されるのを待つばかりの身だったのだが。

「……でも、だったら尚更、どうしてリーリャさんはボクを家に……？」

今の自分は特待生としての立場を失うことが確定しており、近いうちに除籍される運命にある。

そんな相手と今更になって接点を持つことに、なんの意味があるのだろうか。

疑問を投げかけた明日葉に対して、リーリャは言葉を探すかのように少しだけ考える仕草をして、

「それはその……安心させてあげたくて」

「あん、しん……えっと……？」

言われた言葉の意味が分からない。

疑問符をいくつも頭に浮かべて首を傾げる明日葉に、リーリャは柔らかく微笑みかける。

「百合園さんのおうちの借金はすべて我が家が肩代わりして、完済致しました」

「へっ⁉」

「そして百合園さんのお父様には、再就職先として我が家の……神城グループ傘下の企業への打診を、既に送っています」

「え、えっ……？」

「……混乱している百合園さんにも分かりやすく説明しますと、もうあなたのお父様の借金も、特待生の取り消しも、これからの生活の心配も……すべて、なくなったということです。私がお父様に頼んで、そうしてもらいましたから」

「……ど、どう、して……？」

「……嬉しく、ありませんでした？」

「そ、そんなことないよ！　学園にいられるし、お父さんのことも、凄く嬉しい、けど、でも……り、理由が、分からなくて……！」

突然不幸が降ってきたかと思えば、今まで接点のなかった相手によってその不幸が取り払われた。

今の明日葉にとっては嬉しさよりも、困惑の方がずっと大きいというのが素直な感想だった。

「リーリャさんは、どうしてそんなことを……お父さんに頼んでまで……」

「……私は、百合園さんに憧れていたんです」

「あこがれ、って……そんな、ボクなんて、平凡な生まれだし……リーリャさんみたいにお上品じゃないし、かわいくないし……憧れてもらうようなことは、なにも……」

「本当のことです。明るくて、みんなに囲まれて……親の後ろ盾がなくとも、自分の努力で輝ける。百合園さんは私にないものをたくさん持っている素敵な人です」

「っ、あ、あり、がと……」

リーリャは小さな体躯と人形少女めいた麗しさでありながら、まるですべてを赦す聖母のような優しい微笑みで、見ているだけで引き込まれそうになってしまう。

そんな彼女に柔らかな声音で真っ正面から褒められて、明日葉の鼓動は跳ね、体温がぐんと上昇する。

「……で、でも。そんな、貰いっぱなしは……その、ダメだと思う」

目の前の裕福なクラスメイトの優しさにすべて甘えてしまいたい。このままなにもなかったかのように、学園に通い続けたい。

そんな気持ちを迷いなく肯定できるほど、百合園明日葉という少女は自らに甘い人間ではなかった。

「私が勝手にお父様にお願いしたことですから、百合園さんが気に病む必要は……」

「気にしないなんてできないよ。払ってもらったお金を、全部返すのは難しいかもしれない。でも……そんな大きなことをしてもらって、ありがとうって言葉だけなんて……それは、ボクの気持ちが収まらないっ……！」

「……百合園さん」

明日葉の真剣な瞳に、リーリャは目を丸くする。

しかし、驚きによって表情が変わったのは、ほんの一瞬。金髪の少女の顔はすぐに微笑みに戻り、

「ふふ、責任感の強い百合園さんらしいですね。でしたら、私も断る理由はありません。でも……具体的には、どうやって恩返しをしてくれるのでしょうか？」

「う、え。それは、ええとっ……」

未だに混乱が残っている頭で、明日葉は必死に自分にできることを探す。

（ボクにできて、この子が嬉しいと思ってくれるもの……そんなもの、あるの……？）

自分より遥かにお金持ちで、何不自由なく暮らしているように見える彼女に、なにをしてあげられるかなど、簡単に思いつくようなことではなかった。まして、貰った恩が大きすぎるのであればなおのことだ。

「……わ、わかんない！　わかんないけど、なんでもするっ！」

「なん、でも……」

「その、ごめんね。なにをすればいいのかとか、リーリャさんがどんなことされたら嬉しいのかとか、ボク、全然分からないから……だから、望んでくれれば、なんでもする。それが、ボクにできることならっ……！」

精一杯考えて、なんとか絞り出した言葉。

その言葉は正解ではないかもしれないが、それでも与えられた恩に対してなにかを返したいという気持ちの表明だった。

答えというよりは決意のような、なんでもするという明日葉の言葉を、リーリャは口の中で転がすように呟いて、目を伏せた。

「その、ダメ……かな、リーリャさん」

「……本当になんでも、してくれるんですか？」

「っ……!?」

これまでずっと、柔らかく微笑んでいた蒼色の瞳に、優しさ以外のなにかが灯るのを明日葉は見た。

（きれい、だ……）

麗しく微笑んでいるときよりもずっとずっと不安定な、揺らめく炎のような蒼の輝きに、明日葉はひどく心を奪われ、目が離せなくなる。

「……うん。ボク、なんでもする、よ……？」

心臓の鼓動が跳ね上がるのを感じながらなんとか声を絞り出すと、リーリャは揺れる瞳のままで、明日葉の顔を覗き込むようにして身を寄せてきた。

「り、リーリャさん……？」

視界いっぱいに相手の顔が来て、心音が更に速まる。

普段の彼女のように精巧な人形じみた完璧さのない、歪んだ眉や震える唇、揺れ動く蒼い目。それらすべての情報が、明日葉の身体をふわふわのカーペットに縫い付ける。

後退ることも、目を逸らすこともできない。魅入られたように動けなくなった明日葉に、リーリャが触れる。

「っ、ぁ……」

小さく漏れた明日葉の声に、リーリャはびくりと身をすくめ、手を引いた。

しかし、それはほんの一瞬のこと。おずおずと、しかし再び、たおやかな白い指が、明日葉の制服のリボンタイをなぞる。

「んっ……」

リーリャは明日葉に触れながら、なにかを確かめるように少しずつ相手へと距離を縮め、そして――

明日葉の胸元へ、自分の鼻先を押しつけた。

「ふやぁ⁉ ちょ、リーリャさん⁉」

「ん……な、なんでもしてくれるというのでしたら、その、もう少し、そのままで……」

「っ……あ、う……うん……」

「ん、すんすんっ……」

明らかに、リーリャは明日葉の匂いを嗅いでいた。

それもお互いの距離を完全になくした、お互いの体温を感じられる体勢で。

恥ずかしさで顔から火が出そうな心地になりながらも、なんでもすると口にした手前、明日葉は動くことができなくなってしまう。

「り、リーリャさんっ……い、いいいい今、ボク汗かいてる、からっ……」

「大丈夫です、いいえ、むしろその方が良いですからっ……！」

「良いってなにがぁ⁉」

妙に力強い否定とともに、リーリャは深く、鼻で呼吸する。

吐息の温度が制服を通してくすぐったさとして伝わり、明日葉はぶるっ、と震えた。

(なに⁉　なんなの⁉　おじょーさまの間だとこういう挨拶とかしきたりがあるの⁉)

リーリャはたっぷり数分は明日葉の胸に顔を埋め、丹念に明日葉の匂いを吸引し、

「〜っ……ぷはっ……け、結構苦しいもの、ですね……」

「っ、り、リーリャさん、なんでっ……」

「百合園さん。……これから、よろしくお願いしますね」

「え、あ、え……は、はい……」

訳も分からないままにとびきりの笑顔を見せられて、明日葉はなにも言えなくなってしまう。

こうして、お嬢様と特待生。

ふたりの少女の、秘密の約束が結ばれた。

第二章『焦がれる気持ち』

☆新生活はお屋敷で

「は、はえぇ……すっごい部屋だ……」

「すみません、少し手狭で」

「いやいやいや！　一番狭い部屋でいいって言ったのボクだから！　むしろこれでも広すぎだからね⁉　なにこれ、室内で軽い運動くらい全然できるよ⁉」

「……これでも使用人の中で、一番新人のものが使う小さな部屋なのですが……」

「価値観の違いが凄い……‼」

「……？　あ、寮の荷物は明日にでもまとめておいていただければ、使用人がこちらまで運びますので」

「えぇぇぇ……」

なんでもする、そう言った明日葉に対してリーリャが新たに求めたことは、『自分と同じ屋敷で暮らす』ことだった。

クラスメイトの屋敷に招かれ、匂いを嗅がれ、その日には一緒に暮らす運びになった。

昨日までの自分の価値観が根こそぎ変わってしまうような急展開に、明日葉は軽くめまいを覚える。

（分からない、この子のことが……）

百合園明日葉にとって、神城リーリャは遠い存在だった。

自分のようにガサツで、平凡な生まれの人間とは違う、将来を約束された人種。

相手の生い立ちに対して嫉妬はない。明日葉はむしろ、親の偉大さを背負うという重圧を優雅に笑って受け止めているリーリャのことを尊敬すらしていた。

自分でさえ、特待生という生徒たちの模範となるべき身分で、学園という存在をプレッシャーに感じることは少なくない。

目の前の金髪の少女は手折れば砕けてしまいそうなほどの儚げな美貌を持ちながら、自分が今まで感じてきた以上の重荷を、生まれ落ちた瞬間から背負ってきた。

深い接点がなくても、明日葉にとっては充分に凄いと思えるクラスメイト。

それが百合園明日葉にとっての神城リーリャだった。

「その、リーリャさん。さっき憧れてるって言ってくれたけど……ボク、そんな人間じゃないよ？」

「……どうしてですか？」

「そ、れは、だって……さっきも言ったけど……ボクはおうち、大きくないし……性格は大雑把だし、見た目もその、女子の中だと大きくて、可愛くないし……リーリャさんみたいに、そんな、お姫様みたいな人から憧れられるような人じゃないよ」

「……では、私もさっき言ったことをもう一度言いますね。……百合園さん、あなたはいつだって明るい笑顔で周囲を照らして、私のように親の偉大さがなくてもご自分の努力で道を切り開いて、輝ける……尊敬に値する人です」

「っ……あ、ありがと……」

「それと、これは先ほど言いませんでしたが……あまりにも目に余るので言っておきますね。……百合園さんは可愛いです」

「ふ、へ⁉」

褒められることは、明日葉にとって何度もあったことだ。

成績優秀、スポーツ万能。幼少の頃から非凡な才能を発揮し、たゆまぬ努力を重ねた明日葉にとって、賛辞(さんじ)の言葉は日常茶飯事だった。

しかしその言葉はいつも『よくできた』とか『格好いい』という言葉ばかりで、『可愛い』と言われたことは、ほとんどなかったのだ。

「そそそっ、そんなことないよ‼」

「いいえ、可愛いですっ‼」

「ふぇぇ⁉」

慣れない言葉をぶつけられて、明日葉は慌てて否定する。しかしその返答に対してリーリャはきっぱりと否定を重ねた上に、普段誰にも聞かせたことがない早口で、

「クラスの皆様も先生方も百合園さんのことを格好いい、綺麗だとおっしゃいますが、私から言わせていただけるなら百合園さんは格好いいし綺麗なのはもちろんですが、それに加えて可愛いです！」

「へ、あ、へ⁉」

「密かに文房具を猫モチーフで揃えていたりするではないですか！　ヘアゴムも毎日動物系の可愛いものを着けていますし、そのセンスがもう可愛い！　あとこの間、学園に野良猫が紛れ込んだときに顔が緩んでいました！普段は凛としていますけどそうやってたまに凄く可愛い顔見せて！　落差が凄い！　好き‼」

「え、あ、あの、り、リーリャさん……？」

「百合園さん、お弁当も自分で作っていらっしゃるようですけど、飾り切りがいつもお上手ですし、メニューも

凝っていながら見た目もちゃんと気を遣うところが凄く可愛いんですよ！　あと風呂敷も猫柄で！　猫好きなんですね⁉」

「ね、猫ちゃんは凄く好きだけども⁉」

「猫ちゃん！　言い方がもう可愛い‼」

「は、はうぅ⁉」

「はっ……」

なにかのスイッチが入ったようにマシンガントークをぶちかましていたリーリャの動きが、唐突に止まった。

金髪の少女は深く息を吸い、呼吸を整えてから改めて明日葉を見上げて、

「……とにかく、百合園さんは可愛いんです。私がそう見ているんです。分かりましたね？」

「あ、は、はい……」

有無を言わせない口調で言い切られ、明日葉は素直に頷くしかなくなる。

（リーリャさん……いつも凄く落ち着いて、ニコニコしてたけど……こんな顔もできるんだ……）

今まで知らなかった、およそお嬢様らしくないとさえ思える激しさ。

明日葉は放課後の教室から、リーリャの知らない顔をいくつも見ることになっている。

（でも……なんだろう、今までずっと遠い人だと思ってたのに……）

自分のことをそんなにも見てくれていたということに、素直に嬉しさを感じる。人形みたいで綺麗だと思っていた相手が、明確な感情の揺れや激しさを見せてくれて、ひどく近い存在になったように思える。

戸惑うことは多く、なぜという気持ちも大きい。それでも、今の対応で、少なくとも彼女がこちらを想ってくれていることくらいは明日葉にも理解できた。

（なんで嗅がれたのかとか、分かんないことはあるけど……悪い子じゃないし、ボクのことを本当に心配して助

けてくれたんだ……うん、それなら……）

認めた相手に対して、明日葉は自然と手を伸ばした。

「え、きゃっ……」

唐突に手を握られて驚いた顔のリーリャに、明日葉は微笑みかける。

「……リーリャさん。ありがとう。お世話になりっぱなしになっちゃうけど……その、これからよろしくね」

「………………」

「……リーリャさん？」

「ふ、ふぁい！　こちらこそよろしくおねがいします⁉　も、もう少し握っててもらっていいですか⁉」

「あはは……それくらいのお願いなら、いくらでも」

未だに状況は飲み込めないけれど、少なくとも目の前の相手が自分にとって悪い感情を持っていないことは分かる。

今はそれで充分だと、明日葉は心の中で頷いた。

☆神城リーリャという少女

神城リーリャはお嬢様だ。

事業家の父、大女優の母の間に生まれ、父の比類無き頭脳と、母の類い希なる美貌を、神に愛されて受け継いだ。十人が見れば十人が完璧だと評価する、完全無欠のお嬢様。

ありとあらゆる幸福を約束されて産まれた彼女は、その出自を受け入れ、周囲の期待に応えてきた。

麗しく振る舞い、あらゆることを完璧にこなせと、そう望まれて、実際にそうしてきた。

リーリャは当然のように親の決めた通り、歴史があり、知名度もある、箱庭のような女学園へと進学した。

しかし、そんな恵まれた彼女にとって、百合園明日葉という少女は遠い存在だった。

彼女の出自は平凡で、しかしその学力と陸上競技の成績を評価されて入学を許された、いわゆる特待生だ。

活発な明日葉は、平凡な生まれを卑屈（ひくつ）に感じることなく、常に笑顔だった。そしてそんな彼女の魅力は自然と人を引き寄せ、明日葉は眩しく輝いていた。

リーリャの周りにも人はいるが、どちらかというと表面的な、社交辞令じみた会話だけの関係が多い。

自分とはまったく違う相手であり、すれ違ったら挨拶をする程度の関係。

しかし、リーリャは明日葉に、特別な気持ちを抱いていた。

それは、明日葉の香り。挨拶をしてすれ違うときに、ほのかに嗅覚に触れて残されていく甘さ。

「百合園さん、ごきげんよう」

「うん、リーリャさん、また明日ね！」

そんな挨拶を交わしたときに、太陽のような笑顔の彼女から香る、甘い、甘い、白百合の花のような匂い。

その魅力に焦がれつつも、彼女は明日葉に必要以上に近づくことはしなかった。

同じ教室にいても立ち位置の違う、遠い場所で咲く花の香りを、時たま感じられる。それだけで満足だと思っていたからだ。

野に力強く美しく咲いた白百合のような同級生を、リーリャは密かに素晴らしい人だと思っていた。

「……借金、ですか？」

そんな小さくて淡い、花の香りのような関係性が揺らいだのは、本当に偶然で突然のこと。

明日葉の父親が事業でしくじり、多額の負債を抱えた。そしてその件で、彼女は学園をいずれ除籍される。

父親のそんな話を少女は呆然と聞き、そして——

「お父様、どうか、お願いがあります」

あらゆる手を尽くすと、決めた。

父親譲りの行動力と、母親譲りの判断力。

神城リーリャは父親を説き伏せ、百合園明日葉を救おうと決めてしまった。

「百合園さんの成績は学園全体で見ても上位で、定期テストではいつも私のすぐ下にいらっしゃいます。それに陸上競技ではいくつもの大会で優勝をし、表彰されています」

それは言ってみれば子供が父親に我が儘を聞いてもらおうという、一般家庭ではごくありふれた図式。

しかし、リーリャの父親は娘に対して甘いだけの人物ではなかった。まして子供にはとても解決できないような額の金銭が絡んだことであれば、そうあっさりと首を縦には振ってくれない。

「特待生の名に恥じない成績、さらに学園生活においても同級生のみならず、上級生や下級生にまで百合園さんは慕われています。面倒見がよく、目上の人を立てることも、目下に気を配ることもできる生徒です。教師の皆様方からも、非常に高い評価を得ています」

父親から受け継いだ頭脳を懸命に回し、リーリャは百合園明日葉という存在の『有用性』を父親に説く。

「これまでも、これからも学園に多くの益をもたらしてくれるはずです。ここまで優秀な生徒は、学園の歴史を遡（さかのぼ）ってもそうは見つけられないと、私は思います。彼女自身ではどうにもならないことで道を閉ざされてしまうのは、あまりにも酷ではないかと……それに……」

実利だけでは父を確実に動かすには不足だと判断したリーリャは、宝石のような深い蒼の瞳から透明な雫をこぼし、すがりついた。

「明日葉さんは、大切なお友達なのです……お父様、お願いします……！」

母親から受け継いだ演技力で、リーリャは親の庇護下にあるという立場を存分に利用した。

結果として父は娘の願いを聞き入れ、優秀な生徒を取りこぼすことを防いだ。

(私はそのことに対して、お返しが欲しいなどとは思ってはいません)

敬愛する父に、仲良しであるなどという嘘までついて我が儘を言い、明日葉を救った。

しかし、それは憧れの彼女に頼まれたわけではなく、自分が勝手にやったこと。そもそも学園生活で明日葉が落ち込んだ素振りを見せなかった以上、知られるのを嫌がっていることは想像に難くない。

余計なことをしたと、そう言われることすら承知で、リーリャは自らの立場を行使した。

(思ってなどいなかった、はずなのにっ……!)

なんでもする。

その言葉で、『貸しにしない』という気持ちがあっさりと吹き飛んでしまった。

「うぅぅぅ……」

ごろごろごろ。

天蓋付きの高級ベッドの上を、西洋人形じみた少女が顔を真っ赤にして転げ回る。

その表情の中に、普段の学園生活で周囲に見せる優雅さや落ち着きは欠片もない。

年相応に悩み、行き場のない気持ちに翻弄(ほんろう)される、ひとりの少女。

完全無欠のお嬢様ではない、ただの神城リーリャが、そこにいた。

「ああ、なんてはしたないのでしょうっ……百合園さんのことを、あんなにいっぱい嗅いでしまって、勢いのままに一緒に暮らして欲しいなんて、言ってしまってっ……!」

先ほどまでのことを思い出すだけで、リーリャの雪のように白い肌が鮮やかな朱色に染まる。

自制の利かない己のことを恥じ入りながらも、少女の胸は高鳴りを止めない。

どくどくという心音は、リーリャ自身も今まで感じたことがないほどの大きさで寝所に響き渡り、それがどうしようもなく自分が喜んでいる証拠だと理解してしまう。

「っ、ああ……」

リーリャは自らがこぼす吐息の温度から逃れるように身をよじり、シーツに身をくるむ。

「……甘えすぎてはいけないって、分かっているのに……」

神城リーリャは、幼少の頃から己を厳しく律してきた。

自分がどのような家に生まれ、どのように振る舞わなければいけないか。

神城という家に生まれた自分が得ることができる利益も、飲み込むべき不利益もすべて理解して、彼女は周囲が望むように生きてきた。

自らの意志で、そうして生きると決めた。それでも神城リーリャにとって、百合園明日葉は眩しい。

自分の努力と人柄で、今の立ち位置を築き上げた明日葉のことを尊敬している。なによりもそんな彼女から香る、甘い匂いに、焦がれている。

「……百合園、さん……」

胸の奥に宿り、消えない熱に目を細め、金髪の少女はゆっくりと意識を薄れさせていく。

誰の目も立場も気にすることのない眠りという海に、沈んでいく。

やがて規則正しい寝息が刻まれ始め、寝室に静寂が訪れた。

☆少女たちの休日

百合園明日葉にとって、その日は慌ただしい一日になった。

いろいろなことがありすぎて疲れ切っていた明日葉は、部屋でひとりにされるなりベッドに倒れ込んで、泥のように眠った。

お屋敷のベッドは今まで眠った中で一番ふかふかで、お陰で明日葉はお昼前まで惰眠を貪ってしまった。

(休日で良かったよ、ほんとに……)

平日ならとっくに遅刻しているところだ。その場合は恐らく、使用人の誰かが起こしに来たのだろうが。

目を覚ました明日葉は父親に連絡して、同級生に助けてもらったという旨を話した。父親は電話口で何度も明日葉に謝り、神城グループ傘下の会社で働き始めることになったと報告してくれた。

そうして安堵したところで部屋にやたらと豪華な昼食が運ばれてきて、明日葉は使用人たちにペコペコと頭を下げて食事をいただいた。

「あ、あの、リーリャさんは、今日は……？」

「お嬢様は習い事や、旦那様や奥様のお知り合いとの会合などで忙しいので、お戻りは夜になるかと」

「それは……大変なんですね」

「いえ、お嬢様は立派にお務めを果たされていますよ」

仕えられて幸せだ、という顔をする給仕に、明日葉は疑問を覚えた。

(同級生だけど、まだ子供のリーリャさんがそこまでしてるなんて……)

彼女は学園の中だけでなく、家の中でも完璧なお嬢様として、周囲の期待を一身に受けているようだ。

安心したような使用人たちの表情は、自分たちの『お嬢様』を少しも疑ってはいないもので、

(……周りの大人の人たちまで、しっかり頼むよって、そう言い続けてきたのだとしたら……リーリャさんの甘えや疲れはどこに行くんだろう)

疑問に思いながらも遅めの食事を綺麗に片付けて、明日葉は引っ越し準備の掃除のために寮へと戻ることにした。

リーリャの屋敷は学園とそう離れておらず、歩いても十分ほどの距離だ。

お抱えの運転手だという使用人が送ろうとするのを、運動ついでだと言って断り、明日葉は昨日からの怒濤の展開を頭の中で整理しながら、やや遠回りで寮に戻る。昔から身体を動かしていた明日葉にとって、悩み事ができたときに近所を走り込むのは癖のようなものだった。

さすがに情報量が多すぎるために学園に着くまでに明確な答えを見つけることはできなかったものの、多少は落ち着きを取り戻すことはできた。

「お風呂入ってないし、スカートで掃除はしづらいから服くらいは着替えたいな」

明日葉の私服はカジュアルで制服よりも動きやすいものが多い。

今日は掃除ということもあり、デニムパンツと、黒を基調としたシャツでシンプルにまとめた。動きやすさ重視で飾り気は少ないものの、すらりとしてスタイルのいい明日葉が着るとどこか決まっている印象だ。

荷物をまとめ、部屋を片付けた明日葉は寮母や寮生たちに簡単な挨拶をして回り、暗くなる前にリーリャの屋敷へと戻った。

「ただいま……で、いいのかな、これ」

まだ慣れていない高級な屋敷に恐縮しつつ、明日葉は自室として与えられた部屋に戻る。寮で挨拶回りをしているうちに荷物は運ばれていたらしく、部屋の隅にいくらかの段ボール箱が積み上がっていた。

「荷物を出すのは……さすがに明日でいいかなぁ、明日も日曜でお休みだし……」

昨日からのイベント続きと、荷造りや挨拶の疲れを感じて、明日葉は結んでいたポニーテールをほどき、ベッドに身を投げ出す。

夕食に呼ばれるまで、少し眠ってしまおうか。ふかふかのベッドに身を沈めることでやってきた誘惑に身を任せようとして――

「――すぅ」

「……すぅ？」

自分以外の寝息があることに、気が付いた。

落ちかけた瞼（まぶた）を開いて視線を動かすと、すぐ側に美少女がいた。

「っ……‼」

驚いて出てしまいそうになった悲鳴を、明日葉は慌てて飲み込む。

すうすうと規則正しく寝息を刻むのは、金色のクラスメイト。

（リーリャさん⁉　夜まで帰らないんじゃ……⁉）

だいぶ日は落ちているが、時刻としては夕方だ。使用人から聞いていた帰宅の予定とはズレている。

おまけに、なぜ自分の部屋にいるのだろうか。疑問に思ったものの、それ以上に、唐突に視界に現われたリーリャの寝顔に、明日葉は完全に魅入ってしまう。

（うっわ、寝てたら本当にお人形に見える……！）

金色の髪を白いシーツに敷き詰めるようにして、リーリャは横たわっている。

至近距離で見る相手の顔は、同性だというのに胸が高鳴るほどの美しさだった。

瞳を閉じていても長いと充分に分かる睫毛（まつげ）に、形のいい眉。

小さな唇はつやつやと柔らかそうで、肌はシミひとつ見当たらないほどの純白。

普段着らしいフリルたっぷりの洋服は、彼女の可愛らしさを存分に引き立てていた。

（不思議の国のアリスみたいだなぁ……）

百合園明日葉は、可愛いものが好きである。

幼い頃から背が高く、面倒見の良かった彼女は、可愛いと評価されるよりも格好いいと評価されることが多かった。

そうして、いつしか彼女は可愛いものに対する憧れを強く持つようになっていた。小物を動物系、特に猫ので揃えていたりするのは、せめて持ち物くらいは可愛くしたいという彼女なりの乙女心だ。

そんな明日葉にとって神城リーリャという人物は、憧れの容姿をしている。

お伽噺のヒロインのように煌びやかな金色の髪、あらゆるパーツが小さな体躯。

白磁(はくじ)色のなめらかな肌や蒼色の瞳は、見ているだけで吸い込まれそうなほどの美しさだ。

「……少し、だけ」

そっと頬に触れてみれば、指が滑るほどに肌のきめは細かく、降ったばかりの雪に足跡をつけるような背徳感すら湧いてきてしまう。

(見た目だけじゃなく質感までお姫様だ……凄い……)

相手が眠っているのをいいことに、明日葉は自分の理想の可愛らしさを備えたクラスメイトの少女の肌をなぞり、鼻の先から睫毛の一本までじっくりと観察する。

普段は教室で笑みを絶やすことなく佇んでいるリーリャの寝顔は新鮮で、

「なんか、ど、どきどきする……リーリャさん、ほんとカワイイ……うう、天使かな……?」

「ん、んん……ゆりその、さん……?」

「ひえっ……!?」

閉じられていた蒼の瞳が、ゆらりと花咲くように開かれる。

リーリャはぼんやりとした表情で、至近距離まで迫っていた明日葉の顔を眺め——

「ひゃぁあっ⁉」

顔を真っ赤にして、飛び上がった。

「も、ももも、申し訳ありません！　わ、私、百合園さんのベッドでなんてはしたない……！」

「そそそ、そんなこっちこそごめんね！　気持ち良さそうに眠ってるからつい、じっと見ちゃって……！」

ふたりはお互いにベッドに正座し、ぺこぺこと頭を下げて相手に謝罪する。

一通りベッドシーツに額を埋めた明日葉とリーリャの間に、沈黙という名の気まずい空気が流れた。

「……あ、あの」

静寂を破ったのは、明日葉の方からだった。

「ええと、リーリャさん、今日は夜まで帰らないって聞いてたんだけど……」

「きょ、今日はたまたま、お稽古事が早く終わりましたから……」

「へ、へええ、そうなんだ！　やっぱり凄いね、毎日頑張ってるんだ⁉」

「い、いえ、私は神城の娘として、当然のことをしてるだけで……！」

お互いに完全に緊張してしまっている状況に、明日葉はまずいものを感じた。

（……これはたぶん、良くない流れだ）

これまで挨拶を交わすだけの間柄だったふたりが、急に接近した。お互いに知らないことだらけなのは当たり前で、だとしたらお互いのことはこれから知っていくべきことのはずだ。

しかし今、自分たちは相手に遠慮して、ただ当たり障りのない対応をしてしまっている。

たとえ同じ場所にいても、相手のことを見て、踏み込まなくては仲良くはなれない。明日葉はそのことを、今までの人生で学んでいた。

（どうしてって、そう思ってるのはボクの方だ。だったら……ボクが聞かないと）

緊張で跳ねる心臓を抑え込んで、明日葉は踏み出すために息を吸った。

「その……リーリャさん」

「は、はい、なんでしょうか⁉」

「……疲れてたり、するの？」

「……え？」

「毎日学園だけじゃなくて、家でもそうやって頑張って……疲れたりしないのかなって」

もしかしたら、これは失礼なことかもしれない。そう思いながらも、明日葉は相手を真っ直ぐに見た。

蒼色の瞳が見開かれている理由を推し量ることはできない。けれど、リーリャが確かにこちらの言葉を聞いて、なにかを思っていることは分かる。

「ボク、なんでもするよ。そういう、約束だから。だから……遠慮とか、取り繕ったりとか、そういうのは気にしないで……ボクになんでも、言って欲しいなって」

「……百合園さん」

「きゅ、急に言われても、困るよね！　ごめんね！　でも……でも、ボクだったらきっと……みんなに期待されるのは嫌じゃないけど、たぶん……ずっとだと、ちょっと疲れる……から」

どう言えば彼女が喜んでくれるのかは分からない。それでも明日葉は、相手のことを知りたいという自分の気持ちが伝わるように、言葉を探しながら話しかける。

「リーリャさんがどう考えてるのかとか、正直全然分からないよ。話したことも全然ないし。でも、せっかくこうして一緒にいるなら、いて欲しいって言ってくれるなら……聞きたいなって、思うんだ」

「あ……」

リーリャは明日葉の言葉に少しだけ俯いて、沈黙した。

言うべきだと思ったことを言い終わった明日葉は、相手の返答を急かすことなく、ただ待った。

やがて顔を上げた金色の少女は、どこか不安そうに眉尻を下げて、

「……私は、お父様とお母様の……そして、使用人たちや先生方の期待に応えることを、苦痛に感じたことはありません」

「……うん」

「でも……そうですね。私も……少しだけ、疲れるときはあります」

「そうだよね、ボクのお布団で寝てたくらいだし……よっぽど疲れてたんだね」

「っ、こ、これはその、ちがっ……」

「え、違ったの？　てっきり、疲れて寝ちゃったんだと思ってたんだけど……」

「あ、ううぅ」

しまった、という顔で、リーリャは頬を真っ赤に染める。学園で見せる落ち着いた雰囲気はすっかり失せて、わたわたと忙しく表情を変化させるリーリャ。

やがて金髪の少女は観念したように溜め息を吐いて、おずおずと言葉を紡ぐ。

「……ほ、本当は今日、百合園さんに早く会いたくて、お稽古事を頑張って早く終わらせたんです」

「あ……そ、そうだったんだ。ごめんね、えと、荷物とかまとめてて……」

「はい、それでその、お部屋でお帰りを待ってたんですけど……ベッドから、ゆ、百合園さん、の、に、においが、してっ……」

自分で説明していてよほど恥ずかしいのだろう。リーリャの顔はもはや茹でられたかのように真っ赤だ。

「それで、つ、つい……百合園さんのベッドで、そ、そのまま……」

「匂いって……リーリャさん、ボクの……その、匂いが好きなの？」

「…………………………はい」

隠すことを諦めたようで、リーリャはたっぷり沈黙したものの、最後には素直に頷いた。

金色の髪をベッドシーツにぶちまけるようにして、お嬢様はうなだれる。

そんなリーリャを見て、明日葉は安心したように表情を緩めた。

「よかった」

「へ……？　よかった……？」

「あ、ううん。その……どうしてって思うことばっかりだったから。ここに来て、いろいろリーリャさんにお願いをされて……それはボクがそうして欲しいって言ったからだけど……どうしてなのかなって思っていたから。理由が分かってちょっと安心したよ」

屈託(くったく)のない笑顔は、嘘のないしるしだ。

「そりゃ、その、ね？　匂いを嗅がれるのはちょっと、かなり恥ずかしいけど……でも理由が分かったから、それでいいよ。その……リーリャさんみたいに可愛い子に好きって言われるなら、悪くないし……」

「っ……あ、か、かわいい、って……」

「え、そりゃ可愛いし……だってこんなにお人形さんみたいだし！　もうね、あっちこっち小さくって、抱きしめたくなる可愛さっていうのかな……でも、学園だとぴしっとしてるからそういう雰囲気っていうか、隙は全然なくて……でも今のリーリャさんは、なんていうのかな……恥ずかしがってたり慌ててたりしてて……ボクと同じ女の子なんだなぁって感じがして……可愛いなって思うよ？」

「は、はうぅ……や、やめてください、その、は、はずかしい、ですっ……」

可愛いという言葉は、リーリャが物心ついた頃から何度も聞いてきた賛辞だ。

彼女自身も、過信ではなく純粋な事実として、『自分は可愛く見られている』という自覚はあった。

そしてそのために、服やアクセサリーも自らの人形じみた可愛らしさを助長する、言ってみれば『似合う』ものを選んできた。

それは母親譲りの容姿とセンス、そして世渡りの一部であり、事実、外見で得をすることなど何度もあった。

それと同じように、無遠慮に舐めるような視線を浴びせられることも、何度もあった。

驕りではなく、ただのこれまでの周囲の対応から、神城リーリャは自分が可愛い生き物だということを自覚して、自分もそのように振る舞ってきた。

(でもそれは……私の外面の話でっ……！)

親から受け継ぎ、周囲に望まれ、自らが磨き上げて築いた、お嬢様としての神城リーリャ。

常に余裕を持って優雅に微笑んでいるお嬢様としての自分ではなく、ただの少女としての自分を褒められて、リーリャは今までに感じたことのない鼓動の乱れを感じていた。

(正面から、ありのままの自分を褒められるのがこんなにドキドキするなんて……知りませんっ……‼)

ぷしゅうぅ、と湯気が出てしまいそうなほどに顔を真っ赤にするリーリャ。

白い肌に羞恥の鮮やかな朱色が差したクラスメイトを見て、明日葉もやや頬を染めながら言う。

「えっと……そんなに好きなら、その、直接嗅いでみる……？」

「あ、えっ……い、いいん、です、か……？」

「う、うん、その……リーリャさんがそうしたいなら。あ、でも今はお風呂入ってないし、掃除とかして汚れてるから、あとでなら……」

昨日はめまぐるしく時間が過ぎてしまったので、明日葉は入浴をし損ねていた。汗はそれほどかいてはいないし着替えもしたものの、やはり引っ越しの準備で多少、埃を被っている。

「だ、だめです、い、今がいい、です……！」

「うぇ⁉　い、今すぐ⁉」

「な、なんでもするって、い、言ってくれました、よね……？」

「あ、うー……」

自分が言い出したことを蒸し返されて、明日葉は言葉に詰まる。

なにより、相手の蒼色の目が不安そうに揺れていることが、明日葉の心を掴んで離さない。

（寂しそうで、怖がっているようで……たぶんリーリャさんにとって……初めての我が儘だったり、するのかな……）

目の前の相手が我が儘を言うような人ではないことを、明日葉は知っている。

大人ですら疑いもせずに仕えるほど、彼女は完璧に日々をこなし、お嬢様としての自分を確立している。周囲の期待を裏切らずに応え続けて生きてきたのだということは、想像に難くない。

そんな彼女にとって、父親に頼み込んで除籍を止めたことは、どれだけの覚悟が必要なことだったのか。

そして今、自分にこうして欲しいと我が儘を言うことが、どれほど勇気が必要なのか。

（この子には今、ボクしか……こんなふうに、本当に自分がしたいことを言える人がいないのかな……）

そんなことを考えた瞬間、明日葉は自分の胸が強く脈打つのを感じた。

この不安げに揺れる蒼い瞳を、美しいだけではない弱さを、自分にだけ向けてくれるのだという事実が、明日葉の心を強く震わせる。

自分だけが、彼女の隠れた一面を知っている。

人形のように美しく、麗しく、気高い少女が密やかに、花を育てるように秘めてきた、想いを。

自分が見捨ててしまったら、この弱さはどこにもいけなくなってしまうのではないだろうか。

自分が受け止めなくては、彼女は水を失った花のように枯れてしまうのではないだろうか。

「……おいで、リーリャ」

明日葉は自然と腕を広げ、リーリャが懐へとやってくるのを許した。

☆ひみつのじかん

「ゆ、百合園、さんっ……」

「……いいよ。リーリャの、好きにしていいから……」

さん付けを外したのは、他人行儀ではないという意思表示だ。

「あ……は、はい……」

リーリャは花の香りに誘われた蝶のように、ふらふらと明日葉に近づき、胸の膨(ふく)らみに顔を埋める。

「ん……」

「っ、は、ぁ……」

くすぐったく、むず痒(がゆ)い感触に、明日葉は身震いした。

昨日よりもずっと濃くなっているであろう自分の体臭を、今度は自ら相手に嗅がせるという行為に、明日葉は顔から火が出るような心地をぐっと堪える。

「ん、ぁ……すぅぅ、百合園さん、やっぱり、いい匂いです……」

「っ、は、恥ずかしいから、あんまり言わないでっ……」

リーリャは満足げな様子で、まるで猫のようにすりすりと頭を擦りつける。嗅覚に触れてくる明日葉の香りは甘く、昨日よりも強く、深く吸い込む度に脳の奥までを痺れさせてくるようで。

すれ違うのではなく、我が儘を通したのでもなく、望みを許してもらったリーリャは、もはや遠慮を完全に失っていた。

「すううう……んん……はぁぁ……」

「んっ、あっ……リーリャ、くすぐったいっ、よぉっ……」

頭の上から恥じ入った声が聞こえてきて、顔を見たい衝動にも駆られるが、リーリャは匂いに集中する。嗅ぐというよりは貪るように、午前中の寂しさを埋めてしまう勢いで、金髪の少女は憧れの相手の香りを自らの中に取り込んでいく。

腕をしっかりと腰に回し、逃げられなくしての吸引に、明日葉は身じろぎさえできずに羞恥心に悶える。

「ん、ふぁっ……だ、めぇ……そんなに、いっぱい嗅がれたらぁ、息がぁ……」

密着することで相手の吐息が服越しに熱を与えてきて、明日葉は胸が痺れるような感覚を得た。

「ぷはっ……ん、せっかくですから、いろんなところ、嗅がせてください……」

「ふえっ、せっかくって、あ、ひゃぁん⁉」

「ん、ん……すうぅ……」

「んや、あっ、ひっ……」

衣擦れと荒い呼吸の音、そして甘ったるい羞恥の声が寝室に響く。

ゆっくりと明日葉の体勢が崩れ、抱きしめるのではなく押し倒されるような格好になってしまう。

「ん、ふうぅっ……」

「あ、ひゃぁぁっ……」

胸元から首筋にいき、うっすらと浮いた汗を鼻先で拭かれるようにして、明日葉は己の体臭を吸引される。

胸に顔を埋められるのとはまた違ったくすぐったさに声をあげたのもつかの間。休む暇もなく、リーリャの顔

が明日葉の顔横へとやってきて、

「ん、ふぅ……」

「ひゃっ、めっ、耳はっ、だめぇっ……」

匂いの濃い耳裏を嗅がれるということは、そこにたっぷりと吐息が吹きかけられるということだ。

羞恥に染まり真っ赤になった耳に、荒く熱い、乱れた呼吸の温度が触れる。

「やっ、なに、これぇ、ぞくぞく、しっ、て……こんなの、しらなっ……」

「はぁぁ、百合園さん……良い匂い……んんっ……」

「や、あっ、だから耳はっ、んぁっ、んんんっ⁉」

「ん……じゃあ、こっちにします……」

ぎゅう、とリーリャがその小さな身体で明日葉に抱きついた。

今度は耳ではなく頭の匂いを堪能しているらしく、頭上からふんふんと鼻を鳴らす音が聞こえてくる。

(耳じゃなくなったけど、これはこれでっ……！)

一日放置してしまった頭皮の香りを嗅がれるのはもちろん恥ずかしいが、それ以前に体勢が問題だった。

正面から頭を嗅がれるということは、嗅がれている側の顔は相手の胸に近くなるということ。

まして、これだけの至近距離である。当然のように、相手の匂いが感じられるほどに密着していて、

(リーリャの胸、やわらかいっ……！)

自分よりも慎ましやかな大きさとはいえ、他人の胸に顔を埋める機会などそうあることではない。

(ていうか、リーリャだって、凄く良い匂いするよっ……むしろ絶対ボクより良い匂いだよっ……‼)

自分のものではない香りが、強く嗅覚を刺激してくる。

今まで嗅いだことがないような甘さと、ささやかに感じる柔らかさに、相手の存在を強く感じてしまう。

「んう、あ……」

「ん、くんくん……はぁぁ、ん、ふ……」

リーリャが深く息を吸い込み身じろぎする度に、熱く火照った小さな身体が、乱れた鼓動を奏でる柔らかな胸が押しつけられてくる。

いつしか明日葉も酔っ払ったように顔を赤くして、リーリャの香りに集中していた。

「ん、すぅぅ……」

「はぁぁ、ん、ふっ……」

金色と黒色。ふたりの少女は真っ白いシーツの上で、絡み合うようにしてお互いの身体に腕を回す。

少女たちは時間の感覚を忘れ、相手の匂いと感触を自らに刻みつけるように貪った。

(百合園さん良い匂い、百合園さんカワイイ、百合園さんあったかいっ……！)

(やああっ、なんで女の子同士なのに、こんなにドキドキするのっ……と、とまんないよぉっ……!?)

未知の感触と香り、そして感情に翻弄され、ふたりはベッドシーツに深くシワを作り、絡み合う。

「っ、り、りーりゃぁっ……」

「ん、ぁ……百合園さ、ん、もぞもぞされたら、うまく、かげない、ですっ……」

「あ、ご、ごめっ……で、でも、こんなの、はじめてでっ……！」

「……私だって、はじめてですよ？」

「っ……！」

「こんなふうに、抱きしめたいって、私の側にいて欲しいって……我慢しようって思っていたのに……なんでもするなんて言われて……我慢、できなくなりました……」

至近距離で見る蒼色の瞳に、呼吸が止まるほど吸い寄せられる。

お互いの息がかかり、体温を感じ、鼓動さえも聞こえてくる距離。

(す、ごい……リーリャの、胸も……どくんどくん、してるっ……！)

自分と同じように、相手も胸を高鳴らせている。

リーリャは真っ白な肌を首まで朱色に染めて、恥じらった様子を見せながらも可愛らしくはにかんだ。

クラスメイトに見せる余裕のある静かな笑みではない、頬を染めた魅力的な微笑みに、心臓はさらにうるさく音を奏でた。

「ん……こんなに、ドキドキ、するの……はじめて、です……」

「そ、れは……ボクも、だけど……」

「女の子同士なのに……同じ、女の子のはずなのに……百合園さんは、私と、こんなにも違っていて……憧れて……いい匂いで……」

柔らかな愛らしさと、そこから覗く、ぞくりとするほどの執着心。

そんな目を向けられるのも、こんなに可愛いと思える相手も、初めて見た。

(もしもボクが、応えたら……)

今、手を伸ばしてリーリャに触れたら。

彼女は果たして、どんな反応をするのだろう。

背筋を撫でるように湧いてきた、欲望とも、好奇心ともつかない思考に、明日葉は動かされ――

「っ……!!」

部屋に響いたノックの音で、反射的に手を引っ込めた。

「ん、ぁ……百合園さん、失礼しますね」

リーリャがするりと明日葉から離れ、お嬢様の顔に戻る。

金色の少女はそのまま部屋の入り口へと向かい、扉を薄く開けて、

「どうかしましたか?」

「あ……お嬢様、こちらにいらっしゃったのですね。お食事の準備ができたので、百合園様を呼びに参りました」

「分かりました。百合園さんもここにいますが、今は着替え中ですから、そのまま下がって構いません。あとでふたりで食卓に参ります」

「承知致しました、お嬢様。お待ちしております」

丁寧な礼をして、給仕の女性はその場から立ち去る。

扉を閉め、明日葉へと振り向いたリーリャの顔はもう、いつも通り。

使用人やクラスメイトたちに見せる、完璧で柔らかな微笑みをたたえた生粋のお嬢様が、そこにいた。

「百合園さん。今日はお疲れでしょうから、お食事をしたらお風呂に入って、ゆっくり休んでくださいね」

「あ……う、うん、あ、ありがと……」

「はい。それでは、先に行っています」

柔和な笑みを崩すことなく、軽く衣服を整え、丁寧にお辞儀をしてから、リーリャは部屋から出ていく。

残された明日葉は、やや乱れた己の私服を直しながら、

「……っ、まだ、どきどきしてる……こんなの、ヘンだよぉっ……」

胸の高鳴りと感情を処理できず、赤面したままで呻いた。

明日葉が平静を装って食卓につけるようになるまでには、かなりの時間を要した。

☆いつも通りの日常の中で

昼の休憩時間の終わりが近づいてきた教室で、明日葉はぼんやりとしていた。

周囲にいつも人がいるといっても、授業が近くなってくればほとんどの生徒は席に戻る。お嬢様ばかりの学園だからか、ほとんどの生徒がそういった部分はしっかりしているため、尚更だ。

空白のように誰とも話さなくてもよくなった時間帯で、明日葉はリーリャを見つめていた。

「………」

（……学園では、いつも通りだ）

明日葉は昨日の気恥ずかしさを誤魔化すために早朝から町内をウォーキングし、学園に徒歩でやってきた。

その頃にはリーリャは自分の席に着いていて、どうしたものかと思っているといつものようににこやかに「おはようございます」と挨拶されてしまった。

学園にいるときのリーリャは今までと変わらず、こちらに積極的に話しかけてくることはなく、たまに視線がぶつかったときには柔らかな笑顔を見せてくれる。

窓際の席に座り、周囲への微笑みと謙遜（けんそん）を絶やすことなく、人形のように麗しく佇む金色のクラスメイト。

この二日間であれだけ激しく求められたのが嘘のように、神城リーリャは完璧なお嬢様だった。

（よそ行きの、彼女なんだ）

今の明日葉には、そのことがよく分かっている。

学園で見せる微笑みを絶やさない完璧なお嬢様としての彼女はただの演技で、本当の彼女はもっと人間らしく、およそ人形のようだとは形容できないほどの激しさを秘めていることを。

同級生に見せるリーリャの完璧な笑みと、自分にだけ見せてくれた甘えた子猫のような表情が、脳裏（のうり）で重なる。

（っ……なんだろう、この感じは……）

胸にちくりと刺さるような、ちりちりと焦げ付くような、奇妙な感覚。

自分だけが彼女の裏の顔を知っているという事実。

しかし今は人前で、周りと同じ偽りの笑みだけが向けられてくるという事実。

「……百合園さん、聞いていますか！」

「うひゃいっ⁉」

胸の奥に灯った、闘争心とは違う、燃えるような感覚に沈みそうになったところで、明日葉は強く名前を呼ばれて飛び上がった。

気が付けば授業はとっくに始まっており、教師だけでなく周りの生徒の視線もこちらに集まっている。

先ほどまで見つめていたはずの相手であるリーリャすらも、不思議そうな顔で明日葉を見ていた。

「ご、ごめんなさい、聞いてませんでした！」

やっちゃった、という気持ちで、明日葉は思いっ切り頭を下げる。

呼びかけた側である教師は呆れ顔をしつつも、少しだけ真剣な声音で、

「まったく……百合園さん、どこか体調でも悪いのですか？　授業中にぼんやりとするのはいけませんが、無理をするのはなおいけませんよ」

「そ、そういうワケではないんですけど、ええっと……ちょっとぼうっとしてて、あはは、まだ寝ぼけてるのかなぁ……？」

誤魔化すためにわざとおどけた調子で返すと、周囲からまばらに笑い声があがった。

（うわ、リーリャもちょっと笑ってる……誰のせいだと思ってるんだよぉ……！）

心の中で愚痴をこぼしつつも慌てて教科書を取り出すと、教師は溜め息を吐いて黒板へと向き直った。どうや

らお咎めはないということらしい。

(学園にいる間は、今までと変わらず……ってことでいいんだよね、これは……)

結局明日葉はこの日、遠くの席で柔らかな微笑みを浮かべる同級生のことばかりが気にかかり、授業をまともに受けることができなかった。

☆走っても見つけられない出口は

「……ふぅぅ」

何本かの走り込みを終えて、明日葉は体内に溜まった熱を吐き出す。

「……調子良いな」

何度か走ったあとで感じる手応えは、悪くないものだった。

自分でもフォームが整っていると思うし、タイムも明らかに良くなっている。

自己ベストを更新するほどではないにせよ、好調と言っていい状態だった。

(心の中はむしろモヤモヤしてるはずなのにな……なんでだろ……?)

顔を合わせるのが気まずいと思っていた相手は、いざ学園で会ってみると驚くほどに澄ました顔で、まるでこの二日間のことがなかったかのように振る舞っていて、相手の落差にひどく戸惑ってしまった。

こんなに落ち着かない気持ちで走れるだろうかと心配しながら臨んだ部活は、なぜか驚くほどに調子が良く、明日葉は予想とは違う自分自身の走りに首を傾げた。

「はぁぁ……」

溜め息を吐きながら、グラウンドの隅で腰を下ろす。

既に今日の練習メニューはすべてこなしている。他の部員がノルマを終えるまで、少しくらい座っていても咎められはしないだろう。

「どうした、後輩。成績の割に随分と不満げな顔のようだが」

「あ……花梨先輩」

名前を呼ぶと、相手は赤茶色の髪から汗を散らして、笑顔で頷いた。

皆原花梨。明日葉と同じ陸上部で、ひとつ年上である彼女は、入部当時からなにかと明日葉を気にかけてくれる先輩だった。

花梨は目線を合わせるように、明日葉の隣に座り込んで、

「ここ最近は随分と腑抜けた走りだったが、それが良くなったかと思えば顔は浮かないままとは……何度目かの質問になるが、なにかあったのかな？」

「う……ええと……すみません」

父親の借金のことがあり、部活に身が入っていなかったのは事実だ。

同じスポーツをするものとして、自分の不調は他の部員にも伝わっていただろう。

しかしそのことについて、こうして無遠慮とも言える態度で踏み込んでくるのは、隣に座る先輩だけだった。

聞かれる度に適当にはぐらかしてしまいつつも、明日葉はこちらを気にかけてくる花梨の存在を、有り難く思っていた。

「実は……えっと、悩み事はひとつ解決したんですけど、別の悩み事ができちゃって……」

「……それも、私には話せないことかな？」

「ええと……はい、そうですね。あんまり、話せないです」

「そうやって素直に認められると詮索はできないな。だが……話す気になったら、話してくれると嬉しいよ。可愛い後輩のことだからね」

「ええ、ありがとうございます」

踏み込んではくるものの、こちらが拒否すればあっさりと下がってくれる。

皆原花梨という先輩が作ってくれる距離感を、明日葉は気に入っていた。

「……あの、花梨先輩」

だからこそ、明日葉は少しだけ、話してみたいと思った。

先日まで相手に状況を話せなかったのは、『金』という子供には決して解決できず、他人に頼ることもはばかられるような問題だったからだ。

今、自分が抱えているものはどちらかといえば人間関係の問題だ。であれば、他人に意見を求めるのも充分にありだろうと明日葉は判断した。

「その……友達の知らない一面を自分だけが知って、それを周りの人が知らなかったら……どうしたらいいんでしょう」

「……ふむ」

花梨は一瞬だけ目を丸くしたものの、すぐに思案顔になり、返答に少しだけ時間を要した。

「……明日葉くんはその子の秘密を、他の子に知って欲しいと感じるのかい？」

「やっ、全然！　そんなことないです！　むしろ相手もボク以外に知られたくないと思います！」

「……では、明日葉くんはそれを偶然知ってしまったと？」

「……えっと、いいえ。打ち明けてくれたって、感じです……」

「なるほど。その子は明日葉くんのことを、気に入っているんだろうね」

「それ、は……はい、たぶん……」

　気に入られていなければ、借金を帳消しにしてくれたり、一緒に住んで欲しいなんて言われないであろうことは、明日葉も理解している。

「その、戸惑っちゃうっていうか、今まで知らなかったことを知って、どうすればいいんだろうって……」

「うーん……君がその子のことが気になるなら、ふたりだけの秘密を大事にすればいいのではないかな？」

「……ふたりだけの、秘密」

　どくん、と心臓が跳ねるのが自分でも分かった。

　自分と彼女の間に存在する、他人が入ることができない領域。

　自覚した瞬間に、胸が焼け付くような感覚を得た。

「……明日葉くん？」

　隣でこちらに声をかけてくる先輩の声が、どこか遠い。

　呼吸が荒くなり、鼓動が激しくなる。

「あ……」

　ふと見上げたのは、学び舎の、自分の教室の窓。

　夕日を反射する窓ガラスに、金色の髪が映る。幻かと思ったのは、ほんの一瞬。透明な隔たりの奥には確かに、整った顔立ちと蒼色の瞳があった。

（もしかして、いつもあそこで、ボクを見て……？）

　目が合ったことは相手も気付いているだろう。

　リーリャはガラス越しにこちらを見下ろし、そして、

「…………」

学友に見せるものではない、どこかばつが悪そうな顔をした。

頬が赤く見えるのは、夕焼けの色が焼き付いているだけではないことは明白で。

「……花梨先輩」

「あ、ああ。なにかな、明日葉くん」

「最後に一本だけ、タイム計ってもらえませんか」

気が付けば明日葉は、そう口にしていた。

立ち上がった身体には、走らなければ収まらないような熱が溜まっていて、ひどく熱い。

(そうか。ボクはあの子に……格好いいところを、見せたいんだ)

モヤモヤとしているのに、やけに調子の良い理由。

それは自分が、相手に憧れていると言われたことを真に受けて、そんな自分でいたいと、いつまでも不甲斐(ふがい)ない自分を見せたくはないと思ったからだ。

なぜなら彼女は、隣にいる先輩以上に自分を見て、家のことで部活に身が入っていないここ最近の様子を知っていたのだろうから。

「……見てて、リーリャ」

ぽつりと呟いた言葉を置き去りにするほどの速度は、これまでの自分の記録をあっさりと塗り替えてしまった。

☆お嬢様と特待生

神城リーリャが百合園明日葉のことを知ったのは、入学前のことだった。

父親が出資する学園に進むことが決まっていたリーリャは、父から特待生のことを聞かされた。

平凡な生まれでありながら類い希な才能と、それを伸ばす努力を惜しまなかった才女がいる。そしてその少女はお前と同い年で、数ヶ月後に同じ学園に通うことになる。そう口にした父が見せてくれた映像は、リーリャの目を強く惹きつけた。

映像は短距離走の大会の様子を映したもので、黒髪をまとめた自分と同年代の少女が圧倒的な速さで優勝を飾る姿が鮮明に映っていた。

「あ……」

すらりと伸び、引き締まった体躯が、ゴールまでの直線を軽やかに、力強く駆け抜ける。

胸のすくような爽やかさを持ちながらも、少女の瞳はどこか肉食獣のように獰猛で、闘志に溢れていた。

「……きれい」

それは彼女にとって、決して珍しくはないはずのものだった。

父と母の顔の広さ故に、リーリャは明日葉以上に実力のあるアスリートと会ったことが何度もある。

けれど、どんな分野の、どれほどに優れた技を目の当たりにしても、これほど目が離せなくなるようなことは今までになかった。

(なんて力強くて、命に溢れている人なのでしょう……)

単純な実力だけではなく、映像からでも伝わってくるほどの活力に満ちた走り。

なによりも駆け抜けたあと、疲れなどないと言わんばかりに見せる輝くような明るい笑顔に、リーリャは魅了された。

人は誰かと出会うために生まれてくると、リーリャは母から教わった。そして母にとって、その誰かは父だったとも。

もしもそれが本当であるならば、自分にとっての誰かは彼女ではないのだろうか。そんなふうにすら思ってしまうほど、リーリャは明日葉に魅了され、入学式までの間、何度も何度も大会の映像を反復し、その度に胸を高鳴らせた。

そして入学式の日。新入生代表としての挨拶を終え、教室に入ったリーリャは、念願の相手と出会うことになる。

艶やかな黒髪を可愛らしい猫のヘアゴムでまとめ、自分と同じ制服を着た彼女は、こちらと目が合った瞬間に笑顔になり、

「あ、さっき新入生代表でお話ししてた子だよね、ええと……そう、神城さんだ！」

「あ……もう覚えてくださったんですね、ありがとうございます」

「えへへ、すっごく綺麗でかわいい子だなあって思ってたから。ボクは百合園明日葉っていうんだ、はじめまして！」

「……はい、はじめまして。よろしくお願い致します、百合園さん」

一方的に憧れていた自分とは違い、明日葉はリーリャのことを知らない。

リーリャは自分もなにも知らないふりをして、いつも通りの完璧なお嬢様としての仮面を顔に貼り付けて、百合園明日葉と出会った。映像で見るよりもずっと眩しい笑顔を見て、跳ね上がる己の心臓を抑えつけ、ただのクラスメイトでいることを選んだのだ。

この眩しさを見ているだけで胸がいっぱいで、それだけでいいと思ってしまったから。

或いはそれは無意識に、太陽に近づきすぎて焼かれることを忌避するような感情だったのかもしれない。

どちらにせよ、神城リーリャは百合園明日葉のただのクラスメイトとして、教室に佇むことを選んだ。

あの日、父親から百合園家の借金のことを聞かされてしまうまでは。

☆溶かすような熱で

「……ふぅ」

小さく吐いた溜め息は、部屋の中に吸い込まれるようにして消えた。

放課後、明日葉の部活をこっそりと見学するという日課を終えたリーリャは、今度はお嬢様としての日課を片付けることになった。

もちろん、それは今までとなんら変わらない日常だ。自分が見たいものに時間を使ったからといって、そのあとのことを疎(おろそ)かにするリーリャではない。

いつものように、むしろいつも以上に完璧に、神城家の息女として行うべきことを全うし、夕食と入浴を済ませ、夜も更けた頃にベッドへと入る。

柔らかなシーツに沈む彼女の胸の奥には、すぐには眠れそうにないような、ちりちりとした熱がくすぶっていた。

(百合園さん……こっちを見ていました、よね……)

リーリャは夕方の出来事を反芻(はんすう)する。

部活に集中しているときの明日葉は、周りを見ない。まして頭上にある教室のことなど、気に留めるはずもない。

だから今までバレることなく、彼女は密やかに憧れの相手を観察することができた。なんなら写真も撮って、スマホの待ち受けにしたりもしている。

「はうぅぅ……」

ぱたぱたと足をばたつかせて、リーリャは顔を真っ赤にして悶える。

こっそりと覗いていたのがバレた上に、明日葉は一本追加で走ったあと、またこちらの方を見てくれたのだ。

しかも、どきりとするようなとびきりの笑顔で。

それはつまり、自分に走る姿を見せるためにそうしてくれたということだ。

「こ、こんなに幸せなことってあります……!?」

言ってしまえば、明日葉はリーリャの『推し』なのだ。

完璧お嬢様という立場上、周りのように大っぴらに応援することなどできず、毎日放課後に誰もいなくなった教室から練習風景をひっそりと眺め、同級生たちが話す明日葉の良さについてに混ざりたくとも心の中で何度も「分かる」と頷くだけに留めていた。

そんな自分が今、彼女に願えば受け入れてもらえて、あまつさえ見つめているとファンサービスのようなことまでされてしまっている。

「ああ……」

見返りは求めていないと思っていた自分が、ひどく上っ面だけでものを考えていたことが分かってしまう。

満たされることの幸せがこんなにも身体に熱を与えて、悶えなければどうしようもないほどに心を焦がすのだということを、リーリャは知らなかった。

それは遠くから想いを馳せているだけだった頃とは、明らかに違う感覚だ。自分の中だけでは解消できないほどに積もる想いは、気持ちを秘めていた頃よりもずっと強く、少女の心を燃え上がらせる。

心の温度は心臓の鼓動に伝わり、血流は雪のように白い肌を溶かすのではないかと思わせるほど狂おしい熱となり、全身を駆け巡っていた。

「あうぅ……」

本当なら、今すぐに会いに行きたい。一緒に住んでいる今、それは簡単なことだ。けれど、今の自分は明らかに心を乱している。こんな状態で彼女の前に立ったら、また醜態を晒してしまうかもしれない。

会いたいという気持ちと、はしたない自分を見られたくないという気持ちが混ざり、少女の身体を柔らかなベッドに縫い付ける。

「な、なにより、会いに行きたくてももう遅いですし……！」

テンションが上がっていたお陰でいつもよりも早く済ませられたとはいえ、基本的にリーリャのスケジュールは夜遅くまで埋まっている。

神城家の息女としての教養や技術を身につけ、父や母の知り合いとも会い、将来のためのコネクションを作り、様々な分野の情報を収集する。

彼女の両親は前時代的に娘をどこかに嫁入りさせるのではなく、娘自身に神城グループを継がせようと考えていた。しかも、正しく実力を備えさせた上で、だ。

その道のりは険しいものであったが、リーリャは両親の期待を受け入れ、こなすだけの才覚と器を持ち合わせていた。

「寝ちゃいましょう、明日もお勉強があるんですから……」

リーリャは自分を納得させるために言い訳を口にして、目を閉じ、数分ほど深呼吸して、

「寝られません……‼」

目を閉じても、瞼の裏に推しが焼き付いている。なんなら羊を数えようとしたら間違えて明日葉を数え始めてしまった。これでは寝るどころか興奮してしまう。

向けてくれたという事実に心が震える。

放課後に見た、明日葉の笑顔が頭から離れない。いつもは周りに見せている元気いっぱいの顔を、自分にだけ向けてくれたという事実に心が震える。

自分の脳内に広がった光景に突っ込みを入れてしまうくらい、リーリャは自分を見失っていた。

「幸せ空間ですかっ……⁉」

「っ……」

せり上がってくるものを耐えるように、リーリャは自らの胸に手を当てた。

薄いネグリジェごしに感じる鼓動は速く、明らかに自分が喜んでしまっていることが嫌でも分かる。

両親を想うのでも、使用人たちを慮るでもなく、もちろんクラスメイトたちへ向ける親愛とも違う、胸が弾けてしまいそうなほどの熱っぽい気持ち。

「……す、き」

それは、半ば無意識の言葉だった。

震える唇で熱の正体を紡いだ瞬間、リーリャは自らのことを理解した。理解してしまった。

「あ……ああ……」

しまい込んでいた感情が、意味のない音のような声となってこぼれる。

ただのクラスメイトでいることで、見返りを求めないことで、どうにか自分の中で蓋をしておけた感情が、鼓動と熱に変換される。

呟いた言葉の意味が、家族に向けるような微笑ましいものではないことなど、とっくに分かってしまっている。

相手の表情、声、身体、鼓動の一打ちに至るまで、すべてが鮮明で、記憶から離れない。

募るこの気持ちの名前が恋心であると、神城リーリャは完全に知ってしまった。

「……ゆりその、さん……あす、は……さん……」

名字ではなく、彼女の名前を呼ぶ。たったそれだけのことで、さらに鼓動が跳ね上がった。

既に限界のように感じられた心臓が、想いの強さを主張するかのように激しく脈打つ。

「っ……は、はぁっ……」

鼓動の速さに、吐息が追いつかない。

好き、すき、スキ。

自覚した感情は行き場を求めるようにして、熱い呼吸へと変わり、息苦しいほどの心音を奏でた。

「ん、ぁ……は、ひっ……」

逃げ場を求めるように自らを抱いていたはずの手は、いつのまにか己の身体をまさぐっていた。

「は、ぁ……あすは、さ……んんっ、あすは、さぁんっ……!」

想い人の名前を呼び、薄いネグリジェの上から、リーリャは自らの身体を撫でる。

経験はまったくない。知識はほんの少し。なので、自慰をしようと思ったというよりは、感情の行き場を求めた結果として熱くなった身体を撫でたようなものだった。

未経験の指使いで、未熟な肉体を慰める、拙い行為。けれど好きな人を思い浮かべてという状況は、リーリャの身体を自然と火照らせ、吐息と声はいつの間にか蕩けるような甘さを帯びていた。

「ん、ぁ……ふ、やぁん……」

自らの身体を撫でる度に、自然と声がこぼれる。恥ずかしさから逃れるようにシーツを噛んでも、指先が敏感な部分を撫でるだけであっさりと嬌声を漏らしてしまう。

(こんな……こんなこと、いけない、のにっ……)

ダメだと思えば思うほどに、体温はより熱く、指の動きはより激しくなっていく。

気持ちの良いところをこわごわと探すような指使いは、自らの『良い部分』を探り当てることで、より強い快楽を引き出す。

「ふやっ、あ、こ、ここぉっ……んんっ……」

薄い寝間着の上から乳頭を撫でると自然と身体が震え、足がぴんと伸びる。

しっとりと濡れた下着に触れると、瑞々(みずみず)しい果実を潰すような音と共に、蜜が溢れた。

「あ、んっ、やっ……ひぃっ……」

いもしない彼女に媚びるような、甘い声が抑え切れず、リーリャは金色の髪を汗に濡らして、ひとり悶える。

少女の小さく細い指が割れ目をなぞる度、くちゅくちゅという湿った音が寝所に響いた。

「あす、は、さっ……あ、んっ、ご、ごめんなさっ……ひっ、いんっ！」

申し訳なさからくる謝罪の言葉さえも、背徳感というスパイスとなって少女の脳を甘く蕩けさせ、理性を犯していく。

乳首はぴんとネグリジェを押し上げ、下着はもはやその意味を果たしていないほどに淫蜜で濡れ、少女の花園の形をくっきりと映し出していた。

触れたところから甘い電流が走り、全身をゆるやかに作り変えられていくような未知の感覚に、リーリャは未成熟な身体を震わせて翻弄された。

「は、ひっ……こ、ここ、しゅご、ひっ」

特にクレヴァスの隙間にある肉の芽のような器官への刺激は、性行為に経験のない小さな少女の身体を散々に痺れさせ、脳髄(のうずい)が弾けるかのような強烈な快楽となった。

「あひ、あっ、らめっ、これ、こんなの、とまらなっ……明日葉さんっ、明日葉、さぁん……♪」

いけないと思えば思うほどに、リーリャの指は激しく己の身体をまさぐり、止まらない。

もはや下着だけでなく、ベッドシーツにまで愛液のシミを作りながら、愛しい人のことを想いつつの自慰に没頭する。

「はっ、あんっ⁉ あえっ、な、なにこれ。なにか、きっ、ちゃ…… ひ、きゃうううっ……⁉」

そして、落ちていくような浮遊感が、リーリャの意識を真っ白に染めた。

細く真っ白な肢体が、電気を流されたかのように何度も跳ね、金髪の少女はその度に甘く狂おしい悲鳴をあげる。

人生で初めて味わうオーガズムに、リーリャは快楽の波が収まるまで、シーツを握りしめて震えた。

「く、あ、はぁぁ……」

弛緩した身体が、甘い吐息とともにベッドシーツに投げ出される。

小ぶりな尻をぴくんぴくんと小刻みに跳ねさせて、金の少女は余韻に浸る。

「あ、ん……はっ、はぁぁ……」

自らの指についた快楽の雫を見て、リーリャは罪悪感と、不思議な充足感を覚える。

「ごめん、なさい……明日葉、さ……ん……」

呟いた名前が寝室の空気に溶けていくように、リーリャの意識も、夢の中へと溶けていった。

☆とまどい

「うーん」

結んだ黒髪を揺らして、与えられた部屋で腕を組んで首を傾げているのは、明日葉だった。

声に出して唸るほどの悩み事は、もちろんリーリャのことで、

（なにかしたかなぁ……）

むしろ明日葉の方が散々やられているのだが、避けられていると感じる明日葉からすれば、自分が悪いのだろうか、という疑問が浮かぶ。

昨日は彼女が自分の走りを見ていることに気付きながらも、リーリャの帰宅が遅かったため、そのことを確かめる前に先に眠ってしまった。

朝、改めて聞こうと思って顔を合わせると、相手は明らかに顔を赤くして、

「っ……ご、ごめんなさい、今日は登校前に少し所用がありますのでっ……！」

そう早口でまくしたてると、リーリャは逃げるようにして自家用車に乗って行ってしまった。

その後も学園で顔を合わせてもいつも以上に優等生の雰囲気で対応されてしまい、明日葉も掘り返すことができず、そのまま放課後になってしまった。

（覗いてたのを気付かれたのが恥ずかしかったとか？　いやでも、それなら嗅ぐ方が恥ずかしくない……？）

想い人と出会う前からこじらせまくっていたお嬢様が、その相手への恋心を自覚して初めての自慰行為をした翌日に、当人と顔を合わせた……などという状況を知っているはずもない明日葉は、答えを見つけられずに首を傾げる。

自己嫌悪と羞恥でろくに顔を合わせずに逃げてしまったリーリャの行為は、明日葉から見ればただ『避けられた』と映るもので、

（ボクのこと、嫌いになったのかな……）

ずきん、と痛みのように鋭く感じたのは、胸の鼓動。

自分の匂いを嗅がれ、一緒に暮らして欲しいと言われて、求められた。

状況に困惑しつつも嫌われているはずはないと思っていた矢先に急に態度を変えられたことで、明日葉はすっ

かり混乱していた。

「ど、どうしよう……」

彼女が慌てているのは、なにもリーリャの機嫌を損ねることで借金のことを言われるのではないかと心配しているわけではない。そんなことはもうとっくに、頭から抜け落ちてしまっている。

純粋に、相手を失望させてしまったかもしれないという不安が、明日葉を悩ませていた。

「やっぱり最近の走りが格好悪かったとか、もしくは一緒に暮らしてみたら思ったよりボクがダメな子だったとか……あうぅぅ……」

不安に思い始めるとどうにも止まらず、明日葉は帰宅してからずっと自室で思い悩んでいた。夕食もろくに喉を通らず、時計の針が夜の九時を過ぎていることに気付いた彼女は、深く溜め息を吐いて、

「お風呂貰おう……」

沈んだ気持ちを少しでも落ち着けようと、明日葉は浴場へと足を運んだ。

神城家の浴室は非常に大きく、夕方から朝方にかけては常に入れるような温度のお湯が保たれている。掃除は日中に家人たちがいないうちに行われているため、毎日清潔だ。

明日葉は手早く服を脱ぎ、湯気の中へと足を踏み入れる。天然石で造られた床のひんやりとした感触が、ほどよく足裏を刺激した。

最初は「温泉旅館かな?」なんて思ったほどの広さの浴室にもだんだん慣れてきてしまうもので、明日葉は部活で出た疲労と汗を、心地の良い温度のシャワーで洗い流す。

「はぁぁ、気持ちいい～……」

湯によって身体がほぐれていく感覚は、心までも緩やかにほどいていく。

深く息を吸い込めば、湿った空気が肺を潤して、心地が良い。

沈んだテンションを少しだけ持ち直してお湯に浸かり、明日葉は深く息を吐く。

「……まあ、あんまり悩んでても仕方ないよね」

悩みすぎるとずぶずぶと沈んでいくのは自分の悪い癖だ。

ここ最近の自分を省みて、明日葉はそれを自覚していた。

「うん、また明日、ちゃんと聞いてみよう！」

沈んでしまわないように、多少無理矢理に自分の気持ちを切り替えて、明日葉は湯船から立ち上がろうとする。

その瞬間、ドアが開く音が浴室に響いた。

「……リーリャ？」

使用人と家人とで浴室が分けられている以上、自分以外に入ってくる相手はひとりしかいない。

湯気の向こうに声をかけると、ひゃ、と短い悲鳴があがり、

「ゆ、百合園さん⁉　ご、ごめんなさい、入っていらしたのに、気付かなくって……！」

「あ、ええっと……気にしないで、っていうかボクの方が居候だからね。気にせず入ってくれていいよ」

「あ、あう、は、はい、そ、それではその、失礼します……」

返事とともに、リーリャは身体を洗うためにシャワーの前へと移動する。

その様子を明日葉はつい、じっくり眺めてしまっていた。

（うわ……すっごい肌白い……）

元々知っていたことだが、一糸まとわぬ姿になったことで更に濃密な視覚情報として、リーリャの美しさが目に飛び込んでくる。

雪のように白い肌はお湯に当たることでほんのりと色づき、水が弾かれて玉になる様子は、同性の明日葉でさえも目が離せなくなるほどに艶めかしい光景だった。

濡れた金髪はライトの光を複雑に反射して、幻想的とさえ言える煌びやかさを放っている。

身体を洗うための泡を立てている姿ですらも可憐で、明日葉は思わず言葉をこぼしていた。

「……リーリャ、きれい」

「え、あ、や、じ、じぃっと見ないでくださいっ……」

「あ……ごめんっ、ついっ……」

指摘されてようやく、自分が相手のことをじっくりと眺めていることに気が付いて、明日葉は慌てて視線を逸らす。

気まずさと湯気が流れる空間を、しばし沈黙が支配した。

距離を測りかねているが故に踏み込めない少女と、踏み込んでしまうと取り返しがつかなくなってしまうと知っているから逃げ腰になっている少女。

お互いの間にある静けさを打ち消したのは、明日葉の方だった。

「その……ごめんね、リーリャ」

「……？　ど、どうして百合園さんが謝るのでしょうか……？」

「ええと……リーリャはずっとボクのことを見てくれてたのに、ボクは全然リーリャのこと知らなくて……今日もなんか、避けられてる気はしてるんだけど……あんまり、理由が分かんなくて……その、もしかしてボク、なにか嫌われるような……嫌なこと、しちゃった……？」

「あ、それ、は……」

途端に、リーリャはばつが悪くなってしまう。

好きで好きで堪らないからこそ助けて、見返りに舞い上がって。そして今、己の感情が明確な恋心で、独占欲だと知って、怖くなった。

胸の内にある感情の名前を知ってしまったからこそ、明日葉と距離を置こうとしてしまった。これ以上近づいたら、どうにかなってしまうと分かっていたから。

(でも、そんなこと、百合園さんは知らなくて当たり前です……)

今日の自分の行動は、事情を知らない明日葉にとっては、構ってきた相手が急に冷たくなったように感じてしまうことだ。そのことに気付いたとき、リーリャは自然と頭を下げていた。

「……ごめんなさい。その、違うんです。百合園さんがなにかしたわけではなくて……私の方が、戸惑ってしまっていて……」

「戸惑う……?」

「……自分でも、分かっているんです。見返りはいらないなんて言っておきながら、百合園さんの『なんでもする』という言葉に、甘えてしまっていること」

「それは……ボクがそう言ったからだし……」

「はい。でも……知らなかったんです。自分がここまで、我が儘で、自制が利かないんだって……今まで、こんなこと一度もなかったのに……そう思ったら、こ、こわく、なってしまって……」

自分の欲に歯止めがきかなくなることも、そのせいで明日葉に嫌われるかもしれないということも、リーリャには恐ろしかった。

「でも……ごめんなさい。避けるようなことを、してしまいました……」

「えっと……嫌われては、ないってことで、いいんだよね……?」

「き、嫌いだなんて！　むしろ大好きで……あ……」

「だい、すき……そ、そっか……」

「い、いまのは……わ、忘れてくださいぃ……」

相手に誤解を与えてしまったという罪悪感から、気持ちを包み隠せなくなってしまい、本音が漏れてしまった。

お湯の温度以上に羞恥心で頬を染めて、リーリャは完全に縮こまってしまう。

「……そんなに、ボクのこと見ててくれたんだ」

「あ、う……」

「ずっと前から、だよね。その……昨日の放課後も、教室から見てたし。もしかして、入学してからずっと……？」

「うぅ……は、はい……」

ここに至っては隠しても無駄だと思ったので、金髪の少女は素直に頷いた。

実際には入学してからどころかその前から何度も映像で見ているのだが、そこまで言う気にはなれなかった。

「……どうして？」

「ど、どうしてって……」

「何でボクのことがそんなに好きなのかなって。ボクなんて、別に良い生まれでもないし、リーリャみたいに可愛くないし……どうしてそんなにも、ボクのことを見てくれているんだろうって。そこが……なんていうか、不安、ていうか……気になるな、って……」

「……ゆ、百合園、さんは……私にないものを、たくさん持っているから、です……」

「そうかな、リーリャの方が、いろんなものを持っていると思うけど……」

「それは、百合園さんから見れば、そうかも、しれません。でも私は、百合園さんの、元気なところや、家柄だけではなく努力で特待生になったところや……く、黒い髪だって、すてきで……」

「っ……そ、そっか……」

自分にとって当たり前だったことや、自分よりもずっと優れていて遠い存在だとも思っていた相手に褒められて、明日葉はどこかくすぐったいような心持ちだった。

もちろん、リーリャが家柄だけで今の立ち位置を得たわけではないことは、明日葉も理解している。

それは学園にいるときから分かっていたことではあるが、ほんの少しの日数とはいえ同じ家に住んで、彼女の生活の一部を知った今、より鮮明に『違う』と思える。

神城リーリャが決して家柄だけのお飾りではないことを、明日葉は充分に理解している。だからこそ、下地のない自分の功績を賞賛してくれているということも。

「あ、あと、可愛いものが好きなところとか……良い匂いがするところも、好きで……」

対して、言わされている側であるお嬢様は、身体を見られる以上の羞恥を感じていた。

(好きな人の前で好きな人の好きなところを言うなんて、恥ずかしすぎますっ……！)

推しが自分の全裸を見ながら、自分の良いところを言ってくれとお願いしてくるという特殊すぎるシチュエーションが、今のリーリャの状態だ。

そもそも頼み事をするのは、なんでも言うことを聞いてもらうのは私の方ではなかったか。そんなふうに思いつつも、彼女の口は止まらなかった。

なにせ懸想(けそう)している相手が自分に、「嫌われたのかと思った」なんて悲しい顔をして、今度は不安だから自分の好きなところを言って欲しいと頼んできたのだ。

(嫌だなんて言えるわけないですよぅ……!!)

中途半端に濡れた身体が冷えることが気にならなくなるほど、身体の奥が熱い。

それは羞恥心からくる熱であり、リーリャの羞恥心が増していくにつれ、胸の奥にしまいこもうとしていた恋心を外へと追い出そうと燃えさかる。

いつの間にか明日葉が湯船を出て、至近距離でこちらの言葉を聞いていることすらも気付かないほどに、リーリャは目を回していた。

「いつも明るくてニコニコしているところも好きですし、でもでも、走るときは凄く真剣な顔で、キリッとなるところも大好きで……そ、それから……走っている姿が……す、凄く、格好よくて、きれいで……あうぅ、すき、すきです……ごめんなさい、すき……」

「……リーリャ」

「は、はいぃ……」

すっかり泣きそうな顔になっているリーリャに、明日葉はゆっくりと近づいた。

「……ありがとう。なんかその、自分で恥ずかしくなるくらい、褒めてもらっちゃって」

「そそそそんな！　こちらこそありがとうございましゅ⁉」

「それと……ごめんね。リーリャがボクのことを知っているほど、ボクはリーリャのこと、知らない」

「そ、それは、その、当然、で……」

「うん……ボクにとって、リーリャはなんていうか、可愛いなって思うし、凄いなって思うけど……遠いなとも、思っていたから」

明日葉が手を伸ばしたのは、ごく自然な欲求からだった。

ずっと同じ教室で過ごしていたのに、自分を見てくれていることさえも気付いていなかった相手。

そして今、同じ屋根の下で、いくつもの「知らない」を知り、想像との違いに戸惑うほどに気になってしまうようになったクラスメイト。

つい先日、触れたらどうなるのだろうと思って、最後には引っ込めてしまった手。

その手を明日葉はゆっくりと、リーリャの頬に触れさせた。

「あ……」

お湯に浸かっていた自分とは違い、指に伝わる温度はひんやりとしているが肌は鮮やかに赤く、冷えているわけではないと分かる。

軽く撫でるだけで、するりと顎の下までを撫でられてしまうほどの、なめらかできめ細やかな肌。

蒼い瞳はうっすらと濡れて、宝石のようだと明日葉は思った。

同年代と比べると幼さを感じる顔立ちは、いつもは凛としているけれど、今は余裕がなく、年相応の可愛らしさを感じられる。

「ゆ、百合園、さん……?」

「……これからでも、いい？」

「これから、とは……?」

「これから、君のことを知りたい」

「あ……」

「学園で見るリーリャだけじゃない、いろんなリーリャを、もっと見たい。どんなものが好きで、どんなものが苦手で、なにが得意なのかも、ボクはまだ知らないから」

リーリャの目を見て、明日葉は真っ直ぐに言葉を紡ぐ。

自分に好意を寄せてきてくれる相手のことを、もっと知りたい。

学園で見せる完璧なお嬢様ではなく、人間としての彼女をもっと理解したい。

それは好奇心だけによるものではなく、明確な欲求だった。

激しく自分を求めてくるリーリャや、今のように頬を染めて恥じらっているリーリャのことを、明日葉は知らない。いや、知らなかった。

この数日で知ってしまった、リーリャの隠されていた一面。それを明日葉は、もっと見たいと思った。

「……どうかな、それでも、いい？」

真剣な表情で、どこか探るように、明日葉はリーリャを見た。

「……ふ、ふぁい……」

「わっ、リーリャ⁉」

ぼんやりとした顔で、リーリャは腰を抜かしてしまう。

浴室用の椅子から倒れそうになった金髪の少女を、明日葉は慌てて支える。

「ど、どうしたのリーリャ⁉　身体冷えちゃった⁉」

「ち、ちが、ちがいます、けど……きょ、今日はこれが、げんかい、です……あふぅ……」

百合園明日葉はまだ、神城リーリャのことをよく知らない。

腕の中でどこか幸せそうにくったりとする少女が、実は入学前から自分のことを見ていたこと。

彼女の好意が親愛を示すものではなく、恋愛を示すものであるということ。

好意を寄せている相手に一糸まとわぬ姿を見られた上に、好きな部分を白状させられた挙げ句、至近距離まで迫られて顎を持ち上げられ、トドメに「もっと見たい」と言われた。

その辺りの事情を知らない明日葉が今、リーリャにやってしまったことは、明らかに致命傷だった。

「きゅ、きゅう～……」

「ちょ、ちょっとリーリャ⁉　リーリャってばぁ⁉」

満足げに目を閉じる金髪の少女を抱えて、明日葉は慌てて浴室から出ることになった。

☆これからのはじまり

「はぁ……昨日はびっくりした……」

朝一番、着替えを終えた明日葉は、昨日の夜のことを反芻して溜め息を吐いた。

風呂場で腰を抜かしてしまったリーリャを抱えて、着替えを手伝い、寝室に運んだ。

そのあとで自分も与えられた自室に戻って眠ったのだが、

「大丈夫かなぁ、リーリャ……」

独り言をこぼしたと同時に、ドアがノックされる。

「あ、はーい。どうぞ」

給仕の人が、朝食の用意ができたことを知らせにきてくれたのだろうか。

そう思って声をかけた明日葉だったが、部屋に入ってきたのは給仕ではなく、

「……リーリャ？」

「は、はい、神城リーリャです……お、おはようございます」

「えっと……お、おはよう」

この屋敷で暮らし始めて、朝食の場で会うことはあっても、朝からリーリャが部屋にやってくることは初めてだったので、明日葉は少しだけ驚いてしまう。

どう声をかけようかと迷っていると、相手の方が先に口を開いて、

「その……ちょ、朝食を、ご一緒したいと思って……お誘いに来ました」

「あ……うん、分かった」

「あの、これからは……お屋敷では、できるだけ、一緒にいたいと思っています」

「え……」

「……わ、私のことが見たいって、言ってくれましたから。私も……百合園さんのことを、もっと、もっと知りたいですし……その、だめ、でしょうか……？」

ダメかどうかなんて、問うまでもないことだった。そもそも明日葉はリーリャに、実家の借金を肩代わりしてもらったことによる恩があるが故に、なんでもするという約束をしたのだ。

その気になればそうしてくれと言えばいいだけのことを、リーリャがわざわざ確認しにきたのは、

(受け入れてもらえるのか、不安なんだ)

昨夜、目の前の金髪の少女が、自制できなくなってきていると言っていたことを、明日葉は思い出す。

どこまでが許されるのかと不安に思いながらも、リーリャは踏み込んできてくれた。

「……ううん、全然ダメじゃないよ」

相手のことを少し知ったからこそ、明日葉ははっきりと口にする。

ダメじゃない、それを口にした瞬間のリーリャの笑みは、教室で見るような凛としたものではなく、けれど小さな花のつぼみが開くかのような、可憐なものだった。

「……ありがとうございます、百合園さん」

「あ、あのね……よかったら、明日葉って呼んで？」

「え……？」

「いつまでも名字で呼ばれるのも、ちょっと落ち着かない感じだし……その、学園では、リーリャもいろいろあるだろうから名字でいいけど、お屋敷では下の名前で呼んで欲しいなって」

「……分かりました、明日葉さん」

踏み込んでもいい、そして自分も踏み込む第一歩として、明日葉は相手に自分の名前を呼んで欲しいと思った。

「それで、その……昨夜はご迷惑をおかけしてごめんなさい」

「迷惑だなんて、そんなことないよ。ちょっとびっくりしたけど……疲れてるのに、お風呂場で長話ししちゃったのも悪かったんだと思うし」

「う……でも、運ばせてしまいましたし……」

「なに言ってるの。リーリャ、軽くて楽ちんだったよ」

細身に見える明日葉だが、それは身体が締まっているというだけだ。

見た目通りに軽い、四十キロあるかも分からないリーリャくらいのウエイトなら、陸上競技とトレーニングで鍛えている明日葉にとっては担いだところでどうってことはない。

ふん、と鼻息を荒くした明日葉に、リーリャは破顔して、

「……ありがとうございます」

「……ど、どういたしまして」

頼りになるところを見せようと思ったら、自分が考えていた以上に可愛らしい微笑みが返ってきてしまった。

きっと教室に佇んでいるリーリャに対して同じことをしたら、いつもの完璧お嬢様が涼やかに微笑んで受け止めてくれるのだろう。その態度は自分よりもずっと大人っぽくて、少女じみた外見とのギャップは、それはそれで魅力的に映るだろう。

けれど頬を染めて、いかにも恥ずかしそうに礼を言ってくる今のリーリャは、どこか頼りなく、庇護欲をくすぐるもので。

「う、うわぁー……」

「あ、明日葉さん⁉ どうしたんですか⁉ どこか痛むとか……」

「ああ、いや、気にしないで、大丈夫だから」

急に突っ伏したことでリーリャが駆け寄ってくるが、調子が悪くなったわけではない。

（いつもは見た目通りの反応をしない子が、見た目通りの反応をするって、凄い破壊力だ……）

自分より小さくて頼りなくも見えるけれど、自分よりも遙かに大きなものを背負っている、尊敬するクラスメイト。

最初こそ見た目との差異に面食らったものの、明日葉にとってそれはいつの間にか当たり前の姿になっていた。

そんな相手が今、当初のイメージ通りの可愛らしい反応をしている。ギャップ萌え、という言葉を知らない明日葉は、目の前であわあわする同級生の愛らしさに語彙（ごい）を奪われ、悶えていた。

踏み込むと決めた初日からこれで大丈夫だろうかと思うけれど、学園に着けば恐らくはいつも通りの凜としたリーリャに戻るのだろうと考えて、ある程度気分を落ち着かせる。

「うん、ごめんね、もう大丈夫。朝ご飯、食べに行こっか」

「はい、ゆり……明日葉さん」

「うん。学園には……別々で行くってことで、いいのかな」

「はい、急に一緒に住んでいるというような話になっても、噂（うわさ）になってしまいますし、私も登校前にお稽古事があったりしますから……時間をズラして、お送りしますね」

「ううん、ボクは普通に歩いて登校するから。のんびり歩くの、好きだし」

「分かりました。では、そのように」

関係の変化に振り回されつつも、それを悪いとは思わず、明日葉はリーリャと並んで部屋を後にする。

朝食をふたりで食べて、別々に屋敷を出る。今日のリーリャは学園に到着する前までお嬢様としてやることがあるため、学園に到着するのは明日葉の方が先だ。

学生としての時間が始まれば、いつも通りにそう多くを話すことはなく、しかし嫌っているわけでもない、ごく普通のクラスメイトという関係に戻る。

当たり前に授業を受け、目が合えば軽く言葉を交わし、周囲には太陽のような笑顔と、柔らかな微笑みを振りまき、何事もなく学業を終える。

放課後になればリーリャはお嬢様として、明日葉は陸上部員として、お互いに研鑽を重ねる。

そして明日葉が部活を終え、神城の屋敷に戻ると、

「あ……おかえりなさい、明日葉さん」

「リーリャ。もう帰ってたんだ」

「はい、夜はなるべく明日葉さんと一緒にいたくて。毎日は難しいですが、今後はできるだけ、そうします」

「……うん、分かったよ」

今のリーリャの表情は、学園で見せる凛としたものではなく、年相応の少女のものだ。

他のクラスメイトが知らないであろうリーリャの笑顔に見惚れつつも、明日葉は自然に、彼女を部屋へと招き入れていた。

明日葉の部屋は引っ越し作業を終えて、寮から持ち込んだ家具が配置されている。既に使用人のための空き部屋ではなく、明日葉個人の部屋として完成していた。

ごく普通の日本人として育った明日葉は、屋内では靴を脱ぐ習慣がある。素足になった明日葉に習い、リーリャも靴を脱いで床に腰を下ろす。

「ええと……リーリャは今日、お願いがあったりする？　その……約束通り、なんでもするよ」

「あ……では、今日は……お、お話が、したいです」

「お話？」

「はい。私は、明日葉さんのことをずっと見ていましたけど……こうして直接話す機会が多くなったのは最近ですから」

「……確かに、そうだね」

以前は毎日のように教室で顔を合わせていたが、お互いの関係は表面的なものだった。

そして関係性が変わってからの数日、少女たちは自分さえも知らなかった感情の暴走や、変化に戸惑った。相手だけではなく自分のことさえも不安になり、少しのすれ違いを経て、近づいた。

こうして静かに、ごく普通の友人のように、或いはどこにでもいる恋人同士のように向かい合うのは、初めてのことだった。

「ええと……楽にして、っていうのはちょっと変かな。ボクの部屋、リーリャの家に借りてるものだし」

「ふふ。明日葉さんこそ、楽にしてください。今、お茶を淹れますから」

「……確かに、まだ緊張してるけどさ」

リーリャは気を抜いた笑みを見せると、部屋の中に置かれている茶器を扱い始める。

明日葉に与えられている部屋が使用人が使うものの中で一番小さなものとはいえ、大財閥の屋敷の一室。いくつかの家具、例えばちゃぶ台や座布団、着替えを入れているタンスなどは明日葉が寮から持ち込んだものだが、電気ポットや水道など、生活に必要なものはある程度揃っていたのだ。

リーリャは自室から持ってきていた茶葉を開け、お茶の準備を整える。手慣れた様子のクラスメイトを見て、明日葉は少しだけ驚いた。

「……リーリャ、お茶淹れられるんだ?」

「はい。明日葉さんが最初にお屋敷に来たときにお出ししたものも、私が淹れたんですよ?」

「……まだまだ知らないことが多いのは分かったよ。そういうのは使用人さんがやってるんだと思ってた」

「お父様とお母様の教えです。使用人がいなくなったときになにもできない自分になるなと。そして私も、それは正しい考え方だと思っています。……それに、自分で淹れれば使用人たちにお願いするより、自分のそのときの気分に合ったものが飲めますから」

言いながらも動きは止まらず、リーリャは手早くお茶の用意を済ませてしまう。

その動作は無駄がなく、優雅であり、制服をメイド服に着せ替えてしまえばどんな一流の貴族に仕えても恥ずかしくないのではないかと思うほどに完成された所作だった。

「夕食前ですので、お茶だけでよろしいでしょうか」

「うん、ありがとう、リーリャ」

なんでもすると言った自分の方がもてなされているという状況に、明日葉はやや苦笑をこぼす。

カップを満たしている茶の色は茶器の底が見えるような薄いオレンジだが、漂ってくる香りは芳醇で、果実のように甘かった。

口に含んでみれば、日本茶とは違うどこか複雑で、しかし嫌みのない淡い苦みが舌に触れる。鼻孔をくすぐる甘く強い匂いも、苦みをいやらしく感じさせない一因だろう。

「……美味しい」

「よかった。私のお気に入りのものです」

「あんまり紅茶を飲む習慣はないんだけど、リーリャが淹れてくれたこれは、凄く美味しいよ」

「ありがとうございます。だけど茶葉が良いものなので、そう難しくはないんですよ?」

「そうかな、お茶淹れる姿も、サマになってるっていうか、綺麗だったけど」

「あ、ありがとうございます……」

不意打ちのようにお茶ではなく自分の所作を褒められて、リーリャは赤面する。

「……なんか、そういう反応するのも意外かも。リーリャは綺麗とか可愛いとか、言われ慣れてると思ってたし……実際学園でも、どう褒められても涼しい顔してるのに」

「……明日葉さんに褒められるのと、他の人に褒められるのは違います」

やけ気味に口にしながら、金の少女は頬の熱さを誤魔化すように紅茶に口をつける。

「……あなたの前では、外面の……ボクが本当に見たい、仮面をつけた私で、いられなくなってしまったのです」

「うん、そっか。それは……リーリヤだ」

「っ、だ、だからそういうことを口にして、嬉しくさせないでくださいっ……」

「ボクは、リーリヤのためになんでもするって言ったから。リーリヤがもっとして欲しいことがあるなら、それもちゃんと教えて欲しいよ。ほら、お話以外にも、したいことない？」

「っ、あ、あうぅ……ん、んくっ」

もはやお気に入りのお茶の味など分からないような状態で、リーリヤは紅茶の熱で恥ずかしさを追い出そうとする。

もちろん、いくらお茶を飲めば落ち着くといっても、限界はある。想い人に正面から「甘えてもいい」と言われた喜びが、お茶の味と温かさ程度で消えてくれるはずもない。

「……そっちに行っても、いいですか？」

たっぷり数分の時間をかけて、ようやく言葉を絞り出すと明日葉はにっこりと明るく笑って、

「うん。おいで、リーリヤ」

「……明日葉さんって、女の子泣かせって言われません？」

「言われたことないよ!?　急にどうしたの!?」

あまりにも対応がイケメンすぎて、つい八つ当たり気味に言葉を作ってしまった。せっかく落ち着かせた心臓がまた跳ね回ることを自覚しながら、リーリヤは明日葉の隣に腰を下ろす。距離が近づき、大好きな人の優しい匂いが紅茶の甘い芳香の隙間からやってくる。

たったそれだけのことで、幸せすぎておかしくなりそうなほどの昂ぶりを感じる。

「っ……」

悲鳴ではない。けれど、言葉にならない。

温度、匂い、気配。ちらりと視線を送れば、それだけで推しのご尊顔。

目に見えるものも、見えないものも、明日葉から感じられるあらゆる情報が、リーリャを揺さぶる。

（どきどき、凄すぎますっ……！）

隣に座る相手に、自分の心臓の音が聞こえてしまっているのではないかと心配になってしまうほど、鼓動が速く、強く響く。

少なくとも今、自分の顔は真っ赤になっていることだろう。ああ、恥ずかしい。見られてしまったらどうしよう。でも、離れたくない。

むず痒く、甘ったるく、致命的な感情。恋心は理性を蝕む、或いは蕩けさせるものだと、リーリャは心底から自覚してしまっていた。

「……不安だったんだよね」

「……な、なにがですか？」

返事をする声をなんとか上ずらせないようにと必死になりながら、リーリャはかけられた言葉に応える。

「まだ知らないことばっかりだけど、ここ数日でいろんなリーリャを見て……意外だって思ったし、戸惑った。だから……この間、リーリャがボクから距離を取ったときに、不安だったんだ」

「あ……」

「もしかしたらリーリャが思っているよりボクが頼りなくて……それで幻滅させたり、がっかりさせたりしたんじゃないかって。ずっと前から見られてたって知っちゃったから、余計に怖くなったんだ」

「……ごめんなさい」

「ううん。いいんだ。勘違いだって分かったし。それに、ボクはみんなが知らないリーリャのことを知るのが、嫌じゃないみたいだから」

「え……？」

「最初はボクが思っているのと違うリーリャで戸惑ったよ。でも今は、なんだろう……他の人に見せるのとは違う顔が見られるのが、なんていうか……特別な感じがして、嬉しいって思ってる」

完璧で、完成していて、誰もが認める徹頭徹尾お嬢様。普通に考えれば、そんな存在がいるはずがない。どれほど育ちが良く、また本人の努力があろうとも、まだ十代の少女なのだ。

しかし神城リーリャという少女は、それを成している。同級生からだけでなく、大人たちからも完璧だと認められるほどの実力を、身につけてしまっている。

誰もが彼女をお飾りの少女だなどと思えないほどに、リーリャは完璧を『演じて』いる。

「ボクは今まで、なんでもできる……家も凄いし、本人も凄い、お嬢様のリーリャしか知らなかった」

「それは……そう在るようにと、私がそうしてきましたから」

「うん。それは凄いし、頑張ったんだろうなって思うよ。でも……そんなリーリャも、慌てたり、自分の気持ちに振り回されたりするって分かってちょっと安心した。それで、そういうところを見せたり、甘えられる相手がボクしかいないんじゃないかって思ったら、なんだろう……嬉しくなったし、受け止めたいって思った」

誰もが知っている神城リーリャという『お嬢様』ではなく。

年相応に悩み、困惑する、『神城リーリャ』。

知り始めた相手のことを、明日葉は悪く思わず、むしろもっと見たい、見せて欲しいと思っていた。

「だから、今は……おうちの借金を返してくれて、そのお礼というか、義務みたいな『なんでもする』んじゃなくて……リーリャの我が儘を、聞いてあげたいって思ってるよ」

「あっ、ありがとう、ございます……」

「うん。だから気にせずに、なんでも言ってくれていいから」

にっこりと嫌みなく笑う明日葉の隣で、リーリャは縮こまる。

それは単純に照れの感情もあるが、それ以上に、

(どこまでなら、許されるのか、なんて……我ながら、なんて我が儘なのでしょう)

なんでもする、なんでも言って。

そのなんでもは、『どこまで』を指すのだろう。

自分と違って、きっと相手は恋愛感情など持っていない。

側にいてくださいと言って、こうして許してくれる。

匂いを嗅がせてと頼めば、今だって拒まないだろう。

抱きしめて欲しいと言えば、きっとそうしてくれるだろう。

(そこまでは、許してくれる……)

では、口づけてくれと言ったら？

愛の言葉を囁(ささや)いてと、頼んだら？

抱きしめるのではなく、『抱いて』くれと望んだら？

「……リーリャ？　どうかした？」

「……なんでもありません。今日は……今日は、このまま、お側にいさせてください」

「うん、分かったよ」

近くなったはずの距離が、ひどく遠く感じてしまうのはきっと、我が儘だ。

こんなにも大好きな人の匂いが近くで感じられる位置のはずなのに、焦がれる感情が消えてくれないのは、自分が欲張りで、いけない子だからだ。

自分の想いが暴走しかけていることを自覚して、リーリャは必死で自分を抑えつける。

（こんなに幸せなのに……）

その幸せが壊れてしまうことが、恐ろしい。

だから許されない距離にまで、踏み込まないように。

誤魔化しの利かない感情を、リーリャは紅茶で流し込んだ。

☆百合園明日葉という少女

百合園明日葉の父はごく普通の会社員、母は父と同じ会社に勤めている、いわゆる共働きの家庭に生まれた。

不況の世の中。共働きである百合園家は、娘に構う時間が多くはなかった。明日葉は小さな頃から聞き分けが良く、両親を困らせることのない、言ってしまえば『良い子』だった。

故に両親は数少ない時間を、娘を褒めることに重きを置いて過ごした。そうして褒められることが幼い明日葉にとってはなによりの喜びで、その体験は彼女を『良い子』から『努力家』に成長させた。

何事にも真っ正面から取り組み、努力を怠（おこた）らず、心配をかけるまいと逆境にも笑ってみせる。

その真剣さに応えるかのように彼女の身体はしなやかに、強く、そして麗しく成長した。

やがて彼女は学業でも、部活でも高い成績を収め、国内でもトップクラスの知名度と歴史を持つ学園への特待生の話がやってきた。

学園には同年代が通う他では考えられないほどのレベルの高いカリキュラムや、運動部にも高名なアスリートを講師に招くなど、生徒たちの教育に力を入れている。

自分の実力を更に引き上げられる環境というのは、明日葉にとって魅力的だった。自分の才能がいずれ父や母に楽をさせてやるための収入に繋がるということは、ぼんやりと考えていたからだ。

「え、学費免除なんですか⁉　行きます‼」

なにより、平凡で余裕がそれほどあるわけでもない家の生まれである明日葉にとって、親に金をかけさせないというのはかなり重要なポイントだった。

もちろん学費免除は学園内で高い成績を収め、それを維持するのが条件だったが、明日葉にはその実力と熱意があり、自信もあった。その実力の高さがやがて親に不甲斐なさを感じさせ、ついに借金という失敗を招いてしまうのだが、それは別の話。

そして入学の当日。明日葉は妖精のような少女が壇上に登り、新入生代表として挨拶をするのを目にすることになる。

「……きれい」

初めて見たとき、明日葉は無意識に言葉をこぼしてしまった。

金色の髪に、真っ白な肌、美しい顔立ち。お伽噺の絵本から抜け出てきたかのように幻想的なルックスは同年代より幼く見えたものの、そんなことが気にならなくなってしまうほどの強烈な存在感を、壇上の少女は放っていた。

少女の声は鳥が鳴くように可愛らしい響きにもかかわらず、口調はしっかりとしており、不思議と耳を傾けてしまう雰囲気があった。

同年代とは思えないほど、群を抜いたカリスマ性。壇上の少女の名前が神城リーリャで、学園の出資者のひとりが経営する大財閥の一人娘であると知ったあとも、明日葉は何度も彼女に驚かされることとなる。自分よりも頭ひとつ以上も小さな少女が自分と対等、或いはそれ以上に渡り合ってくるのだ。

さすがに自分の土俵である短距離走では負けることはないが、バスケットやテニスなどでは小回りを活かした動きに翻弄されてしまうことすらある。学業に至ってはこちらが勝てることが希だった。

特待生という物珍しさから人に囲まれる自分と、いつも落ち着いて席に座っている彼女。話す機会こそ多く持てなかったものの、明日葉はリーリャを深く認め、また競っていて楽しい相手だとも思っていた。

「……んっ」

そして、現在。

尊敬するクラスメイトである神城リーリャの屋敷に、明日葉は住んでいた。

部屋の中での柔軟運動を終えて、彼女はベッドに身を投げ出す。

「……まさか、こんなことになるなんて思わなかったなぁ」

父親の借金が発覚してから、自分の環境は大きく変化した。

特待生としての立場が危うくなったかと思えば救われ、なんでもすると言った結果、恩人となったクラスメイトと一緒に暮らすことになって。

憧れてさえいた相手が、誰もが認める完璧なお嬢様が、自分と何ら変わらず多くを悩んでいることを知った。

「今日のリーリャ、ちょっと遠慮がちだったな」

なるべく時間を取る。そう言った彼女が、意外と遠慮気味に頼み事をしてくるのには少し驚いた。

「……不安、なのかな」

弱さや甘えを見せられるのが、ボクしかいないのではないか。

そう言ったとき、彼女は明日葉の言葉を否定してこなかった。

自分の弱さを誰にも晒すことができないというのはどれくらい孤独で、寂しくて、怖いことなのか。

明日葉には想像することしかできない。自分だったらきっと耐えられないだろうと、思うことしかできない。

あの不安そうな顔で甘えてきた女の子が、どれだけの勇気と不安を抱えて自分の近くに寄ってきてくれたのか。

「……リーリャ」

名前を呼んで身を丸め、瞳を閉じる。

瞼が作る暗闇の中で、あの不安そうな顔が浮かび、揺れる。

もしかしてあの甘え下手なクラスメイトは今も、今日の自分が我が儘でなかったかを心配して、震えているのではないか。

「む、むう……それはそれで、凄く心配だなぁ……」

甘えていいと言われてすぐにそうできるなら、甘え下手になんてならないだろう。

明日葉はリーリャが自分の我が儘を通すことをひどく怖がっていることを、もう知っている。だから今、彼女が自分にすべてをさらけ出してくれているとは思っていない。きっと彼女はまだ、自分に遠慮しているはずだと、そう確信している。

「大丈夫かな、明日また距離とられたりとか……別れるときにちゃんと気にしなくていいとか言っておけばよかったかな……ううん……」

明日葉はベッドをごろごろと転がり、一通りリーリャについて悩み、ふと顔を上げて、

「……なんでボク、こんなにリーリャのこと考えてるんだろう」

ここ最近の自分は、ずっとそうだ。彼女のことが気がかりで、今だって夜も眠れていない。

知らない一面を見る度に驚きつつも嬉しくなり、避けられれば不安になり、自分が好かれていたのだと知って嬉しくなる。

あんなにも強く、美しく、気高く、憧れてすらいた神城リーリャという少女が、自分にだけ弱い部分を見せ、不安になり、自分の心をさらけ出して甘えてくれる。

「……なんでこんなに、どきどきして……」

触れられて恥ずかしいわけでもないのに、彼女のことを考えるだけで心臓が跳ねる。

明日葉さん、と幻聴が聞こえた。家の名前ではなく、自分だけが持つ明日葉という名前を呼んで、恥ずかしそうに笑って側に座っていた彼女のことを思い出す。どくん、と心臓がまた強く動いた。

全力で走ったあととは違う、胸の苦しさ。明日葉は自らの鼓動を確かめて、

「……いくらなんでも、ちょっと心配しすぎかなあ。あはは、これじゃリーリャのお母さんになっちゃったみたいだ」

誤魔化すように言葉を作り、明日葉はもう一度、瞳を閉じた。

明日葉が深い眠りへと落ちるまで、金色の少女の幻影が瞼の裏から消えることはなかった。

☆学び舎での彼女たち

「ごきげんよう、百合園さん」

「うん、リーリャさんも元気そうでよかった」

なんでもないことのように、他愛なく、ふたりは挨拶を交わす。

それは神城リーリャと百合園明日葉にとってはいつもの風景で、

「うーん、やっぱり神城さんと百合園さんが並ぶと絵になる……」

「学園の二大美少女だからね……」

「というかなんで同じクラスになってるんだろう……見た目もテストも平均値上がりすぎじゃ……?」

そんな声が聞こえてくるのもまた、いつもの風景だった。

そんないつもの教室で、涼しい顔を崩さぬままで窓際に優雅に座り、

(はぁぁ、明日葉さん、今日も綺麗……)

心の中だけで悶えるという器用な芸当を、リーリャは行っていた。

そもそもつい三十分ほど前に別れたばかりなのに、こちらが挨拶したら満面の笑みで返してくるのがずるい。

ずっと見ていたいのに立場上それができないなんて、極上の料理を匂いだけ嗅がされるのに等しい。

(い、いけません、いけませんね、私ったら)

そんな考えに至った自分を、リーリャは心中で叱責した。

(そもそも今の状況が、前よりもずっと幸せなのに……なぜ、学園生活という当たり前が残念になってしまうのでしょう。欲張りすぎも良いところです)

同じ屋敷に住む前、自分はこの距離感に満足していた。

遠くから彼女を眺めて、時折触れられる香りに焦がれて、ただにこやかに相対する。

それだけで満たされていたはずの自分が、明確に変わってしまったのは、

(なんでもすると、そう言われたからで……)

そこまで思い至り、リーリャは少しだけ納得を得た。

今の生活が前よりも満たされているから、今までの関係で過ごすことに寂しさを覚えるのだと、理解したのだ。

(とはいえ、きちんと自制は利かせないと……)

明日葉のようにぼうっとして上の空になることなく、リーリャは滞りなく、学園生活を謳歌(おうか)する。

頭の中の九割以上は早く放課後になって明日葉と過ごしたいという気持ちに満たされながらも、残りの一割がリーリャに完璧なお嬢様を演じさせる。名前を呼ばれれば優雅に立ち、教師から出される問題にすらすらと答え、届いてくる賛辞の言葉に柔らかな笑みと控えめな言葉を返す。

想い人にデレデレする片手間であっても、絶対完璧お嬢様の仮面が崩れることなどあり得ないのだ。

「……あ」

ふと目が合った瞬間に、明日葉がにへらと笑う。

その笑顔は今までクラスメイトと自分に等しく向けてきたような、元気いっぱいの笑顔ではなく、ただ気軽な相手にこそ見せる、言ってしまえば緩み切った笑顔で。

「っ……‼」

一瞬でリーリャの仮面が崩れかけた。

（だからっ、どうしてこうっ、明日葉さんは不意打ちでっ……！）

怒っても仕方がない、百合園明日葉とはそういう人物なのだ。

初めて見たときからそうだった。誰にも前は走らせないというほどの強い意志を持った走りで、実際に誰も寄せ付けなかった彼女は、駆け抜けたあと、修羅ではなく太陽のように目一杯笑っていた。

誰かを見下すのでもなく、勝った自分を誇るのでもなく、ただすっきりと走れて気持ちが良かったとでもいうような、気軽すぎるようにも見える笑顔。

（う～……！）

勝負の世界にあってなお、美しさと爽やかさを保ち、しかし熱量は失わない。そんな彼女の姿に自分は心を狂わされたのだ。

そして今、やはり彼女はこちらの予想を裏切って、まるで一緒にいるときのように、自分が彼女を『明日葉さん』と呼んでいるときと同じ笑みを向けてきてくれた。

（そんなの……このあとが楽しみで楽しみで、仕方がなくなってしまうではないですかっ……）

一割の体裁（ていさい）で我慢してきたのに、足りなくなってしまう。

もっと想いたいのに、それをしたら自分が崩れてしまう。

顔が赤くなるのを気合いで抑え、リーリャはその日の授業を乗り切った。

「……ふぅ」

教師からの解散の合図を聞き、金髪の少女は人知れず溜め息を吐く。

これでようやく放課後で、あとは自分の責務を果たし、屋敷に戻れば明日葉との時間が待っている。

逆に言えば、一度明日葉とは離れてしまう。今日は予定が夜まで詰まっているため、用事を済ませたあとに学園に戻って明日葉の部活動をひっそりと覗き見るというお楽しみもお預けだ。

離れる前に、少しだけでも推しの顔を見ておかなければ。

リーリャはごく自然な動作で自らの鞄を手に取り、投げられてくる挨拶に努めてにこやかに返答し、誰が見ても急いでなどいないと判別できるギリギリの歩調で教室を後にする。

自分がそうやって優雅さを演出しているうちに、明日葉はとっくに教室から出て行ってしまっている。陸上部の練習場はグラウンドなので、その前を通れば横顔くらいは見られるはずだと思い、リーリャは自分の教室がある二階から、下駄箱へ向かおうとして――

「あ……」

階段の陰に隠れるような位置で、ひっそりと頭を下げる明日葉を見つけた。

彼女が頭を下げている相手は、ひとつ下の学年の後輩。もちろん面識はないのだが、学年によってリボンの色が変わるため、一目見ただけで相手が後輩なのは明白だった。

明日葉が後輩になにを言っているのかは分からないけれど、向かい合っている少女は、涙を流している。

そんな後輩を見て、明日葉は困ったような顔で流れていく涙を指でそっと拭い、なにかを語りかけていた。

「……ああ」

その様子でなにが起こっているのか察せないほど、神城リーリャは鈍くはない。

それは百合園明日葉という人物を一年以上見ていれば、何度も目にする光景だった。

人当たりが良く、同年代よりずっと大人びて見える、優秀な特待生。

当然のように人気が出る。そしてその人気は、あらゆる意味を持つ。

憧れ、嫉妬、尊敬、畏れ。そんな感情の群れの中で最も多いのが、恋心だった。

なにせファンクラブのようなものが——リーリャのファンクラブもあるのだが——存在し、ブロマイドやら、キーホルダーやらというグッズがしれっと取引されている。

その人気は既に世間一般でいう、アイドルのそれだった。陸上の大会の度に専用の応援団が組まれ、全員が実費で応援に向かうというのだから、相当なものだろう。

そんな彼女であれば当然、毎日のように想いを伝えられる。同性であることなんて関係ないと息巻いた学園の生徒から、果ては他校の選手や学生までも、隙があれば百合園明日葉に想いを告げる。

しかし未だに、彼女の心を開かせた人物はいない。

見ていることに気付かれる前に、リーリャはその場を後にしていた。

明日葉が後輩を振ったことに満足して、金色の少女は人知れず笑みを深くする。

(当たり前です。だって明日葉さんは私といるんですから。私のお願いを聞いて、私を受け入れて、私を抱きしめてくれる……私だけを、大切にしてくれる……)

そこまでを考えて、リーリャは自らの思考に疑問を持った。

（私、どうしてそんなことを……）

自覚した瞬間、自分自身が考えていたことに、背筋が凍った。

神城リーリャは、いわゆる上流階級である。父も母も誰もが認めるであろう実績を収め、一般人であれば一生をかけても稼ぐことができないであろう額を気軽に動かし、世界に影響を与える。

そんな家に生まれた彼女は、幼い頃から他人より遥かに恵まれていた。触れるもの、与えられるものすべてが最高峰だった。

そのことをリーリャは謙遜することなく、受け止めている。自分が恵まれていて、人よりも良いものを与えられ、そしてこれから先もそれは続くのだと知っている。

（だけど、こんな……）

こんなふうに、他人に対して優越感を得ることなど、なかったはずだ。

例えどれだけ自分が他人より恵まれ、優れていても、他人を貶（おとし）めるような感情を、リーリャは持たなかった。

誰も彼もが生まれを選べず、その中で苦しみ、もがき、自分という命を全うしている。それを勝手に比べたり、あまつさえ自らが悦（えつ）に浸るために他人の生い立ちや境遇を使うものではないと、リーリャは幼い頃からそう思い、事実そうしてきた。

そんな自分が今、明らかに他人を嘲（あざけ）っていたことに気が付いてしまった。

（私だって、持っている感情なのに……）

自分も今、想いを告げて受け入れられなかったあの子のように、百合園明日葉に恋焦がれている。

だったら、その気持ちの厄介（やっかい）さも、尊さも、分かっているはずだ。

焦がれる想いは力にもなるし、足枷（あしかせ）にもなる。自分で制御することも難しく、手放せず、苦しく、だけどほんの少しのことで嬉しく、幸福を得られる。

そんな想いのことを知っていながら、自分はなんて恐ろしくて、傲慢（ごうまん）なことを考えたのか。

「っ……」

自分の中に湧き上がったものを抑え込むように、リーリャは息を呑んだ。

感情を振り切るようにして急ぎ足で学園を後にする。

今は、大好きな人の顔を真っ直ぐに見られる自信がなかった。

☆休日デート

「……確かに、なんでもするとは言ったけど」

「ご、ごめんなさい、お休みの日に頼み事をしてしまって……その、ご迷惑でしたか……？」

「いや、それはいいんだけど……正直言ってこれは、ボクがする意味あるのかなぁって」

週末、つまりは学生にとっての解放日。明日葉は神城家の台所に立っていた。

理由はもちろん、なんでもすると言った明日葉に対してリーリャがそう望んだからで、

「まあ、リーリャがそうして欲しいなら、お昼ご飯を作るくらいはなんでもないけど……でも、何度も言うけどさ、ボクが作るよりこの家の料理人さんが作った方が、絶対美味しいと思うよ？」

それは卑下（ひげ）や謙遜ではなく、事実として明日葉が感じていることだ。

毎日出てくる料理が、高級店も裸足で逃げ出すような完成度のものであることを、明日葉は数日生活して充分に知っていた。

普段は自分の弁当を自ら用意している明日葉だが、さすがに神城家が雇っているような超一流の料理人に勝る

ような腕ではない。まして最近は一流シェフが常駐するようなキッチンを気軽に使うわけにもいかないと思い、料理そのものを暫くしていないのだ。

「……いいんです、私は明日葉さんのご飯を食べてみたいのです。私にだけ……振る舞って、欲しいです」

どこか頑なに、リーリャはもう一度望みを口にする。

その様子はどこか切なげで、切羽詰まっているようにも見えた。疑問に思いつつも、明日葉は嘆息して、

「まあ、そこまで言うなら……」

リーリャに振る舞えるほどじゃないんだけどなあ。

そう思うが相手は譲らず、自分はなんでもすると言ってしまった立場だ。

（……まあ、匂いを嗅がれるよりは恥ずかしくないかな）

一緒にいる時間が増えてから、何度か明日葉はリーリャに頼まれて自分の匂いを嗅がせている。

そのことがあるために最近は一層身だしなみ、とりわけ体臭には気を遣っていた。しかしリーリャはどうにも部活が終わったあとなどの汗をかいているときに限ってこちらの匂いを嗅ぎたがるので、毎回顔から火が出てしまいそうな心地だ。

何度重ねても慣れない恥ずかしい行為に比べれば、料理を作ることはそう難しいことではないと思えた。

「じゃ、作るけど……調理器具は、自分が使ってたのを使ってもいい？　その方が慣れてるから」

「はい。よろしくお願いします。食材は一通り揃っているはずですから、自由に使ってくださいね」

神城家のキッチンには一通りどころか、それこそ一流シェフが満足するほどの設備が整っている。素人である明日葉にとってはどう使えばいいのか分からないようなものも多いため、明日葉は寮から持ち込んだ自分用の調理器具を使うことにした。

「それじゃ、まずはエプロンをつけて……」

調理に使うものをまとめて入れたカゴから、愛用のエプロンを取り出す。

神城の屋敷に移ってから使う機会がなかったものだが、洗濯はきちんとしているし、慣れているので久しぶりでも着心地に違和感はない。

「……ねこ」

「ね、猫ちゃんだけど、なに？」

猫柄だった。

デフォルメされた猫の顔が大きく描かれ、「ニャーン」という文言がローマ字で添えられている。どこか子供っぽいデザインのエプロンを着用した明日葉をじっくりと眺めたリーリャは、ほう、と溜め息を吐いて、

「かわいい……」

「か、かわいいって……そりゃ、猫ちゃんだし……かわいい、よ？」

「猫も可愛いですけど、そんな可愛いエプロンでいつもお料理をしてる明日葉さんが可愛いです、はぁ……かわいいっ……！」

「だっ、だって、べ、別に誰に見せるわけでもないものだから……」

自室で使うものだから、多少自分に似合わなくても、趣味を優先して選んでもいいだろう。そんな考えで買った猫柄エプロンだったが、まさかこんなところで誰かに見せることになるとは思わなかった。

「うぅ、あんまり見ないでよぉ……むしろ部屋で待っててくれたらいいのにぃ……」

「そんなもったいないことできません！　こんなに貴重な……あ、写真撮ってもいいですか⁉」

「そ、れは……うう、リーリャが撮りたいなら、撮ってくれても」

「撮りたいです‼」

「そんな喰い気味になるほど⁉」

喰い気味な上に、既にスマホをこちらに向けていた。しかもシャッター音を聞くに連射モードだ。

（うぅ、嗅がれるより恥ずかしくないかも、なんて思ったボクがバカだった……）

まさかエプロンひとつで大騒ぎするなんて予想外だった。

これ以上の辱め（はずかし）を受ける前に、早めに作ってしまおう。そう心に決めた明日葉は、自分の調理器具を使いやすいように配置していく。

アザラシを模した自立するしゃもじ、持ち手がペンギンの形になっている計量スプーン、キリン柄のターナー、ハリネズミのまな板、ステンレスの包丁には猫の手のプリント。

「動物園ですか……⁉」

「だ、だって動物好きだし……」

「ええ、そうですね、そうでしたね……はああ、カワイイもの好きな明日葉さんが一番カワイイ……」

「うぅぅ……ほ、ほら、もういいでしょ？　そ、そっち座って待ってて！」

羞恥心から逃げるようにしてリーリャから意識と視線を外した明日葉は、一度呼吸を整える。乱れた気持ちで調理をすると、確実に失敗すると思ったからだ。

「簡単なのしかできないからね、もう」

冷蔵庫を開け、必要な食材を探していく。

キッチンは広く、冷蔵庫は大きなものが三台。必要なものを探すだけでもそこそこの時間を取られてしまった。

「鶏肉、たまねぎ、ピーマン、卵に、あとはご飯……は、炊けてるのがあるね、うん。それなら大丈夫か」

大体作りたいものは決めていた。というより、メニューの希望がなかったので自分が食べたいものを作ればいいかと思っていた。

普段自分が使っているものより明らかに質の良い食材を、明日葉はいつも寮でしていたように調理していく。

まず下準備として、野菜と鶏肉を細かく切っておく。そしてボウルに卵とマヨネーズ、牛乳を入れて混ぜ合わせて卵液を作る。

フライパンにバターを引いて鶏肉と野菜を炒め、野菜がしんなりとしてきた頃を見計らって、ケチャップと塩こしょうを投入し、火を止めた。

そこにあたたかいご飯を入れ、醤油と鶏ガラスープで味を調え、軽く火を通せばケチャップライスの完成だ。

「よっと」

明日葉は出来上がったケチャップライスを一度お茶碗に入れてから平皿にひっくり返して置いた。そうすると、綺麗に丸く盛ることができる。

一度フライパンを洗い、少量のバターを引いて温めたら、卵液を投入。菜箸を使って外側を内に寄せるようにしていくと、下側が焼けて、上側が半熟に焼き上がる。

「よい……しょっと」

フライパンから滑り落とすようにして、明日葉はケチャップライスの上に半熟の卵焼きを乗せた。

「はい、できたよ」

「わぁ……オムライスですね」

「これ作るの、好きなんだよね。結構簡単だし、おうちで喫茶店ご飯って、ちょっと特別な感じがしてさ」

話しながらも手を止めずにもう一度卵を焼いて、ふたつ目のオムライスを完成させる。

ケチャップをかけて乾燥パセリを振りかければ、彩りはかなり良い。明日葉の言うように、喫茶店で出てくるような見事な仕上がりだった。

完成した品を持って、ふたりは明日葉の部屋へと戻る。そちらの方が、調理場から近いからだ。

「はい、スプーンね」

「……カトラリーも、持ち手が猫……」

「い、いいでしょ、好きなんだから。早く食べちゃってよ」

明日葉の私物の小物はほとんど動物、特に猫のモチーフが多い。

それはヘアゴムなど、学園で見ている中でも何度か見ていた部分だったが、こうして実際に使っていた道具を見ると更によく分かる。

「ふふ。それでは……いただきます」

生活感のある道具を見られたことに特別感を感じながら、リーリャはオムライスを口に運んだ。

ほのかにバターの香りのする卵は、マヨネーズと牛乳が混ぜられていることでまろやかで、半熟であるためにケチャップライスにほろりと絡む。

出来たてのケチャップライスは一度冷めるまでやや強い酸味を残すものだが、クリーミーな半熟卵がそれを和らげて、非常に口当たりが良い。ケチャップの優しい甘さだけが引き立っている。

細かく切られた野菜と鶏肉も味と食感にほどよいアクセントを与えていて、舌を飽きさせない仕上がりだった。

「……美味しいです」

「ありがと、お世辞でも嬉しいよ」

「いえ、そんな、お世辞だなんて……本当に美味しいですよ」

確かにリーリャは、今食べているものよりも遥かに完成度の高い品を普段から口にしている。

しかし今、自分が食べているものは普段出されているものとはまた別物だと、リーリャは感じていた。

「以前の明日葉さんはいつも学園でお弁当でしたので、一度食べてみたいってずっと思っていたんです」

「……そう、なの？」

「はい。だから、味の優劣ではなく……特別かどうかが、大切なのです。だって私は……明日葉さんが、私のために作ってくれたお料理が食べたかったのですから」

「……そっか。ごめん、そういうの分かってなかったかも」

言葉を重ねられて、明日葉はようやく理解する。

確かに自分も、たとえ美味しくても出来合いのものより、母が忙しい時間の合間に作ってくれた簡単な食事を無性に愛おしく感じることがあった。

今、目の前に座っている少女が自分の料理に向けているのは、眩しいものを見るような、或いは愛しいものを見るような、明るく、透明で、だけど子供のように無邪気な感情。

一口、また一口と大切に食べていく姿に、明日葉は胸があたたかくなるのを感じた。

「ふふ、本当に美味しい……今度は私が腕を振るいますね」

「……それじゃそのときは、お願いしようかな」

「はいっ♪　……それで、ですね……」

先ほどまでニコニコとしていたリーリャが、急にしおらしくなる。

何事だろうと思っていると、相手は上目遣いに、不安そうにこちらを見上げて、

「きょ、今日は、もう、少し、だけ……わ、我が儘を……言っても、いい、ですか……？」

「……うん、なんでも言っていいよ」

彼女のお願い事を聞くのも、すっかり慣れてしまっていた。

相変わらずおねだりをするときのリーリャはどこか遠慮がちだ。初めの頃の勢いはどこに行ったのだろうと思うけれど、相手が自分をさらけ出すのに苦労していることも知っている。

明日葉は急かさず、彼女が望みを口にするのを待つ。

「あ、の……その、た、たべさせて、ほ、ほし、いっ……ですっ……」

「食べさせ……ああ、オムライスを？　はい、どうぞ」

ほとんど反射的に、明日葉は自分の皿から一口分をすくい、リーリャへと差し出す。

(なんだそんなことか。恥ずかしいことじゃなくてよかった)

今までに比べれば難しいことではない。そう思った明日葉に対して、リーリャは完全に固まっていた。

「ふ、ぇ、あ、あの、い、いいん、ですか……？」

「いいもなにも、リーリャがして欲しいって言ったんでしょ。ほら、あーん」

「っ、い、いただき、ますっ……」

おずおずと、しかし逃げることはなく、リーリャは小さく口を開ける。

明日葉は口の中を傷つけないようにゆっくりとスプーンを入れ、ゆっくりと引き抜いた。

「ん……お、おいしい、です……」

「ふふ、よかった。もっと食べる？」

「……お、おねがいします……」

顔を赤くして恥じらいつつも、リーリャは拒まなかった。

手料理を口に運んでもらう、しかも先ほどまで使っていたスプーンで。

つまり完全に間接キスだった。

(うーん、なんか小鳥に餌あげてるみたいで、ちょっと楽しいかも……)

状況を理解していない明日葉は気軽に、自分の皿の上からオムライスがなくなってしまうまでリーリャの餌付けを続けた。

「ん、なくなっちゃったね。美味しかった？」

「あ……ご、ごめんなさい、明日葉さんの分……」

「いいよ、美味しく食べてくれたみたいだから」

「……はい。で、でもその……それでは、あまりにも悪いので……え、ええと、明日葉さん、あーん……」

「ふぇっ⁉」

半分ほど残っている自分のオムライスをすくい、リーリャがスプーンを差し出してくる。

上目遣いでこちらを見つめる金色の少女を見て、明日葉はようやく状況を理解した。

(あ、もしかしてこれ、結構恥ずかしいやつ……⁉)

子供にするように食事をさせてもらうという気恥ずかしさと、相手が使った匙が差し出されてきているということ。

しかも食べさせ合いになるということは、ペットに餌を与えるというより恋人同士の睦み合いに近い。明日葉は今更、自分のやっていた行いに気が付いた。

「あ、あーん……」

気が付いたところで、自分も散々相手にやってしまった手前、逃げるわけにはいかない。震えるスプーンに載ったオムライスを口に運ばれることを、明日葉は素直に受け入れた。

「……お、おいしい、ですか？」

「う、うん……ま、まあまあの出来、かな……」

本当は、味を感じる余裕なんてなかった。

緊張と羞恥心によって、味覚はすっかり鈍ってしまっている。口の中にあるものが本当にオムライスなのかどうかさえも、今の明日葉には分からない。

むず痒いような、逃げ出したいような、けれど嫌ではない感覚は、ふたりの皿が空になるまで続いた。

「ご、ご馳走様でした、それじゃ、洗い物してくるねっ」

「あ……」

立ち上がろうとした明日葉の袖を、リーリャが掴む。

「……どうしたの、リーリャ？」

「あ、あの……明日葉さん。その、今日は、お時間がまだあったりとか……」

「ん……お休みで、このあと予定もないから、大丈夫だけど」

「それじゃあ……その、もう少しだけ、お付き合いして欲しいのですけど……」

「……なんか今日のリーリャ、積極的だね？」

「ふぇ、そ、そう、でしょうか……？」

「うん。なにかあった？」

「っ……」

なにかあったかと聞かれ、思い出すのは先日のことだった。

物陰でひっそりと終わった恋物語。それを見て、満足してしまった自分。

「……その、せっかくお休みだから、明日葉さんと一緒にいたくて……だ、だめ、でしたか……？」

言っていることに嘘はないはずなのに、どこか後ろめたく感じてしまう。そしてそんな自分が、ひどくちっぽけな生き物に思えてしまう。

そんな自分が嫌で、今後同じ場面を見て不安にならないためにもっと想い出が欲しいなんて、口にできるはずがなかった。

「ふふ、そっか。して欲しいことをちゃんと言ってくれるのは嬉しいかな」

リーリャの事情を知らない明日葉は、相手からの要望に素直に頷いた。

「うん、それじゃ、ええと……なにをすればいいかな？」

「その……一緒に、お買い物に行って欲しい、です」

「お出かけって……それは……」

周りの目はいいのか、という問いかけをする前に、リーリャは慌てて首を振る。

「が、学園の皆様の目に触れないように、遠くにしますから……」

「……うん、そういうことなら」

特待生と優等生。どうしたって目立つ立場のふたり。

まして、今まで不仲ではないにしろ、休日に遊びに行くような素振りを見せたことがない。

週明けの噂話を考えると、遠出するというリーリャの案は妥当だった。

「それじゃ一度着替えて、それからでいいかな。部屋着のままで出るっていうのは、さすがにね」

「あ、はい……それでは、私も着替えてきます」

「うん。リーリャのよそ行きの服、可愛いだろうから楽しみにしてるね」

「……やっぱり明日葉さん、何回か刺されかけたりとかしてません？」

「なんでリーリャ、ボクが修羅場をくぐってきたように言うの……？」

そうやって気軽に人を褒めて嬉しくさせるからです、とは口に出さず、リーリャは溜め息を吐いた。

洗い物を終えたのち、ふたりは一度着替えのために別れる。化粧っ気のない明日葉は手早く着替えを終わらせて玄関まで来ると、リーリャが現われるのを待つことにした。

「……こういうのも、待ち合わせでいいのかなぁ」

まるでデートだ、と思ってから、明日葉は少しだけ顔を赤くした。

「う……まださっきの恥ずかしいのが残ってるのかな」

首を振って恥ずかしさを追い出し、なるべく意識せず、ただ玄関に置かれている時計の針を見て過ごす。

秒針が何度か回るのを見届けていると、待ち人がやってきた。

「お待たせしました、明日葉さん」

「う、うんっ、大丈夫だよ、ボクもさっき準備できたところだし！」

装いを新たにした金の少女の神々しいまでの美しさに、明日葉はくらくらした。

学園の制服とは違う、リーリャの私服。あまり見る機会のないそれは、フリルが多く、いかにも甘ったるく、だからこそ彼女の可愛らしさを存分に引き立たせていた。

明らかに自分の長所を完全に熟知して選ばれた、露出が少ない、まるで飾られた人形のような装飾がちりばめられたデザイン。誰だって振り向いてしまうほどの存在感を放っている。

たっぷりのフリルを蓄えたスカートは長く、だからこそ、さらけ出されている顔や指先の美しさが、強く強く視界に焼き付く。

薄い色のルージュに飾られた小さな唇をはにかみの形に変える少女を見て、明日葉は溜め息を吐くことすらも忘れて、

「……すっごいカワイイ」

「あ……ありがとうございます。その、少し張り切ってしまって……あ、お化粧、濃すぎたりしていませんか？」

「そ、そんなことないよ！　むしろ似合いすぎで……うわ、顔ちっちゃい、どこ見てもすべすべ……髪の毛も、ほっぺも、なにもかも綺麗すぎっ……うわぁぁ、ほんとすっごいカワイイ……外に出しちゃうのがもったいないくらいいっ……！」

「そ、それはさすがに、ほ、褒めすぎ、です……」

カワイイもの好きの明日葉にとって、文句なしの出来映え。

もちろんこの姿は、リーリャが短い時間の中で精一杯に悩み抜いて選んだ、いわば勝負服だ。

ほとんどドレスのようなフリフリまみれの服は自分には似合うと思うけれど、気を張りすぎて引かれないだろうかとか、小物にいくつか猫アイテムをつけようかとか、自分の見目や明日葉の好みを考えに考えて、しっかりと整えたデート服。

「というかこんなに可愛くて大丈夫……？　ボク、隣にいてもいいやつなの、これは……」

明日葉も自分の中で一番似合う服を選んだつもりではあったが、さすがに普段から見た目に気を遣い、潤沢な資金と、ファッション方面でもセンスを磨いているであろうリーリャと比べると、地味な印象なのは否めない。

動きやすくシンプルなシャツに、これまた動きやすい印象のあるデニム生地の上着に、普段とは違うお洒落とはスカートだろうということで、やや安易に選んだショートスカート。さすがに生足というのは気になったのでタイツも穿いている。

「……なんかこう、ボクとリーリャだと、背景と女神像って感じがするね……」

「いえ、そんなことは決して。似合っていると思いますよ」

「うう、ありがと……というか、こういうのしか持ってないからね、動きやすいし……」

長いスカートは歩くときに面倒だし、なんだか自分には似合わない感じがする。

リーリャのように可愛らしいフリルつきなんてもってのほかだ。自分みたいに背が高くて筋肉のついた女に似合うわけがない。

そういった理由から、明日葉が選ぶ服は動きやすさ重視。特にデニム系の健康な印象があるものが多いのだ。

そんな中で自分にできる精一杯のお洒落をしてきた明日葉を見て、リーリャはいつものように柔らかく微笑みながら、

（はああ、明日葉さんの私服、とってもかっこいい……）

心の中でガッツポーズしていた。なんなら今すぐ抱きしめたかった。

(はうぅ、私服の明日葉さんの特別感、すごいぃ……)

すらりとして、猫科の動物のような印象のある彼女に動きやすい格好はよく似合っているし、タイトなショートスカートは、どことなく同年代よりも大人っぽい雰囲気が漂う。

それでいて表情は不安げで、なおかつこちらを見る目は羨ましげで、少女らしくっていじらしい。

テンションが上がってしまうのを自覚しながらも、今日はデートなのだからキリッとした顔を保たなくてはと、リーリャは心の中で自分に言い聞かせる。

「それでは参りましょうか、明日葉さん」

「あ、う、うんっ」

自分を抑えるためによそ行きの笑顔を浮かべて、リーリャは明日葉を手招きした。

隣に並ぶことに気恥ずかしさを覚えつつも、明日葉は素直に頷く。既に一緒に出かけることは了承しているし、なにより彼女自身も行きたいと自然に思っているからだ。

神城家お抱えのドライバーの運転で、ふたりは隣の市にある大型デパートへと足を運んだ。

「ここって……リーリャのお家が経営してるところじゃなかったっけ?」

「そうですね。我が家はこういった販売店の経営が多く……特に母が主導しているファッション系、コスメ系は強いです」

つまりこういった服や靴、アクセサリーを販売している店が集中している場所は、神城家が得意とするフィールド。当然、娘であるリーリャも自分の家がしていることをきちんと把握している。

「さ、行きましょうか、明日葉さん。行くお店は道すがらに決めてありますから」

「……あの、リーリャ? 経営者の娘が店に行くって、相当な騒ぎになることだと思うんだけど、そこは大丈夫なの？」

「お父様やお母様はともかく、さすがに私の顔まで覚えている店員さんはあまりいらっしゃらないと思います。それに……注目なら、もうされているようですし」

ちらり、と周囲を見渡せば何人もの視線がこちらへと向いている。

無数のまなざしが明日葉とリーリャを品定めしているかのように注がれるが、誰も彼もが目が合うと慌てて背けてしまう。

「……ほんとだ。なんでみんな、こんなにボクたちを……？」

「よくあることですから、その……あまり気にせず、ついてきてください」

リーリャにとって、人の視線を浴びるというのは日常茶飯事のことだった。

麗しく丹念に造られた人形のように飛び抜けた容姿は、着こなしが難しいフリフリの衣装を難なく自分の魅力の一部に変えてしまっている。その姿は、天からの祝福を惜しみなく受けているとしか思えないほどに可憐で、誰もが目を奪われてしまう。

ただ黙ってそこに佇んでいるだけで人目を引いてしまう少女の美貌は、学園の外でも変わらない。それどころか今日はデートで気合いを入れてしまったので、学園よりも盛大に周囲を魅了している。

（こんな有様になるとは、やはり近場でお出かけをしなくて正解ですね）

リーリャの可憐さは飛び抜けているが、明日葉の方もかなり見目が良い。

こうして自分たちに多くの視線が注がれているのは、相反した外見的魅力を持つリーリャと明日葉が並ぶことで、より人目を引くからだろうと、リーリャはやや冷めた頭で分析した。

こんな状態で近所を並んで歩いたりしたら、すぐに学園の誰かしらに見つかってしまうだろう。そうなれば次の日にはもう新鮮な噂話が出来上がる。

「それでは、明日葉さん。目的地は一階のお店です」

「あ、う、うん。分かった」

普段はあまり遠出をしない明日葉に隣の市にある店の構造など分かるはずもなく、親についていく小ガモのように、明日葉はリーリャの背中を追う。

案内されて入った店は、いかにも女の子らしく、甘くてふわふわしたファッションがひしめく、いわゆるガーリー系を専門として扱っているお店だった。

「おお……リーリャに似合いそうな服がいっぱい……正直どれ着せてもいいんじゃ……？」

そこは明日葉にとって普段、眺めているだけで入ることのないお店。いくら可愛いと思っても自分には似合わないと思っている手前、近づくことすら躊躇（ためら）われていたお店だが、今回は連れがいて、その相手が行きたいと言っている。

同行者がいるという大義名分を得た明日葉は、今まで遠くから羨ましいという気持ちを抱くだけに留めていたフリフリの服を、ここぞとばかりに至近距離で眺めていた。

「これとかこれとか……あ、これも絶対リーリャに似合うなあ……ね、どれにする？　それとも、もう決めてたりする？」

「なにを言っているんですか、明日葉さん」

「ふえ？」

「今日は私、明日葉さんの服を買いに来たんですよ？」

「……ん？」

「今日はここで、明日葉さんの服を買います」

二度言われた明日葉は、今まさに自分がリーリャに似合いそうだと思って手に取っていた服と、リーリャの顔

を何度か見て、

「無理無理無理無理無理無理無理無理無理ぃ⁉」

「あ、ダメですよ、逃げないでください」

慌てて逃げ出そうとした明日葉を、リーリャは手首を掴んであっさりと押さえつけてしまった。

自慢の脚力による逃げ足を発揮する前に潰されて、明日葉は面食らう。女同士とはいえ自分より頭ひとつは小さい女の子による拘束が振りほどけないのだ。

「うえぇ、ちょ、力強っ……⁉」

「力で屈服させるのではなく、力の向きで明日葉さんの動きを制御しています。古武道の手ほどきくらいは受けていますから」

「世界一水準が高い教育が、世界一くだらないことに使われてる……‼」

「そんな、くだらなくなんてありませんよ。明日葉さんにカワイイ服を着せたいだけなのですから、おとなしくしてください」

「うぐぐいやだああああぜぇぇぇったい似合わないもおおおん」

「むうぅ……これも、今日のお願いですよ？」

「うぐっ……」

お願い、という言葉を使われて、明日葉は逃げ道をなくす。例えどれだけ嫌であったとしても、誰かに迷惑をかけろと言われているわけでもない限り、明日葉はその言葉に逆らうことはできない。

もちろん本気で嫌がれば、リーリャはやめてくれるだろう。しかし明日葉は自ら『なんでもする』と言ってしまった身だ。しかも最近はそれに、義務感以上の感情を持ってしまっている。

「……う、うぅ、分かったよぉ、でも、絶対似合わないからね……」

逃げられないこともあって、明日葉は最終的には折れた。

金髪の少女から満面の笑みで渡されたフリフリの服を、黒髪の少女は眉をひそめて受け取る。

「……絶対似合わない」

「もう、そういうのは着てみてから言ってください。私は前々から、明日葉さんにはきっと可愛い服が似合うと思っていたのですから」

自分が着ているような、あまあまでふわふわな服はあまり似合わないだろうということくらいは、リーリャも理解している。

しかしながら明日葉の普段の態度が、必要以上に可愛いものを遠ざけようとしていると感じるのも本当で。

「さ、試着してみてください」

満面の笑みという圧力で、リーリャは明日葉を試着室に、半ば押し込むようにして案内した。

試着室に入ったというよりは入れられた明日葉は、押しつけられた服を見て暗澹(あんたん)たる思いだった。

「うぅ、こんな可愛いの絶対似合わないよぉ……」

嘆(なげ)いたところで状況は変わらず、むしろカーテンの向こうでは小さな影がスキップでもしそうな勢いで自分を待ち構えている。観念した明日葉はおずおずと衣服を脱ぎ、リーリャが選んだものに袖を通した。

可愛らしいワンピースに、ふわふわのカーディガン。サイズはきちんと合うものだが、明日葉にはこれが自分に似合うとは到底思えない。

「……着たよ、リーリャ」

似合わない服を着ている自分を見たくないという理由で姿見から目を逸らして着替えを終えると、明日葉は外に声をかける。

カーテンをそっと開けて、リーリャがこちらを眺めてくるのを、明日葉は今すぐ逃げ出したい気持ちで耐えた。

「ほ、ほら、分かったでしょ、だから似合わないって言ったのに……」

「……カワイイ」

「え……？」

「カワイイですよ、明日葉さん」

「っ、そ、そんなこと、ないよ……」

弱々しく否定すると、リーリャが試着室へと入ってきた。

試着室は狭く、少し後退りをすればすぐに姿見に背中が当たる。目の前の少女が後ろ手でカーテンを閉めれば、もはや誰の目にも触れることのない空間が完成する。

「り、リーリャ……？」

「もっとよく、見せてください」

「っ……」

静かな、しかし有無を言わさない声音で、明日葉は『命令』される。

(リーリャの目、いつもの……)

彼女が自分にだけ向けてくる、執着と、甘えの入り交じった、熱のある瞳。

吸い込まれて、絡め取られてしまいそうだ。そんな致命的な感覚に陥りながら、明日葉はなにも言えなくなってしまう。もっとよく見せろと言われた通りに、力を抜いてしまう。

「ん、ぁ……!?」

白く、細い指が、ワンピース越しに肌を撫でる。

触られるとは思っていなかった明日葉は、不意打ちの刺激に悲鳴を漏らした。

「だ、だめ、リーリャ、ここ、外だからっ……」

「ん……明日葉さんがちゃんと声を抑えたら、誰も気付きませんよ……」

「やっ……い、じわる……」

声を抑えたら、なんて口にしつつ、リーリャはまったく遠慮のない触れ方で明日葉に指を這(は)わせる。

肉付きを確かめるような無遠慮な手つきだが、少女の指先はなめらかで柔らかく、痛くはない。むしろぞくぞくとしたものが背筋を駆け上がり、明日葉を狂おしい感覚へと誘う。

「っ、ふっ、やっ……ひっ」

「ん……明日葉さんの身体、今日はあったかいんですね……？」

「だ、だって、こんな恥ずかしい格好させられてっ、んぁ、触られたらぁ……！」

「し～……みんなに、気付かれちゃいますよ……？」

「っ……ふ、んっ……」

リーリャに窘(たしな)められ、明日葉は慌てて自分の口を押さえる。

抗議の声さえ出せなくなったのをいいことに、リーリャは明日葉の身体を遠慮なく撫で回し、感触を確かめ、
そして、

「すうぅぅ～……」

首筋に鼻先を押しつけて、思う存分に香りを吸い込んだ。

羞恥心で汗ばんだ明日葉の身体からは甘く、白百合のようにも思える香(かぐわ)しさが漂っている。リーリャは花に誘われる蝶のように、明日葉の匂いを貪った。

「っ、や、まって、こんな、外でなんて……」

一度は静かになった明日葉だが、あまりにも容赦のない辱めに耐えられなくなり、再び抗議の声をあげる。

しかし、リーリャは既に自制を失っている。ここがどこであるかなどもはやどうでもよく、目の前にいる相手

を堪能したいとしか考えられない。

羞恥心に震える彼女を押さえつけて、獣が喰らいつくかのように喉笛に唇を寄せ、リーリャは明日葉の匂いに耽溺する。

黒髪の少女の汗ばんだ身体が放つ甘い熱気が肺を満たし、金髪の少女の小さな身体を火照らせる。より深く、より甘くと、少女がお嬢様としてひた隠しにしている欲望を露わにする。

（ああ、やっぱりこの匂い、すきっ……）

密室での行為は明日葉の体臭を閉じ込め、リーリャは際限なく熱に浮かされていく。

「だ、め……服、皺に、んぁ、なっちゃうよぉっ……」

「ん……大丈夫です、もうこれは買いますから、だから……すぅう、はぁぁ……ちゃんと私の前でだけ、着てくださいね……」

「っ……そ、んなの、心配しなくてもぉ……こんな格好、リーリャの前じゃないと、できないよぉ……」

可愛く着飾り、あられもない声をあげ、蕩けた目をして、許しを懇願する。

そんな姿を、自分にだけは見せてくれると言う。

昏く、狂おしく、どろどろと煮えたぎるような感情が、リーリャを破顔させた。

「あはっ……♪」

それは身勝手で、むき出しで、けれど真っ直ぐな気持ち。

百合園明日葉という人物を、自分が独占して、支配しているという優越感。

指先を軽く動かす、ただそれだけで——

「んんっ、ふぁぁ……」

自分以外が聞いたことがないような声を、こぼしてくれる。

きっと私以外には向けないであろう目で、こちらを見つめてくれる。

もっと聞きたい。もっと見たい。もっと感じたい。もっと感じて欲しい。

もっと、他の誰にも見せたことがないあなたを。私だけが知っているあなたを。

自制というブレーキはとっくに壊れ、リーリャは完全に暴走していた。

「やっ、おねがっ、もぉすこし、落ち着いてっ……ほんとに、そとっ、ばれちゃうよぉ……」

涙目になりながらの哀願(あいがん)も、リーリャには届かない。

飢えた獣のように、金の少女は黒の少女を貪る。もう行儀の良いお嬢様の顔など、どこにもない。

「ひ、あぁっ、だめ、おっぱいを、嗅ぐのは……や、脇はぁ、もっとだめぇっ……」

「ん、ふんふん、はぁぁ……ん、ずぅぅぅ……は、もっと、もっと……私だけに、わたし、だけにぃっ……うふふ……」

言葉を無視し、焦がれる相手の香りをたっぷりと吸い込み、リーリャは脳まで痺れるほどの多幸感に震える。

今この瞬間、自分は間違いなくこの人を征服(せいふく)している。そんな昏い達成感に支配された少女は、大好きな相手の可愛い反応をより楽しめそうな場所をめざとく見つけた。

「はぁ……ふふっ……」

少女が目をつけたのは、軽く息を吹きかける度にびくびくと震え、切なげに揺れる耳。

このいかにも柔らかくて敏感な肉に、吸い付いて、歯を立てたら。

いったいこの人は、どんな声をあげて、どんな言葉で私に許しを求めてくれるのだろう。

「……かぷ」

欲望に抗うことなどせず、リーリャは明日葉の耳肉に浅く歯を立てた。

「っ、ん、あ、は……っ、んんんぅっ……!?」

「ん、ふ……はむ、あむ……」

痛みを与えないように、甘く、優しく。しかし薄い皮を確かに削り、二度、三度と八重歯を押しつけ、咀嚼（そしゃく）する。ちゅ、という湿った音が明日葉の耳穴を撫で、甘い悲鳴を絞り出させようとしてくる。

「ん、んんっ、ふ、ぐぅっ……！」

明日葉は周りにバレないように、自らの手で必死に口を塞ぎ、喉奥に力を入れて声を出すまいと耐える。敏感な部位に舌で、歯で、そして吐息でなぞられて、未知の感覚に震えながらも必死で声を押し殺す。

自分の腕の中で抵抗もできず、ただ小さく悲鳴をこぼすだけの明日葉を見て、リーリャは更に強く、深く、抱きしめる。

（あはぁ……明日葉さんが私のされるがままで、悶えてる……！）

ちらりと脳裏をかすめたのは、先日の学園でのこと。

（やっぱり、私が明日葉さんを一番知ってる……一番側にいて、一番触れることを許されてる……！）

遠くから見ている頃は透明で素直だったはずの恋心は、深い執着と昏い独占欲によって、いつの間にかねじれ、屈折した渇望へと変質する。

持っているだけで心が満たされていたはずの淡い気持ちが、誰よりも近くにいたいという激しい気持ちへと変わっていく。

「ん、明日葉さんっ、あすは、さんっ……ちゅ、ぷ……」

そしてその欲望に抗う術（すべ）を、リーリャは知らない。

今までの彼女の人生で、これほどまでに誰かを求めたことがなかったから。

「ん、んんんっ、りーりゃ、だ、ぇ……あっ、だめ、ってばぁ……」

「はぁぁ……あすはさん、かわいい……ん、はぁぁ……」

他人からの期待に応え続けた少女は、誰かに期待したことがなかった。

故に今、どれだけを求めるのが正解なのかが分からない。

愛しさに限りはなく、恋心に底はなく。その深さに、ひたすら沈んでいく。

明日葉の匂いを吸い込むごとに、味を知るほどに、声が聞こえる度に、初めて芽生えた恋という感情は限りなく膨らみ、欲望はひたすらに暴走する。

(明日葉さんの匂い、とっても甘い……明日葉さんの声も、味も……ぜんぶ甘くて、ダメになる、ダメになりたい……明日葉さんのぜんぶを、私の、私だけのっ……!)

指が、舌が、鼻が、目が、温度が、百合園明日葉という情報で埋め尽くされる。

他のなにも感じず、感じたいとすら思わず、彼女以外のすべてが煩わしい。

「あはぁっ……♪」

「ん、ぁ、声、でちゃっ……でちゃってる、からぁ……おねが、ひっ、だめ、だめぇっ……ぞわぞわって、しちゃうよぉっ……!」

彼女の『ダメ』という言葉をリーリャは聞かなかった。なにがダメなのか理解ができなかった。

声が出るならもっと聞かせて欲しい。そのぞわぞわに身を委ねて、もっと悶える姿を見せて欲しい。

相手の限界など知ったことではなく、ただ欲しいという欲望のみが少女を突き動かす。目の前の相手を誰にも渡したくないという気持ちを、抑えられなくなっている。

「り、リーリャ、おねがい、聞いてぇ……ん、ひゃんっ……!」

「あっ……!」

とうとう羞恥心に耐えかねた明日葉の腰が、すとんと落ちる。

密着していたため、引っ張られるようにして体勢を崩したリーリャは、反射的に明日葉の腰を支えた。

いくら求めているといっても、相手に怪我をさせたいわけではない。リーリャは腰砕けになった明日葉を抱き留めて、溜め息を吐いた。

「はぁ……明日葉さん、大丈夫ですか？」

「う、うん……ご、ごめん、でも、がまん、できなくて……も、むり、だよぉ……ボク、こんなの、はずかし、すぎる……」

「ふふ……そうですか、それは……」

嬉しいです、という言葉が漏れてしまいそうになった瞬間。

リーリャは、明日葉の後ろに置かれていた鏡に映る、自分の姿を見た。

「あ……」

笑っている。

いつも周囲に向けている作り笑顔でも、心が安らいだときや嬉しいときに自然と浮かぶそれでもない。

相手を辱め、独占し、悶えさせ、懇願を無視して、好き放題にして。

香りを、声を、体温を貪り、堪能し、頬を染めて、もっともっとと貪欲に求め。

自分は今、なんて顔で笑っているのだろう。

「っ……！」

自分自身が浮かべていた、亀裂が走ったような笑みのおぞましさに、リーリャは背筋を冷やした。

あんなにも大切に、触れることすらも恐れ多く思っていたはずの相手なのに。

汚れて欲しくない、悲しんで欲しくないと願って、救ったはずの、愛おしい人なのに。

この人が泣いている顔を見たくないと思ったはずなのに。

なぜ自分は彼女を追い詰めて、あんなにも楽しそうに、嬉しそうに、笑っているのだろう。

潤んだ瞳からこぼれる羞恥の涙に、なぜ自分はこんなにも興奮しているのだろう。

「あ……あ……」

自分の欲望を満たすために、寂しさを埋めるために、他人よりも優位だと感じるために。

大好きな人のことを、自分は踏みにじってしまった。

「……ご、ごめん、なさい。少し……我が儘が、すぎました……」

我に返ったリーリャは、すぐに明日葉を解放する。

ポニーテールの結びがほどけ、衣服も乱れた状態の明日葉が、少しだけ呼吸を整えて、

「ん……よかった……落ち着いてくれたんだ……」

「っ……ごめんなさい、明日葉さん、わたしっ……」

今更に後悔の感情が押し寄せて、リーリャは言葉に詰まった。

なにを言えばいいのだろう。自分は彼女を想うと言いながら、こんなにも彼女を汚している。

自らの屋敷で、密やかに行われていた今までの『おねだり』とはまるで違う。

誰かに見られてしまうかもしれないという状況で、自分だけではなく、相手のこれからまでも奪うかもしれない行為を、自制できなかった。

もしも今の行為が誰かの目に触れていれば、とんでもないことになっていた。多くの人が悲鳴をあげ、瞬く間に噂になり、当然のように自分たちだと知れ渡るだろう。

「あ……」

震えがきて、ようやく自覚する。

自分の欲求を満たすことを優先し、相手の未来のことなど、どうでもよくなってしまっていた。

これから先の自分たちが見えなくなってしまうほど、心の欲望に従ってしまっていた。

しかもそれが先日、明日葉が告白されているところを見て、嫉妬したからなどという、あまりにも自分本位な理由でだ。

純粋な好意なんて言葉はただ自分に酔っていただけで、本当はこんなにも我が儘で、嫉妬深くて、相手を思いやることもできない。

そんな身勝手な自分を、リーリャは見つけてしまったのだ。

「あ、ぅ……」

震える少女の手に、そっと手が重ねられる。

「……大丈夫だよ、リーリャ。ほら、落ち着いて、外に出て……服買って、帰ろう？」

「っ……は、はい、明日葉さん、ごめんなさい……」

明日葉の言葉に、リーリャは素直に頷いた。

差し出されてくる手を握ることすらも申し訳なく感じるリーリャの手を、明日葉は躊躇いなく握る。

「……大丈夫だからね」

向けられてくる微笑みはあまりにも慈愛に満ちていて、どこか日だまりのような雰囲気すら感じた。

先ほどまで、甘く蕩けるような声をあげて自らの指で操れていたはずの相手が、今は自分よりも遥かに強く、優しく、到底敵わないほどに大きな存在に思える。

「……はい」

こんなにもあたたかい人を、自分は汚してしまった。

かけられてくる優しい言葉すら、今のリーリャには痛かった。

☆焦がれられること

瞼の裏に闇があるのは、目を閉じているだけで眠れていないからだった。

「……ん」

ぱちん、と目を開けば、暗い部屋の景色が、ぼんやりと映る。

クラスメイトの少女に買い与えられた服を側に置いたままで、明日葉はベッドに寝転がっていた。

今日のお詫びだといって渡されたワンピースとカーディガン。明日葉はそれらの感触を確かめるように、そっと表面を指でなぞって、

「……今日のリーリャは、凄かったな」

朝から自分に手料理が食べたいと言ってきたのも驚いたが、問題はそのあと、出先でのことだ。

密室とはいえ、薄布一枚で守られているだけの更衣室という公共の場所で、リーリャに求められた。

いつもお屋敷で求められるよりも、行為の時間自体は短かった。最終的には明日葉の言葉を聞き入れて、我に返ってくれたからだ。それでも、今日のリーリャから感じた熱量が今まで求められていたときの比ではないことくらいは、明日葉も気が付いている。

「いつから……ボクが、周りの視線に気付いたとき、から……いや、もっと前、から……？」

思い返してみると、今日のリーリャは少しばかり不機嫌だったような気がする。

デパートに着いてから、時折周囲に向ける目がいつものようなよそ行きのものではなく、明らかに嫌なものを、うっとうしいものを見ているように不満げで。それ以前に屋敷にいるときから、いつもよりも余裕がないような、どこか焦っているようにも見える態度だった。

「でも、そのあと……爆発したのは……」

今でも顔から火が出てしまいそうな出来事を思い出す。

自分が今まで出したことないような声で、許しを求め、悲鳴を噛み殺し、震えたこと。

「リーリャ以外に、見せられないって、言ったとき……だよね……」

こんな恥ずかしい格好を見せるのはリーリャの前でだけだという言葉。それが彼女に火を点けたことを、明日葉はぼんやりと自覚していた。

それはどう捉えても明らかな独占欲で、支配欲で、もっと言えば、

「……好き」

好きだと、彼女に言われたことを思い出す。

憧れていて、だから救いたいと語られたことも。

「リーリャ……もしかして、ボクのことを……」

ここまで深く関係を持ち、触れられ、執着心までも見せられた。

いくら疎くても、相手が自分のことをどう想っているかを想像するには充分すぎるほどの材料が揃ってしまっている。核心に行き着いてしまうのは、当然だった。

「っ……！」

その瞬間、明日葉は自らの心臓の高鳴りを聞いた。

あれほどまでに求められて、時には周囲にバレるのではないかと思うような状況に陥って、あんなにもやめて欲しいと懇願したのに。今自分が感じているのは、誤魔化しようがないほどの高揚だった。

無遠慮に触れられ、嫌がる自分に似合わない可愛い服を着せ、制止など一切聞かずにこちらの香りを、声を、温度を貪ってきた小さなクラスメイト。

そんな相手に対して感じていることが、嫌悪でも、恐怖でも、哀れみですらもなく。

ただ抱きしめて、受け入れて、温度を分け合いたいという気持ちだと知ったとき――

「……リーリャ」

自然と、彼女の名前を呼んでいた。

「…………」

聞こう、という言葉は、唇を動かしただけで声にはならなかった。

彼女の本心を、尋ねたい。

壊れないようにそっと包んで認めてあげるだけではなく、彼女の側へと踏み込んで知りたい。

そうでなければきっと、あの子は心からは笑ってくれない。そんな気がする。

「……見たいな。リーリャの、ほんとの、えがお……」

負い目も、遠慮も、なにもなく、ただ純粋に笑っている彼女を見てみたい。

お嬢様ではなく、優等生でもなく、ただの神城リーリャを知って、触れて、抱き留めたい。

黒髪の少女の心に宿ったそれは、金色の少女のように熱く、燃えるような想いではない。

しかし同じくらい確かに、尊くて、得がたくて、手放しがたい感情だった。

「……ん、すぅ……りーりゃ……」

プレゼントとして貰った服を抱き寄せて、いつしか明日葉は眠りに落ちる。

まるで、その服に残った誰かの香りに安心しているかのように、安らかな寝顔で。

☆焦がれる気持ちは

「おっと」

週明け。明日葉の学園生活は、そんな声から始まった。

外靴を履き替えるためにシューズボックスを開けた瞬間、何枚かの紙束が落ちたのだ。

「うーん、またか」

床に散らばったそれを、明日葉は丁寧に拾う。

「おはよう、明日葉くん」

「あ、花梨先輩。おはようございまーす！」

「相変わらず、うちのエースはモテるな」

「あはは……」

茶化した雰囲気のある言葉を、明日葉は困り顔で受け入れる。

明日葉たちが通っているのは女学園。モテるということはつまり、そういうことだ。

特に土日という顔が見られない時間が気持ちを募らせるのか、週明けはかなり多くのラブレターが入っているのが、お約束の光景になっていた。

次に多いのが金曜日で、先日も階段の前で声をかけられ、そのまま告白された。結果はもちろん断ったのだが。

「名前が書いてないときもあって、そういうときに返事に困るんですよね。結局断るのは、断るんですけど」

「一度付き合ってみる、という選択肢はないのかな？　或いは友人から、というのもありだろうに」

「あー……期待させてしまうのも、悪いかなって」

まずはお友達から、なんて中途半端に気を持たせてしまうのも良くないと思い、こういったものはきっぱりと断るようにしている。

（まして、今のボクには、確かめないといけないこともあるし……）

休み明けで、できれば朝一番に聞いておきたいことがあった相手とは、残念ながら会うことができなかった。学園が始まるよりもっと早い時間から、彼女が出かけることは珍しくはない。そのため放課後は部活が終わり次第、屋敷でリーリャの帰りを待つつもりだった。

「まあ、女同士だものな。なかなか気軽にというわけにはいかないか」

「いえ、女の子と、というより、誰かと付き合うっていうのがそもそも想像できなくって……学園に来る前は共学で男の子からも多かったんですけど、やっぱり断ってましたし」

「ふむ……まあ、明日葉くんはあれだ、ストイックだものな」

「むう、そんなことは……まあ、少しあるかもしれませんけど」

昔から明日葉は男女問わず人気ものだった。

しかし色恋というものに興味が持てなかった彼女は、そのどれをも断り続けている。

「一度試すのが失礼な話だと思うなら、一度想像する、というのはどうかな、案外楽しく思えるかもしれないよ？」

「想像って……」

誰とですか、と返そうとして、真っ先に浮かんできたのが神城リーリャだった。

「ふゆっ……⁉」

思わず変な声が出てしまうくらい自然に、かつ鮮明に想像できてしまった。

手を繋いで町を歩き、ふたりで同じ物を見て、時折見つめ合って、人目をはばかることなく口づけを交わし、同じベッドで眠る。

恋愛経験のない明日葉が想像する、ベタベタな恋人関係。手を繋いで笑い、ふたりで寄り添い、口づけで頬を染める。そんな甘ったるい行為の相手として一番簡単に思い描けるのは、リーリャだった。

なにせ、既にそれに近い顔を見てしまっている。お風呂の中で一糸まとわぬ彼女を知ってしまっている。先日だって、一緒に出かけたばかりだ。なにより自分は今、「もしかして彼女は自分が好きではないのだろうか」などという疑問まで持ってしまっているのだから。

ベッドの中で恥ずかしそうな顔で睦み事に興じる自分たちを想像するのは、明日葉が考えていた以上に容易かった。

そしてそんな妄想を嫌だとは思わない自分がいることにも、気付いてしまった。

「っ……」

「……おや、意外と簡単にできた感じかな？」

明らかに顔を赤くした後輩を見て、花梨はやや意地悪く笑う。

「も、もうっ、からかわないでくださいよ、先輩っ！」

恥ずかしさを追い出すように声を荒らげると、悪戯好きの先輩は運動部特有の身軽さで教室へと逃げていった。

後に残された明日葉は、ぜいぜいと呼吸を整え、なんとか顔の熱さを誤魔化そうとして、

「まったく、もう……」

「おはようございます、百合園さん」

「うひゃう⁉」

不意打ち気味にかけられた声に飛び上がってしまった。

先ほど妄想の恋人として脳内に出演していた相手が、真後ろに立っていた。

「り、リーリャさん、お、おはよう、今日は結構ギリギリなんだね⁉」

「はい、今日はどうしても、この時間にしか会えない方と朝食の約束があって……」

「へ、へええ、そうなんだ。大変だね！」

　振り返りながら明日葉はそれとなく、靴箱に入っていた恋文を鞄の中にしまい込む。別に見られて悪いものではないはずなのに、今は触れて欲しくないと、そう思ってしまったからだ。

「……………」

「な、なに、リーリャさん……？」

　無言で見つめられて、明日葉は少しだけ違和感を覚えた。

　触れ合うことが増えたとはいえ、お互いに学園ではいつも通りの関係を保っている。

　特に同じ家に住み始めてからは、ふたりとも意識的にメリハリをつけるために、学園での絡みは前よりも疎遠になっていた。そんな相手が今、まるで普段自分に向けているように、じっくりとこちらを眺めてくる。

　リーリャはしばらく明日葉を見ていたが、最後にはいつも学園で周囲に見せているよそ行きの笑みを顔に貼り付けて、

「……いいえ、なんでもありません。百合園さん、早く行かなくてはチャイムが鳴ってしまいますよ？」

「あ、う、うん。ありが、とう……？」

　にっこりと笑って、リーリャは先に教室へと向かっていった。階段を上り、二階へと進んでいく姿を見送ってから、明日葉は溜め息を吐く。

「……うぅ、絶対変に思われたよね……で、でもでも、結局放課後にはまた会えるし、そのときにちゃんと説明して、あのことを聞けば、だ、大丈夫、だいじょうぶ……」

　半ば無理矢理に自分を納得させるように口にして、明日葉は靴を履き替える。

　恋文への返事は決まっているのに、どこか落ち着かない気持ちのままで、黒髪の少女は教室へと向かった。

　その日の授業はつつがなく終わり、明日葉は放課後、部活に行く前に恋文を送ってきた相手に、丁寧に断って回った。中には何度も気持ちを伝えてきてくれている生徒もおり、その度に断ることに申し訳なさを感じる。け

れど、どれだけ考えても、前以上に彼女たちと自分が付き合う姿を想像できない。

何度想いを馳せてみても、恋人としての姿がしっくりくる相手は、ひとりしかいなかった。

「んー……結構遅くなっちゃったなぁ。はあぁ、早く帰る予定が……」

告白を断って回っていたら予定の時間より部活を始めるのが遅れてしまったため、練習メニューが終わる頃には日がかなり傾いてしまっていた。

顧問に挨拶し、着替えを済ませてから、明日葉は自分の鞄を回収するために教室へと向かう。

「あ……おかえりなさい、明日葉さん」

「……リーリャ、さん？」

教室には、金色の少女がいた。

傾き始めた太陽の朱色の光が窓から差し込み、リーリャの髪を照らしている。

妖精のように麗しい見目は、学園という生活感のある空間の中ではひどくアンバランスに、しかし、例えようもないほど美しく見えた。

「えっと……どう、したの？　いつもなら、とっくに習い事とかに行ってる時間なのに。それに、今は……その、『百合園』、でしょ？」

「……明日葉さん、手紙を受け取っていました」

「う……」

上手く隠せたなどと思っていたわけではない。

それでも、ばつが悪いと感じてしまうのは、つい隠してしまったからだ。

リーリャはゆっくりと、明日葉に歩み寄った。瞳の中にある感情はどこか昏く、明らかに愉快ではないことが見て取れた。

「……嫌、です」

「嫌、って……ちゃ、ちゃんと断ってきてるから、大丈夫だよ……？」

「っ……！」

「あ、いたっ……り、リーリャ……？」

教室に響くほど強く、リーリャが明日葉の両手首を掴み、壁に押しつけた。

体格差をものともしないほどの勢いに、手首に痛みが走る。

少しだけにじんだ視界で見る相手はまるで、自分の方が痛みを感じているかのように、顔を歪めていて。

（リーリャが、怒ってる……⁉）

初めて見る表情に、明日葉は一瞬、痛みを忘れて驚きで目を見開いた。

「……なんて、浅ましい」

「り、リーリャ？」

「今日一日、ずっとそのことで頭がいっぱいでした……もしかしたら……もしかしたら、明日葉さんが、誰かとお付き合いをするのではないかって……」

「そ、れは……だから、ちゃんと断ったから、安心して、ね？」

「それを聞いて、今度はその手紙を送った方々に、私は怒ったんです‼」

火がついたように、リーリャは叫ぶ。

小さな手に力が込められ、明日葉の手首に細い爪が食い込む。

「いった……⁉」

明日葉は知らない。

神城リーリャが百合園明日葉と親密になったことで、彼女の心境にどのような変化が起きたのか。自分の中にある昏い感情を見つけてしまった彼女に対して、自分が恋文を貰ったということがどれだけの重みになるのか。

明日葉はリーリャの変化を知らないままに、投げつけられた言葉の意味も分からず、落ち着いて、と言おうとして――

「っ……⁉」

手首の痛みよりもずっと衝撃的なものが、視界に映った。

彼女がもっとも自分を隠し、完璧なお嬢様として振る舞うべき学び舎という場所で。

学園の出資者の娘であり、時に全校生徒の代表として壇上に立つことすらある、誰もが羨み、認めるお嬢様であるはずの。

あの、『神城リーリャ』が、泣いていた。

「だめ、なんですっ……みんなの気持ちが、とうといものだって、分かってる、のにっ……好きな気持ちが、とめられないの、しっているのにっ……！」

「り、リーリャ……？」

ぽたぽたと、透明な雫がこぼれ落ちる。

らしくない状態になっている相手が決定的におかしくなってしまうのを見て、明日葉はどんな言葉をかければいいのか、分からなくなってしまう。

一度暴走した感情が止められるわけもなく、リーリャは堰を切ったように溢れ出した涙と感情をぶちまけた。

「あの人たちが手紙を出したせいで、明日葉さんと過ごす時間がほんの少し減ってしまっただなんて、なんて、なんて自分勝手でっ……はしたなくて、きたなくてっ……うぅ、あぁぁっ……」

それは執着と、嫉妬だった。

今、リーリャは誰よりも明日葉の近くにいる存在だ。寝食を同じ場所で過ごし、お互いに秘密を共有している、唯一無二の関係性と言える。そんな恵まれた環境にいるのに、たった少しの時間さえも他人に渡したくない、あまつさえその原因を作った相手を憎もうとすらしている自分のことを、リーリャはひどく惨めに感じていた。

ましてや、明日葉にアプローチした生徒たちの気持ちが自分と同じ恋心だと分かるのに、だ。

「明日葉さんのこと、大切なはずなのにっ……大好きな気持ちが、尊いって、分かっているはずなのにっ……どうして、わたしっ……こんなふうにしか、できないのっ……」

リーリャは明日葉から手を離し、自分を制御できない苛立ちと困惑に身を縮めた。

小さな身体を、より小さくする少女を、明日葉はどうにか宥めようと手を伸ばして、

「リーリャ、少し落ち着いて……」

「っ‼」

「あっ……」

彼女の蒼い瞳が、あまりにも暗く、自分を焼いてしまうほどに熱く、恐ろしい輝きを宿す。

今まで見た彼女のどれとも違う感情の揺らめきは、触れてしまえばあっさりと砕けてしまいそうなほどに、危うい。

その姿に怖気(おじけ)づいて、明日葉はつい、手を引っ込めてしまった。

踏み込んだ結果、彼女が壊れてしまうのではないかと思ってしまったから。

「あ……」

その判断が間違いだったことを、明日葉はすぐに思い知る。

金色の少女の瞳が見開かれるも、激しさが失せていく。

「っ、ご、ごめん、今のは、違っ……」

間違いに気が付いたときには、既に遅かった。

波が引くようにして、蒼い瞳の中から感情が消えていく。

今まで見せてくれていたなにもかもが、隠れていく。

「……ふふ。こんなに、怖がらせて……なにが大切だって言うのでしょう」

ぽつりと呟いた言葉を最後に、少女の瞳は澄んだ蒼になる。

深く深く、透明で、ただ吸い込まれるだけの蒼に。

教室に静寂が訪れたとき、そこにいるのはいつもとなにも変わらない彼女だった。

「……すみません、『百合園』さん。お見苦しいところをお見せしました」

「え、あ……」

「……もう、今日は帰ります。百合園さんも、あまり遅くならないようにしてくださいね」

「ちょ……リーリャ!?」

それでは、と優雅に会釈して、神城リーリャは教室から出て行ってしまう。

残された明日葉は、呆然と彼女が去った方向を見つめ、そして、

「っ……ボクの、ばかっ……!!」

絞り出すように、呻いた。

☆その足はなんのために

「っ……」

とぼとぼと足を動かすことに、意味はなかった。

いつもは軽やかに大地を蹴っている自分の足が、今はこんなにも重い。

学園を出るも屋敷に戻る気も起こらず、明日葉はただ彷徨（さまよ）っていた。

既に空は暗いが、学園は都内にあるため、灯りと人通りは消えない。そんな中で、明日葉はポニーテールを揺らして、あてどなく歩いていた。

「リーリャ……」

記憶の中で、彼女の蒼く、透き通った瞳の輝きが、炎のように燃えている。今まで見てきた中で、一番強く激しい感情を灯した瞳に、明日葉は確かに寂しさを見た。

自責と自己嫌悪で壊れてしまいそうなほどの慟哭（どうこく）を聞きながら、瞳の奥で、「助けて」と叫ばれているように感じた。

「なのにっ……！」

どうして自分は、手を伸ばすことを躊躇ったのだろう。

伸ばすべきだった。掴んで、抱きしめて、大丈夫だと、もう一度言うべきだった。

どうして自分はできなかったのだろう。彼女が自分以外には決して本当の心を晒してくれないと、分かっていたはずなのに。

「……リーリャ」

手を伸ばせなかったあの瞬間、明日葉は彼女の心が閉じてしまったのを感じた。

きっともう、屋敷に戻っても、自分のことを名前で呼んでくれることはないのだろう。

なにかを頼んでくることもなく、いつだって完璧なお嬢様として、神城リーリャは佇むだろう。

あの瞬間、自分たちはただのクラスメイトに戻ったのだ。

「ボクは――」

「飼い主に捨てられた犬のような顔をしているが、どうかしたかな、明日葉くん？」

「っ……か、花梨先輩⁉　なんで……！」

聞き覚えのある声に振り向くと、声の主は確かに知り合いだった。

「んー、なんでと言われても、この辺に住んでいて、この時間までトレーニングしていたから……という在り来たりな理由しかないわけだが」

気軽に言葉を返してくる先輩の姿は学園の制服のままで、嘘の気配はない。

「まあ、しょんぼりした背中で歩く同じ学園の制服を見つけて、ひとつ帰り道を外れるくらいはしたけれど。つまりただの偶然と好奇心だよ、明日葉くん」

「そうなんですか……先輩は練習熱心ですね」

「見えないところで努力した方が格好いいだろう。ほら、いつもはなにもしてないはずの先輩が、いざ勝負になると強いとか……燃えるね⁉　そうだね⁉」

「まあ、それはちょっと気持ちが分かります」

後輩には泥臭く頑張っているところを余り見せたくないと、そういうことだろう。

唐突ではあったものの知り合いの顔を見たことで、明日葉の表情は少しだけ緩んだ。

「それで、またなにか落ち込んでいるようだが、今度はどうかな、話せることかな？」

「……ちょっと、間違えちゃって」

「間違えた……？」

「相手が本当に欲しいときに、欲しい言葉をあげられなくて……それで、嫌われ……ては、いないけど……なんていうか……相手にとって、ボクはぜんぶを見せられる相手じゃないって、思われちゃった、みたいで……」

途切れ途切れだが、恐らくは間違っていないと思えることを明日葉は吐露する。

普段であれば、誰にもこぼさない弱音、しかし今は誰かに聞いて欲しいと思えた。

こんなのは、父親の作った借金以上に厄介だ。だって親の落ち度で生み出されたものなら、自分にはどうしようもならなかったと諦められる。

けれど、ほんの一時間前の後悔は、自分で掴めたはずのあの小さな手のことは。

きっといつまでだって、諦められない。

（……リーリャ）

「ふむ……」

いつも頼れる先輩は、こういうときには茶化してこない。

それは明日葉相手だけではなく、他の後輩たちにも変わらない。

ゆるい雰囲気で、独特な口調で、けれど真剣になにかを言えば真剣に返してくれる。

百合園明日葉が信用する皆原花梨とは、そういう人物だった。

「……別にそれは、もう一度やり直せばいいのではないかな？」

「……へ？」

「いやなに、その相手というのは、それっきり会っていないのかい？」

「あ、はい……いや、一時間くらい前に別れたばっかりですけど、まあ……」

「ふむ、じゃあ別に、死んだりしていないと」

「そう、ですね。生きてるはず、です……なんかこう、事故とかに遭ってない限りは……」

「海外に行って連絡が取れなくなるとかは？」

「……相手の実家的に、なくはないと思いますけど、今は日本にいますね」

「法的に訴えられて接近禁止命令が出てるとか」

「いや、ないですけど……」

「ふむ……では、この問題は至極単純だ。……もう一回会って、やり直せばいい」

「やり直す……って……」

あまりにもシンプルな回答に、明日葉は面食らった。

「そ、そんな簡単に……」

「む、しかしそれが一番効果がある……と、私は思う。まあつまり、なんだ、これは個人の意見であり感想なのだが……人は存外、あっさりと死ぬ」

「死……!?」

いきなり話が飛躍して目を見開いた明日葉に対して、花梨はこともなげに頷く。

「今こうやって、私たちがなんでもない話をしているときでも、殺傷で、病魔で、老衰で、事故で……あらゆる命が死んでいる。こう言葉にすると軽いかもしれないけれど、その意味はあまりにも重い。死んだ人間にはもう、なにも望めないからね」

およそ、自分よりひとつ上の少女が言うことではない。そう思った明日葉だったが、花梨の言葉は真剣だ。まるで自分がそれでなにかがあったと暗にそう示している気すらしてくるほどに、彼女の視線は真っ直ぐだった。

「生きていれば変われるし、変えられもする。だが死んだ誰かとの関係は変えられない。死んだときに敵だったものは味方にならないし、死んだときに恋人だったものと別れ話はできない」

「それは……確かに、そうですね」

「うむ。そして、それと同じように、遠くに行きすぎた人ともまた、関わることができない。連絡先を知らぬまま、引っ越してしまった隣人、とかね」

語られるのは、先に渡された『やり直す』という解決法に対して、ひどく重い例え話だった。

「だから明日葉くんが悩んでいる相手は、どうかなと思ってね。遠くに行っていたり、手が届かなかったり、法的に接触が禁じられていたりするのかなと」

「……いいえ」

神城リーリャは、いつだってそこにいた。

日々の学園生活、その中で彼女は、いつもあの窓際で微笑んでいた。深く関わる前から手を伸ばそうと思えば届いたのだ。踏み込まなかったのは、高嶺の花だと断じた自分自身。

しかし今は、彼女のことを深く知り、同じ屋敷に住んでいる。四六時中ではないが会いたければいつだって会える。深夜にだって、部屋を訪れればきっと会える。

「近くにいる人間なんて、移り気なものだよ。明日には天恵を得て、自分の言い分を変えているかもしれない。一晩あれば解けなかった問題も解けるし、まあ……一度開きかけた心が、また閉じたりもするだろうさ」

「あ……」

「けれど、それだってもう一度開くかもしれない。私たちが普段、昨日より良いタイムを出せたり、出せなかったりするように。いつだって人間なんて不確かで、いくらでも変わるからね。そして、近くにいる人を変えることは……君が諦めなくて、相手が求めているなら、きっとできるとも」

「それは……」

「諦められないなら、自分の本心を偽ることはない。……諦めなくても、いいのだから」

それはいつだって諦めなかった明日葉にとってはあまりにも自然な言葉で、先ほどまで落ち込んでいた自分が滑稽に思えてしまうほどに、すとんと心に収まった。

「……ありがとうございます、先輩」

心からの礼の言葉を口にして、明日葉は構える。

これからどうするのかなんて分かり切ったことを問いかけることなく、頼れる先輩は笑った。

「うん、気にしなくて良いさ。ちょっと背伸びをしてでも後輩を助けるのは、先輩の務めだからね。で……明日葉くんは誰を助けるために背伸びをするのかな?」

「……一番、寄り添いたい人です」

言葉を置き去りにするように、明日葉はスタートを切った。

ここから屋敷まではほんの一キロ程度。普段の競技と比べると、もどかしいと感じてしまうような距離だ。しなやかな足は何千、何万と繰り返してきた走るという動作を正しく機能させ、一瞬で彼女をトップスピードに乗せる。

今まさに、彼女の足は意味を持ったのだ。

「……やれやれ。ストップウォッチを持っていないのがこんなに惜しい夜もないな。きっと良いタイムが出るだろうに」

さよならもなく置き去りにされたことを怒りもせず、花梨は肩をすくめて笑った。

「私も、早く帰ろうかな。同じように、熱烈に求めてくれる人がいることだしね」

時間を確認するために取り出したスマホの画面に溜まっているたくさんの通知に苦笑いして、花梨は何事もなかったかのように歩き出す。

「まったく。こじ開けられた側の私が、こじ開ける側にアドバイスするなんてね……ふふ」

昔を思い出すことに嫌な想いを感じることなく、皆原花梨は家路についた。

☆その手はなんのために

暗い室内で、小さな影が身じろぎをしていた。

金色の髪をたっぷりと蓄えた少女は、その髪の麗しさとは対照的に、痛々しく泣きはらした目を隠すようにベッドシーツに埋まっている。

制服を脱ぎ散らかし、ネグリジェを雑にまとい、少女はゆっくりと目を開けた。

「ん……」

いつの間にか、眠っていた。そのことを自覚するが、起き上がる気力が湧かない。

むしろ、このまま消えてしまいたいとすら願うほどに、少女は脱力し、意気(いき)を失っていた。

「ああ……」

喉の渇きを感じても、人を呼ぶことも、まして自ら取りに行くこともしたくない。

この部屋の外に出たら、誰かに会ったら、また自分は笑顔を作らなくてはいけないから。神城リーリャという役割を務めなくてはいけないから。

今だけは、完璧なお嬢様になんて戻りたくなかったのだ。

「っ……ううぅ……」

自分の中に渦巻く汚さが消えてくれないことに少女は嘆く。

自らを偽り、隠していることは、他でもない自分が誰よりも知っていた。

父や母の、そして使用人たちの期待に応えたい。その気持ちに嘘はない。けれどそのために、必要以上に完璧な自分を演じていたことは本当だ。

物心ついたときから、リーリャは自分の立ち位置を知って、そうしなくてはいけないと自分に課していた。

完璧で、美しく、潔白(けっぱく)で、強く、麗しく、少女は輝き続けた。

「あぁぁぁ……」

だから、彼女は知らなかった。自分の中にこんなにも激しく、どす黒く、浅ましい感情があることを。

少女はこの年齢まで己の汚さを知ることができず、しかしそれを幼子のように周囲にぶつけるには、分別がつきすぎていた。

「……ごめんなさい」

消えてしまいたい。なくなってしまいたい。

今まで自分がしたこともすべて、なにもかもなかったことにして欲しい。

見返りはいらないなんて言っておいて、あっさりと手のひらを返して。

相手の弱みにつけ込んで、好き勝手に自分の情欲を押しつけ。

あまつさえ、他人の好意に怒りを感じるなんて。

そんな資格が、自分にあるはずがないのに。

「もう、やだぁ……どうして、わたしは……」

今までひた隠しにしてきた本音を自覚すればするほど、心がかき乱される。

そんな自分は知らない。そんな自分はいらない。そんな自分は恐ろしい。

しまい込んできた感情は間違いなく自分自身が持っていたもののはずなのに、まるで他人のものであるかのように制御が利かない。

泣いている今でさえ、少し油断をしたら彼女の名前を呼んでしまいそうになってしまう。

彼女の尊厳を踏みにじり、彼女に憧れる生徒たちの気持ちを蔑ろにした自分に、そんな資格はないのに。

もうその名前を呼んではいけないと、さっき自分に課したはずなのに。

あっさりとその気持ちを踏み越えて、すがってしまいそうになる。

「あ、す……う、うぅぅ……」

「……呼んでくれてもいいんだよ、リーリャ」

「っ……!?」

あれだけ求めた人の声に、少女は敏感に、そして恐怖を伴って反応した。

起き上がれば身を包んでいたシーツが剥げ落ちて、視界が開ける。

そこにいたのは、名前を呼ぼうとしていたはずの人。

「百合園、さん……!?」

「……今は、『明日葉』だよ」

リーリャが明らかな怯えを見せるのを、明日葉は見ていた。

明日葉は屋敷までの全力疾走によって火照った身体を、呼吸を整えて少しだけ落ち着かせる。

「ごめんね、ノックもせずに入って。でも……きっと、泣いてると思ったから」

身体に残った熱を振り払うように、明日葉は一歩目を踏み出した。

怯えた顔のリーリャが、ベッドの上で後退る。

こちらは進んで、相手は下がる。先日の試着室とは逆であることを思い出して、明日葉は少しだけおかしく思いながら、距離を詰めていく。

「や……こないで、くださいっ……」

けれどあのときの自分より、今の彼女の方が怯えているのは明白だ。

なぜなら目の前の少女は今、自分すらも信じられなくて、閉じこもる殻さえ失っているのだから。

躊躇いなく明日葉はベッドに乗った。寝台の端にまで追い詰められて震える少女の元へ、ゆっくりと近づいていく。

もう、自分の中に恐怖はない。だからもう、迷わない。

「や、お願いします……おねがいだからっ、離れて、くださいっ……」

あまりにも弱々しく、誰にも頼れない故の拒絶を、明日葉は明確に首を振って否定した。

「ごめんね、リーリャ」

「え……」

「寄り添いたいって思ったのに、手を引っ込めて、ごめん」

百合園明日葉は、神城リーリャに、初めて両手を伸ばした。

おいでと言って受け入れるのではなく、そうさせてと請われるのでもなく。

自分の意志で、目の前にいる少女を、抱きしめたいと思ったから。

「ん……」

ぎゅ、と触れてみれば、その身体はあまりにも小さくて、頼りない。

その柔らかさとあたたかさは、教室で見ていた彼女の気高さや強さとはあまりにもかけ離れていた。

彼女の周囲のクラスメイトや使用人たちと同じように、自分も無意識に彼女を完璧なお嬢様として見ていたことに、明日葉は気付かされる。

(リーリャだって、ボクと同じで……女の子なんだ)

触れられるよりも触れる方が、ぬくもりを感じられる。

そんな小さな事実を知ることを嬉しく思いながら、明日葉はもう一度口を開いた。

「ごめん、リーリャ。もう逃げないから……だから、リーリャも、隠さないで欲しい」

「っ……あ、ああっ、ううぅ……！」

耳元で囁かれた、優しくて、あたたかい言葉。

金色の少女は涙を浮かべ、瞳を潤ませ、そして――

「だっ、めっ……ですっ……！」

弱々しく、小さな力で、明日葉を押し返した。

「ダメです、ダメなんです……だって私、自分勝手で、我が儘で……誰かにひどいことを想って……その止め方も、分からなくてっ……あなたにぶつけることしか、しらなくてっ……！」

とめどなく流れる涙の止め方さえも、今の自分には分からない。

誰かの目に触れることに慣れ、自分を隠すことに慣れ、完璧であることに慣れたリーリャにとって、一度崩れてしまった自分を立て直すというのは、初めてのことだった。

いやいやと首を振るリーリャを怖がらせないように、明日葉はゆっくりと頷いて、

「……うん、分かるよ」

「っ……分かるなんて、簡単に言わないでくださいっ‼」

人生において、一度も他人に自分を晒さなかった少女。

誰になにを言われても自分を崩すことがなかった彼女の心に、火がついた。

理解できるなどという、自身の人生を鑑みればあまりにも軽すぎる言葉に対して、怒ったのだ。

「百合園さんに、なにが分かるって言うんですかっ‼」

透き通るような蒼い瞳に、激情の炎が宿る。

「取り繕ってばかりの私の、なにが、あなたにっ……いつだって自分の手で、自分の道を選んできたあなたに、私のなにがっ……！」

憧れと好意は自らの行いによって偏執へと変わり、そして、焦がれた相手の言葉によって怒りへと変貌(へんぼう)した。

「大好きな人だから、遠くから見ていられればばって……私はそれで満足なんだって、気付かないうちに自分のこ

とを誤魔化してっ！」

自分にはできないことをしているあの人が眩しくて、綺麗で、それを遠くから見ているだけでいいはずだった。

「だけどそんな薄っぺらな気持ちは、あっさりと剥げ落ちてしまって……！」

自分の中で完結していたはずの気持ちはいつの間にか、相手の近くにいて、触れて、知りたいという欲望へと変わってしまった。

「最初は、戸惑って……それでも、あなたが受け止めてくれるなら、いいと思って……だけど、お父様にもお母様にも、使用人たちにも、学友にもっ……私だって知らなかった『わたし』は、怖いくらいに我が儘でっ！」

己の予想を遥かに超える速度で変わっていく自分が、恐ろしくなった。

欲望は際限を知らず、どこまでも膨れ上がり、より多く、より深く、より強く相手を求めた。それが果たされず、満たされないと感じたら、相手を傷つけてしまいかねないほどの激情が溢れた。

「だいすきなのに、大切で、大好きだったはずなのにっ……いつの間にか、あなたにひどいことまでして、止められなくてっ……！」

大切に想っていたはずの相手を、自分が台無しにしてしまうところだった。

「その人が誰かに好かれることを、祝福もできないっ！　あなたに想いを伝えた相手が憎くて、嫉妬して……自分のことを、その人たちより大切にしてもらうために、あなたにすり寄って……真っ直ぐに想いを伝えもしていない私が、彼女たちを憎む権利なんて、ないのにっ……‼」

取り繕うように好意を得ようとしたことも、他人の気持ちの尊さを不愉快に思ったことも、なにもかもがおぞましい。

そんな自分がしてしまったことへの後悔と、感情が変貌していく恐怖に囚われて震えている自分にかけられた「分かるよ」という言葉は、今のリーリャにはあまりにも軽薄に聞こえていた。

「こんな、こんな……上辺だけで、からっぽで！　我が儘で、いじわるで、醜いっ‼」

溢れ出る感情はやはり制御できず、少女は吠える。

自分の醜さを大好きな人の前で隠すこともできない己が、腹立たしい。

他人の気持ちを踏みにじって、優越感や、怒りや、焦りを感じて、大好きな人に売った恩を利用して甘えることで、自分の中にある不愉快を埋めようとする自分が、堪らなく汚い存在に思える。

あまつさえ、大好きな相手の気持ちさえも無視して、自分の苛立ちをぶつけてしまっている。

「今だって、差し伸べられた手が嬉しくて、甘えてしまいそうになって……そんな資格、私にあるはずがないのにっ‼」

他人の気持ちを踏みにじり、好きだと思った人のことさえも自分の気持ちよさの前に置き去りにした。

そんな自分が許して欲しいと願うなんておこがましいにも程があると感じるのに、それに甘えてしまいそうになっている自分がいて、ひどく気持ち悪い。

自分のことを嫌になっている今でさえ大好きな人のぬくもりや香りは泣きたくなるほどに優しくて、なにもかもを放り出して、許されたいと思ってしまう。

「こんなっ……こんなに、みじめで、弱くて……浅ましい私のことなんてっ……あなたに、分かるわけないでしょうっ⁉　いつだって眩しくて、つよくて……ごほっ、自分で歩んできた明日葉さんにぃ……私のことが……分かって、たまるものですかぁっ‼」

泣き声は既に、絶叫になっていた。

生涯で初めて他人に見せるむき出しの感情に、鳥のさえずりのように麗しい声は枯れ、完璧な笑顔はぐちゃぐちゃになっていた。

荒れ狂う心は呼吸を乱し、リーリャはぜいぜいと荒く息を吸い、何度も咳き込んだ。

「分かるなんて、簡単にっ……えほっ……いわないで、くださいっ……そんなの、う、そ……ごほっ、嘘ですっ……うそ、うそにきまっていますっ……！」

自分でさえも知らなかった自分のことが、あなたに分かるはずがない。

蒼い瞳に込められた感情は、憧憬から慟哭へ。

かつて眩しさに細めたはずの目は、今は憎らしさで歪んでいた。

真っ向からぶつけられてくる怒りに、それでも明日葉は目を逸らさずに、

「……分かるよ」

「あなたはっ……！」

もはや喉笛に噛みつくのではないかというほどに感情を迸らせるリーリャに対して、明日葉は静かに、もう一度同じ言葉を繰り返した。

「分かるよ。きっとボクは、君を理解する。できる。今だって、している」

叩きつけられてくる感情の波に怖気づくことなく、明日葉はリーリャの頬を撫でた。

「君の泣き顔も、本気で怒った声も、涙の温度も……今日、ボクは初めて知った」

「それが……なんだっていうのですか……！」

「……ねえ、リーリャ」

「……なん、ですか」

「今から全力で口説くから、ちゃんと聞いてね」

「口説っ……!?」

怒っている自分に対して、あまりにも不似合いな言葉に、リーリャは一瞬だけ怒りの感情を忘れた。

その瞬間を見逃すことなく、明日葉は宣言通りに全力で言葉を叩き込んだ。

「リーリャは可愛い‼」

「ふへ⁉」

「まず小さいし、金髪でふわふわ！　蒼い目も素敵だし、声だって可愛い！　何度もその目と髪を見て綺麗だって思ったし、音楽の授業のとき、歌が上手すぎて自分が歌うのを忘れかけたこともあるよ！」

「ゆ、百合園、さん……？」

「その小さい身体で体育の授業のときにボクにちゃんと食らいついてくるような、意外と気が強いところも格好いいし、学力テストじゃ正直運が良くないと勝てない！　周りからの期待を受け止めて、みんなが凄く信頼してる！　リーリャは凄いし、格好いいし、可愛い‼」

「あ、え、あ、ありがとう、ご、ございます？」

怒濤のように飛んでくる褒め言葉に、リーリャはどうしていいか分からなくなりながらも、言葉を返す。

「うん、でもね。最近のボクはリーリャの違う一面も、たくさん見てるんだよ」

これからのことを口にする前に、いくつもの顔が、声が、言葉が、脳裏をよぎる。

今まで見てきたことも、これから見るであろうことも。

すべて受け止めるために、明日葉は言の葉を紡いだ。

「本当は寂しがり屋な君が好きだ」

「っ、そん、なっ……」

「不安そうに甘えてくる君が好き。暴走したときはちょっと怖いけど、それでも可愛いし……求められているんだと思うと、胸が切なくなる。ラブレターに嫉妬して、絶対断るって分かってるくせに不安になっちゃうところも、いじらしくて好き」

言葉を重ねる度に、自分の中の気持ちがより強く固まっていくのが分かる。

「あっ、ぁ、あぅあぅぁぅ」

「ボクのご飯を美味しいって言って食べてくれて嬉しかった。匂いを嗅がれるのは恥ずかしいけど君が嬉しそうだからもっとさせてあげたい。さっきみたいに怒ったリーリャも……ボクにだけ、その顔を向けてくれてるって思ったら、放っておけないって思っちゃう」

「や、だ、そん、な、ことっ………」

「笑った君が好き。泣いてると不安になる。怒っていたら機嫌を直して欲しい。ボクが知っている君を見るのが好き、ボクが知らない君を見つけるのも大好き。そして、これから変わっていく君のことだって……きっとボクは、好きになれると思ってる」

「ゆりぞの、さっ……」

「ダメ、明日葉って呼んで」

「ふ、ふぁいっ、明日葉さんっ」

「ふふ。そうやって今、困った顔で真っ赤になるのも初めて見た。また大好きになっちゃった」

「う、えあ、あう、う……」

もはやリーリャは目をぐるぐると回しながら、ぱくぱくと口を開け閉めすることしかできない。

一度はやりすぎて、こちらを拒絶したはずの相手。その大好きな相手が今、自分だけを見て、自分を口説くと口にして、事実いくつもの恥ずかしい言葉を重ねている。

空気の味すらも分からないほどにからからに渇いた喉からは、ろくな言葉が出てこなかった。

「……ごめんね、リーリャ」

「な、にが、ですか……?」

「さっき、手を引っ込めちゃったよね。正直、びっくりして……初めて見る君が、怖くて。それで怖気づいたのは弁明もできないくらい本当だよ。でもボクは……ちゃんと受け入れたかったし、聞きたかった」

「聞く、って……なにを、ですか……？」

「リーリャはボクのことが好きって言ってくれるけど……それは、恋人になりたいって意味で、いいの？」

「っ、あ、そ、そん、なの……」

ダメだと、心の中にいる自分が叫んでいる。今それを言ったら、戻れなくなってしまう。二度と自分を偽れなくなってしまう。

これだけ自分をさらけ出してしまったのだから、私がどう思っているかなんて、相手は知っているはず。

しかし明日葉は今、あえて質問した。分かり切っているはずのことを、問いただした。

それはつまり、本心を聞きたいということに他ならない。

ここで甘えてしまったら、もうさっきのように離れたりなんて、できなくなってしまう。

一生をこの人と添い遂げなくては、気が済まなくなってしまう。

「……言ってくれないなら、ボクから言うね」

間違いなく好きだという気持ちを持ちながら、それが原因で大好きな人を傷つけてしまうのではないかという恐れと戦っていることを、もう知っている。

「ボクはリーリャのこと、大好きみたいだ」

だからこそ、渾身のダメ押しで明日葉はリーリャに想いを告げた。

もう二度と、リーリャが自分から離れようなどと思えないほどに、夢中にさせてしまいたい。側にいて欲しいと、そう思ったから。

「きっかけはこの生活が始まってからだから、好きになったばかりなのは本当だよ。ボクが今まで知らなかったリーリャを見ている内に、放っておけないって思い始めて……段々と、離れている時間が寂しく感じて……ついさっき、それが好きなんだって、気が付いた」

「あぅ、あ……」

「だから……これから先、手を繋いで歩いたり、ちゅーしたりするなら……ボクは、リーリャがいい。リーリャじゃなきゃダメなんだ」

「っ……‼」

真っ直ぐに言葉にされて、リーリャは揺らいでしまう。

自分は許されていいはずがないとあれだけ思っていたはずなのに。もう決して心を開くまいと思って、しっかりと鍵をかけたはずなのに。

決めた覚悟も、自分への嫌悪感も。

大好きな人の言葉が、あっさりと塗り替えてしまう。

それでも、リーリャは必死で首を振った。ダメだと何度も己に言い聞かせて、自分自身を抑えつけるように身体を抱いて、

「それ、はっ、わたし、私にっ……そんな、資格がっ……！」

「資格なんて、誰が決めるの？ 少なくとも、ボクが誰を好きになるかはボクが決める。ボクが、決めたい。だから……リーリャが誰を好きでいるかも君が決めるべきだと、ボクは思う」

いつだって自分で選び取ってきた明日葉にとって、それはひどく当たり前のことだった。

「そんなの、簡単に言わないでくださいっ……！」

けれどリーリャにとって、それは簡単なことではなかった。

完璧であれと望まれ、自分もそうあるために努力した。

それは間違いなく自分で選んだ道であり、恥ずべきところなどなにもない。

けれど今の自分を、誰が完璧なお嬢様だと呼んでくれるだろう。

自分の気持ちを制御できず、大好きだと言った相手を傷つけ、他者の想いを尊ぶことすらもできない。

「私みたいな人間が……誰かを好きになるなんて、いけなかったんですっ！　好きだって思う人を大事にすることもできなくてっ……あなたのことを好きな誰かの気持ちも認められないっ……そんな嫌な自分を、抑えることもできないっ！　わたし、なんかがっ……うっ、く……あなたを好きでいる資格なんて、ないんです！　だからっ……だからもうっ、優しく、しないでっ……！」

今のリーリャにとって、ぬくもりは毒で、言葉は痛みだった。

あんなにも焦がれた香りさえも、今は決意を揺るがせるための呪いのようにまとわりついてくる。

震え、涙をこぼし、それでも差し伸べられた手に触れられずにいるリーリャに、明日葉はゆっくりと首を傾げて、

「じゃあ……リーリャは、ボクが他の人と付き合っても、いいの？」

「そ、れはっ……」

「リーリャ以外の誰かと手を繋いで、リーリャ以外の誰かとキスをして……リーリャ以外の誰かと笑って生きていて……リーリャは、平気なの？」

「っ……‼」

他人のことを引き合いに出した問いに、リーリャは完全に我を忘れた。

迷惑をかけてしまうとか、倫理観とか、申し訳なさとか、そんな上っ面のものを遥かに上回る、純粋で、濃密で、致命的な感情。

そんな独占欲と嫉妬心を刺激されて、リーリャの自制心は完全に崩壊した。

「嫌ですっ！　明日葉さんのことっ、誰にも渡したくないっ‼」

気が付けば、リーリャは明日葉を押し倒していた。

「明日葉さんに側にいて欲しい！ あなたの一番近くでっ……あなたの一番で、いたいっ……それを、誰かに渡すなんてっ……絶対に、嫌ですっ……!!」

逃がすまいとするかのように、リーリャは明日葉の手首を掴み、ベッドに押さえつけた。

爪が食い込む痛みに明日葉は少しだけ顔をしかめながらも、精一杯に微笑みかける。

「ん……えへへ、やっと……ちゃんとボクのこと、見てくれたね」

「あ……ご、ごめ……」

反射的に謝ろうとした口は、指で塞がれた。

「謝らなくていいから、ちゃんとこっち見て。ボクにも……リーリャのことを、ちゃんと見せて？ ボクは……どんな君でも、受け入れるから」

「……っ、あ、あぁぁ……」

どこまでも優しい表情で語りかけられて、リーリャはついに、諦めた。

縛ろうとしていた気持ちがほどけ、新しい涙になって落ちていく。

この人のことが堪らなく愛おしくて、それをもう、抑えて生きていくことはできないのだと、リーリャはようやく自覚した。

「大丈夫だよ、リーリャ。……怖くても、側にいるから」

「っ、あ、うぁぁ……あすは、さっ……ごめんなさっ、ひっ……ごめん、なざいぃぃ……！」

「……うん」

明日葉はもう一度、蒼の瞳からこぼれてくる涙を拭う。

さっきよりもあたたかくて、激しいと、そう思いながら、温度に触れる。

幾度も謝罪の言葉を口にして、リーリャはただの少女として、素直な感情を晒す。もうこの人の前でなにも隠さなくていいのだと、そう思えたから。

「…………」

しばらくの時間が経ち、涙が枯れてしまっても、リーリャは明日葉から離れられずにいた。明日葉は優しく、リーリャの髪を撫で続けている。

「……その、ご、ごめんなさい、明日葉さん……」

なんとなく気まずいものを感じながらの謝罪に対して、明日葉は乗っかられたままの格好で屈託なく笑って、

「あはは、何回謝るの」

さっぱりとした態度の明日葉とは対照的に、リーリャはすっかり恥じ入った様子で頬を染める。

自分が先ほどまで散々相手に対して自分勝手なことを言って、振り回して、今は甘え切ってしまっている。

完璧という言葉とは程遠いダメダメな自分を受け入れられることは、幸せでありながら、ひどく気恥ずかしい時間でもあった。

「だ、だって……いっぱい我が儘、言ってしまいましたし……い、今だって……あ、わ、私、重いですよね⁉すみません、今すぐどきます！」

「そんなことないよ、全然重くない。むしろだいぶ余裕あるよ」

背中にあるのはふかふかベッドで、乗っている相手の重みは明日葉よりもずっと小さくて軽い。

一時間でも二時間でも抱いていられそうだと感じながら、明日葉はリーリャの頬に触れた。

「それで……その、そろそろ返事聞いてもいい？」

「へ、返事、ですか？」

「うん。だってボク、告白したんだから。ちゃんと返事貰わないとね？」

「あ……」

言われてから、リーリャは告白に対して返事をしていなかったことに気付く。

「……明日葉さん、私がどう思っているか……その、分かっています、よね……？」

「うん。それでも、ちゃんと言葉にして欲しい。っていうか、その……リーリャだって、ボクのこと、口説いてよ……ボクだってそういうこと、されたいんだから」

「んんっ……!?」

「リーリャ？　今変な声出たけど大丈夫？」

「だ、大丈夫です……ちょ、ちょっとまってください、不意打ちが強すぎました……」

さっきまで自分に対してあれだけ強気に攻めてきていた推しが、唐突に可愛いムーブになった。

（格好いいと可愛いが一緒にいるなんて、ずるいっ……！）

ましてや、そんな姿を見せてくれるのは自分だけだ。だってこの人に選んでもらえたのだから、少なくとも今はその気持ちに応えなくてはいけない。

ステイ、ステイ、落ち着きなさい私、今ちょっと真面目な時間です。

そう考えて、リーリャは一度呼吸を整える。

改めて相手の顔を見れば、それだけで自分の心臓はひどくうるさく、狂おしく音を奏でていて、もうとっくにこの人のことを切り離せなくなってしまった自分がいると思い知らされる。

「……好きです、明日葉さん」

「うん」

「真っ黒で吸い込まれそうな髪が好き。綺麗で意志の強い瞳が好き。太陽みたいに笑う笑顔が好き。走る姿が、教室で過ごす姿が、恥ずかしがっているあなたが……なにもかも、大好き……」

「……うん」

「可愛いものが好きなところも好き。練習を欠かさない真面目なところも好き。何度同じ人から告白されても、きちんと受け止めて断る律儀なところも、大好きです」

「……うん」

「あなたの香りが好き。すれ違ったときに残されていく香りに焦がれて、触れたくて、ずっとそう思っていて……そうさせてくれてから、ずっと、ずっと……本当は毎日だって、あなたを抱きしめて、あなたの香りを吸い込んでいたい」

「ん……うん」

「片時だって離れたくないくらい好き。あなたが私以外の誰かと話しているだけで、身が焼けてしまいそうに思えるくらい切ない……どこにも行って欲しくなくて、どこまででも一緒に行きたい」

「……えへへ、なんかそこまで言われると、ちょっと冷静になって恥ずかしくなっちゃうかも」

「っ、明日葉さんが、始めたんでしょう……？」

「うん。そうだよ、だから……もっと口説いて？」

「……これ以上は、我慢ができなくなります」

綺麗な言葉で、飾るだけじゃいられなくなる。

暗にそう示したリーリャに対して、明日葉は優しく微笑んだ。

「じゃあ、それも全部見せて欲しいな」

伸ばされてくる手を、リーリャは素直に受け入れた。

きっと自分の手は、この人の手を握るためにあるのだと、心から信じられたから。

☆なにも隠さずに

「……え、えっと」

ベッドの上で相手を押し倒したままの状態で、リーリャは困っていた。

「リーリャ、どうしたの？」

「い、いえっ、改めてするとなると、緊張するというかっ、恋人としてって……その、ど、どうすればいいのか分からないというかっ……し、したいことが、お、多すぎてっ……！」

触れたい、嗅ぎたい、聞きたい、舐めたい、感じたい。

そんな欲望すべてを、相手は間違いなく受け入れてくれる。むしろ自分がそうするのを待って、ベッドシーツの中でこちらを見上げてくる。

こみ上げてくる感情と心音の大きさは、リーリャの身体を完全に縛り付けていた。もっと端的に言えば、ここに来てヘタれていた。そんなリーリャを、明日葉はしばらく見上げて、

「ん、もう……ボクも恥ずかしいんだけど……ちゅっ」

「んんんんんっ⁉」

ぐい、と引き寄せられて、頬にぬくもりを与えられる。

口づけはほんの一瞬。けれどその柔らかな感触は心に深く刻まれて、リーリャの僅かな理性を吹き飛ばすには充分すぎるほどに甘やかだった。

「……こういうこと、しよ？」

耳元で囁かれた言葉で、リーリャはついに己の枷を完全に外した。

「明日葉さんっ……！」

「んひゃっ⁉　も、やっぱり、それ、なのっ……？　んっ、ふぁっ……」

首に鼻を埋められて明日葉は羞恥に悶えながらも、逃げることはしなかった。

もはやいつも通りになりつつあった、明日葉の体臭を嗅ぐという行為。リーリャはそれをいつも以上の情熱とねちっこさで行う。

「んんっ、すぅぅ……はぁぁ、明日葉さん、汗のにおいがしますっ……！」

「んっ、だって、お屋敷まで、走ってきたんだもんっ、あ、汗くらい、かいてるよぉ……」

「はーっ、はーっ……！」

感じる香りはもちろんのこと、甘ったるい吐息も、恥ずかしそうな声も、すべてが愛おしい。

しかも今、自分は彼女のことを堪能することを完全に許されているのだ。自制など無意味だし、できそうもなかった。

想い焦がれた相手の香りをたっぷり吸い込み、完全にスイッチが入ってしまったリーリャは、躊躇なく明日葉の制服を脱がしにかかる。

制服の上着を脱がせ、シャツのボタンを外せば、そこにはうっすらと汗を浮かばせた、健康的な肢体があった。

衣服によって閉じ込められていた明日葉の濃い匂いが鼻先をくすぐり、リーリャはごくりと喉を鳴らす。

きっと誰にも、自分からは晒したことがないであろうこの人の姿を、自分は今見ている。

頬を染めてこちらを見上げてくる相手から剥ぎ取るべきものはもう、薄く、桃色をした下着だけ。再度、つばを飲み込んで薄布へと伸ばそうとした手は、相手によって遮られた。

「も、もぉ……リーリャ、がっつきすぎ……」

「だ、だってぇ……わ、わたしっ、ずっと、ずっと我慢していてっ……最初は本当に、なにも、見返りなんてっ、いらないって思ってたのにっ……でも、でもぉっ……」

「ん、分かってるよ。でも、その……ボクもちょっと、いきなりは怖いから……ゆっくり、お願い……」

「は、はいっ、ごめんなさいっ」

暴走しかけていた自分を意識して律して、リーリャは改めて、ブラホックへと手を伸ばす。

明日葉は相手を受け入れた証として、軽く身をよじり、その手を受け入れた。

背中に回った手が、ぱちん、と戒めを外し、最後の一枚が取り払われる。

「っ……」

露わになった双丘を見て、リーリャは息を呑んだ。

健康的な肌はなだらかで美しい曲線を描き、その頂(いただき)は、羞恥に震える桜色で彩られている。

「さ、さわり、ます、ね？」

「う、うん……や、優しく、ね……？」

「っ、は、はいっ……！」

お互いに、他人の身体に触れることも、他人から触れられることも初めてだ。

少女たちは初々(ういうい)しく頬を染め、たどたどしく愛し合い始めた。

「ん、ぁ……」

触れられてこぼれる声は、恥じらいながらも相手のことを受け入れた甘い悲鳴。

細く、白い指が、温度を渡すように身体を撫でてくる感触に、明日葉は震えた。

「は、明日葉さん、すごい、身体、やわらかくて……すべすべで……きれい、です」

「んんっ、そ、そんなことぉ……」

「あ、明日葉さんっ、わ、わたし、お、おっぱいも、さわりたい、ですっ。い、いいですか？　いいですよね？

ね？」

「ん、もぉ、結局がっついて……いいよ、きて……？」

自分に余裕があるわけではないけれど、それでも相手の気持ちが嬉しいのも本当のことだった。

許可を口にすれば、すぐにリーリャの指は明日葉の膨らみへと伸びる。

乱暴ではない、けれど遠慮のない触れ方で、明日葉の胸は持ち上げられた。

「は、ぁ……」

「や、柔らかくって、あったかいですっ……そ、それに、ここからでも分かるくらい、良い匂いっ……」

「ん、うっ……そ、そういうこと、説明されたら恥ずかしいよぉっ……言わないでぇ……」

「ご、ごめんなさいっ、でも、すごく、綺麗でっ……さ、触ってるだけで、どきどきしますっ」

「んんっ、もお、だからあんまり、んぁっ……」

揉まれ、撫でられ、時に肉をつまむようにされて、明日葉はじわじわとした快楽を募らせる。

優しく、けれど少しずつ自分の身体を蕩けさせられていく感覚。

しかも今、自分はそれから逃げるのではなく、受け入れてしまっている。されるがままになってしまって構わないと思えてしまう。

「あ……明日葉さん、乳首が……」

「っ、い、言わないでって言って、んひゃぁん!?」

「あは……カワイイ声、出ちゃいましたね」

硬くなり始めた乳首を撫でられて、明日葉は今までにない鋭い快感に仰け反った。

誰にも、自分ですら意識して触れたことがない桜色の突起は、初めて他人から触れられて敏感に反応した。

「あっ、ひゃっ、はぁ、んっ!?」

指先で転がされる感触が快感の痺れとして、自慰行為すら覚えていない少女の未発達な身体を駆け回る。

リーリャの触れ方は優しく、明日葉の身体を充分に気遣ったものだ。それでも性知識をろくに身につけていない少女には、刺激が強すぎた。

「っ……明日葉さん、可愛い、可愛いですっ……もっと可愛い声聞かせてください」

「にゃっ、はひっ⁉　ま、まってぇ、だっ、んぁぁぁ⁉」

なにより、その声を聞いたリーリャに火が点いてしまった。もっと相手を感じさせたいという欲望のまま、明日葉の身体へ様々な愛撫を試し始めたのだ。

撫でるだけでなく、つまみ、軽くひねり、転がして、二本の指で挟む。右と左でそれらを無作為に組み合わせる。緩急と刺激の変化が連続で起こり、無数の快感が無数にやってきて、訳が分からなくなる。

甘く、無慈悲な責めが、十分、二十分と続けられる。これまでの人生で一度も開かなかった快楽の扉が、無理矢理こじ開けられようとしている。

「だ、めっ、こぇ、こんにゃっ、へんにっ、おかひくっ、おち、ちゃっ、あはぁ⁉」

「……いいですよ、明日葉さん。私のものになって……堕ちちゃえ」

ぐりっ。

リーリャは欲望のままに、ぱんぱんに膨らんだ明日葉の両方の乳首を強く摘まんだ。

「っ、あっ、は、ひぁぁぁぁっ⁉」

声を堪えるなんて考えられないほどの強い刺激に、黒髪の少女は背を反らせて絶頂した。

人生で初めて迎えるオーガズムは、未熟な身体の中で何度も弾け、少女を女へと作り変えていく。

「あっ、はっ、はぁぁぁっ」

ぱくぱくと酸素を求めて口を開け閉めする明日葉の脳裏には、星が飛んでいた。

「あ、明日葉さん、イッて……あはっ、かわいいっ……」

びくびくと絶頂に震える明日葉を見て、リーリャの中にある昏く、どろどろとした感情が満たされていく。

この人を征服して自分のものにしたいという独占欲が、溢れていく。

「はっ、はぁぁ、は、ふ……」

明日葉の絶頂の波が収まり、呼吸が整うまでの様子を、リーリャは笑みを浮かべて観察していた。

それは普段見せるお嬢様らしさなど欠片もない、自らの手で欲望を満たし、感情をむき出しにした、言うなればイキイキとした笑顔だった。

「ん、は、はぁぁ……も、もぉ……待ってって、言ったのにぃ……」

「ごめんなさい、我慢できなくて……でも、すっごく可愛かったです」

「っ……もお、ばか……」

明日葉の息が整うまでは、しばらくの時間が必要だった。

「ん、はぁ……」

「落ち着いてきましたか、明日葉さん？」

「うん。あの、リーリャ。ボクも……リーリャに、触りたい……」

一度絶頂を迎えた明日葉は、自分も相手に触れることを望んだ。

彼女が自分にそうしたのと同じように、自らも触れて、与えて、感じさせたいと、そう思ったからだ。

「あ……は、はい、明日葉さん」

「ん……」

絶頂による余韻から、やや気だるさを感じつつ明日葉は身体を起こす。

お互いに座り、リーリャが膝の上に乗るようにして向かい合った格好になる。お互いの視線がぶつかり、気恥

ずかしさを感じて、少女たちは頬を染めた。

「リーリャの身体も、すっごく綺麗……というか、その、寝間着、えっちじゃない……？」

「あんまり厚い生地の寝間着は、なんだか合わなくて……うぅ、明日葉さんとこういうことになるなら、もっととっておきのを着ていればよかったです」

「それを言うとボクなんて制服のままだし、お風呂すら入ってないままなんだけど……？」

「明日葉さんは良い匂いだから良いんですっ！」

「そ、そんな力説されても……も、もぉ……触る、よ？」

「……はい。お願いします……ん、あっ……」

ネグリジェの上から、明日葉の指先がリーリャの肌を撫でる。

自然に起きた衣擦れとは違う感覚に、金髪の少女は小さく身震いした。

「……リーリャの声も、可愛いよ」

「そ、んなことはっ……んんっ、や、触られるの、きもちいいっ……」

昂ぶっていた身体を宥めるような優しい愛撫は、リーリャの性感を緩やかに刺激する。

（自分でするのと、全然違いますっ……）

あの日、自慰行為を覚えてから、リーリャは時折、自室で明日葉を想いながらの行為にふけっていた。

想像の中で何度も触れられた想い人の指は、想像よりもずっとおっかなびっくりで、けれど優しさに満ちたものだった。

「い、痛かったりしない？　だいじょうぶ？」

「だ、大丈夫です、むしろ、んっ……き、気持ち良い、ですから……」

自分で触れるならなんでもない、腰やお腹といったところを撫でられるだけでぞわぞわしてしまう。

決して豊かとはいえない胸に触れられる感触も、堪らず声が漏れてしまうくらい気持ちが良い。

愛でるように優しく全身をほぐされて、リーリャは熱っぽい息を吐いた。

「あ、んっ、あすは、さっ……」

快楽の出口を求めるようにして彷徨わせた手が、明日葉の身体に触れる。

「ん……いいよ。さわりっこ、しよ……?」

ふたりの気持ちの昂ぶりが、行為をより大胆にしていく。

黒髪の少女と金髪の少女。どちらも相手の身体に触れて、お互いの快楽を高めていく。

「んぁっ、はぁっ、んんっ」

「あ、ん、ふぁぁっ、ひっ」

手指が腹を撫で、腰に這わされ、胸のラインをなぞり、乳首を可愛がる。

一度絶頂を得たことですっかり心身を昂ぶらせた明日葉と、これまでに何度も自慰を繰り返して自らの身体を開発していたリーリャ。少女たちの嬌声が淫らなハーモニーとなって部屋の中に響く。

快感の蓄積に誘われるように、どちらともなく相手の最も大切な部分へと手を伸ばした。

「あ、んんっ」

「ひゃっ、ああっ」

くちゅ、と下着越しに触れても水音が響くほど、ふたりの秘所は濡れていた。

既に自分を慰めることを覚えて手慣れたリーリャは大胆に、自分の性器にろくに触れたことのない明日葉はゆっくりと、お互いの下着を撫でていく。

細い指が愛液を吸って柔らかさを増したショーツに沈み込み、その度に性器がひくついて、まるで下着ごしに指を舐めしゃぶっているかのようだった。

「んぁぁ……明日葉さんのおまんこ、もう、こんなにびしょびしょで……」

「あ、くぅっ……り、リーリャのあそこだって、あつくて、とろとろだもんっ……」

「り、りーりゃぁ……」

お互いのとろ顔を至近距離で見ながらの愛撫交換。

愛おしさが溢れたふたりが口づけを交わすのは、当然のことだった。

「ん、ちゅ、ふぁ、あしゅはしゃんっ……んんっ……」

「んぁっ、んんんっ……」

お互いの唇に吸い付き、舌を絡め合う、深いキス。

下からも上からも淫らな水音を響かせて、リーリャと明日葉は貪るようにして絡み合う。

「ん、ぷはぁっ……ぼ、ボク、恋人と、あんっ、は、はじめての……キス、なのにぃ、んちゅ……こ、こんなにえっちな、ちゅーしちゃってるぅっ……」

「ん、そんなこと、言ったらぁ……私たち、キスの前にっ……あ、お、お互いの、おまんこ、くちゅくちゅしちゃってますよぉ……」

「ひゃ、あっ……んんっ……リーリャ、りーりゃぁっ……」

「明日葉さんっ、明日葉さんっ……！」

名前を呼び合いながら、少女たちはお互いの体温を感じ取る。

指先から与える熱と、指先から感じる熱。這わされる舌、とろりとした唾液、指先を濡らす愛蜜、漏れる息遣い。そして、何度も名前を呼ぶ陶然（とうぜん）とした声。すべてが蕩けるように甘く、自分と相手の境界線をなくしていくような感覚に満たされる。

「はぁぁ、好き、好きです、明日葉さんっ、前から知ってたところも、ふぁっ、今日初めて知ったところも、ぜんぶっ、ぜんぶ好きぃっ！」

「んっ、ぼ、ボクも、りーりゃのことっ、好きぃ……だからぁ、リーリャのことも、ぜんぶ、見せてぇ……！」

「ん、ふぁい、ちゅ、ちゅうぅ……ぷはっ……あ、やっ、も、もう、わたし、私、イキ、そっ、あすはさ、そこ、かりかりっ、かりかりしてくださいぃっ……！」

「うん、うんっ……ボクも、もうイ、イク、またイクからぁ……ん、そ、そのままぁ……！」

お互いにして欲しいことを口にして、その通りにされるという事実さえも悦びになる。

明日葉の指先が下着越しにリーリャのクリトリスを刺激して、リーリャは指の腹で明日葉のクレヴァスを押し潰すようにして愛撫する。

「あ、あすはっ、さ、ん、ちゅぅ、じゅるるっ……」

「んあ、はぷっ……ん、くっ、りーりゃぁっ……！」

「あ、ふ、んぐぅぅっ⁉」

「ふにゃっ、んんんんっ⁉」

どちらともなく唇を合わせ、唾液を交換しながらふたりは快楽を極めた。

オーガズムに合わせて愛蜜が吹き出し、もはや下着は意味を成さないほど濡れそぼっていた。

自分の下着も、相手の指も、その下のベッドシーツまでもを汚してしまうほどの絶頂に、少女たちはお互いに相手にすがりつくようにして、翻弄された。

「んっ、ああっ、だめ、これぇ、すごっ、こんなのっ、はじめてぇ……あ、ひっ、ま、またイッちゃ……ごめんなしゃ、あすはさんのゆびっ、汚しちゃっ……」

「あ、い、いいっ、いいよぉっ、ボクも、とまらなっ……んぁっ、りーりゃのゆびっ、きもちっ、イイ、あっはぁぁぁ……んっ、ちゅっ……」

一度極まった快感は、すぐには少女たちを天国から引き戻さず、まだ幼さが残る身体を何度も震わせる。

鼓動が落ち着くまでに何度も甘イキを繰り返し、その間も少女たちは貪欲に相手の体温や唾液を求めていた。

「ん、ぷぁ……」

「は、あぁ……」

唾液が糸を引くほどの激しいキスを最後に、黒髪と金髪の少女たちは、同時にベッドへと倒れ込む。

「……すごいこと、しちゃったぁ……ん、ぁ……まだ、どきどきしてる……」

「……明日葉さん、ごめんなさい」

「ん……どうして、謝るの？」

疑問を浮かべながら金色の髪をすくいあげると、隣にいる金色の少女は眉尻を下げていた。

「だって……私、勝手に嫉妬して……勝手に怒って……自分から近づいて、一緒にいて欲しいと願ったのに……勝手に、離れて……勝手なことばかりして、明日葉さんに、たくさんの迷惑を……」

「……そんなことないよ。確かにびっくりしたし……離れられて寂しかったし、訳が分からなかった。でも……そんなのはきっと、当たり前のことだから……」

「あたり、まえ……？」

「うん。だって……ボクはリーリャのこと、知らなかったし、聞かなかったから」

最初は、相手のことが分からなかった。

分からない相手のことが少しずつ知れてきたとき、明日葉は受け止めてあげたいと思うようになっていた。

けれど、それだけでは不足だったのだ。受け入れるという行為はあまりにも受け身で、それでは相手の本心は分からないと、明日葉は気が付いた。

「きっと、当たり前のことだったんだ。分からなければ聞けばいい、ただそれだけだった。だってボクは君のことをもっと知りたい、受け入れたいって思っていたんだから。そうするだけでよかったのに……恥ずかしくて、自分から歩み寄ってくれるリーリャに甘えてた。いつか言ってくれるから待とうなんて、いつまでも自分から踏み出さなかった。……ごめんね、リーリャ」

「そんな、こと……そんなこと、ありません。私だって、汚い自分を知られたくなくてっ……逃げて……追いかけられて、ようやく話せたんですからっ……ごめんなさいっ……ごめん、なさっ、いっ……」

こぼれる雫は、感情が溢れた証拠だ。明日葉はそれを今まで誰かから告白される度に、何度も見た。自分を想ってこぼされた涙を幾度も指先ですくい、ごめんね、と口にしてきた。

けれど今、明日葉はそうしたいとは思わなかった。

「ちゅっ」

指ではなく、口づけで拭った雫は、塩の味がした。

「……ボクが知らなかったキミのことを、これからも知りたい。その……どんなリーリャでも、ボクはきっと逃げずに向かい合うつもりだから。えっと……神城、リーリャさん。ボクと、お付き合いしてくれませんか?」

断るのでも受け入れるのでもない、自分から想いを伝える、告白という行為。

今まで散々自分が受け止めて断ってきた愛の言葉は、いざ自分が真剣に口にしてみると心臓が張り裂けそうなほど不安で、恐ろしいとさえ感じるものだった。ああ、これは自分に断られた子たちが泣いたのも分かると、そんなふうにも考えてしまうほどに、明日葉の心は震えていた。

明日葉の告白を聞いたリーリャは、大粒の涙をぼろぼろとこぼしながら、何度も頷く。

「っ……あ、は、はいっ……はいっ……私のほう、こそっ、よろしく、よろしくお願いしますっ……明日葉さんのこと、すきっ、すきですからぁっ、う、ひぐっ……うあぁぁ……」

「……リーリャ、泣いた顔も綺麗だ」

「っ、ふぐっ、もお、あすはさんは、すぐそういうごと言うぅぅ……」

「うわ、もっと泣いた⁉　え、ええと、ごめん、ごめんね、でも可愛いよ、リーリャはかわいい！」

「もおお、泣けばいいのか笑えばいいのかわがりませんよぉぉ……」

ぼろぼろと涙をこぼしながらも、リーリャの頬は緩んでいた。申し訳なさや嬉しさがない交ぜになった感情は、少女が生まれて初めて経験するものだった。

「……大好きだよ、リーリャ。だから……泣き止むまで、こうさせてね」

「っ、はいっ、はいぃぃ……お願いします、明日葉さんっ……う、ひぐ……うぅぅ……」

受け入れるのではなく、手を伸ばして抱き寄せて。

甘えるのではなく、甘えさせてもらうことを受け入れて。

ふたりの少女は、ようやくお互いを知るためのスタートラインに立った。

そしてこの日、ふたりは初めて、誰かと共に寄り添って眠るぬくもりを知ったのだった。

第三章『ふたりのこれから』

☆新しい関係

「えへへぇ、明日葉さぁん……♪」

「ん、もお……ふふ、リーリャってば、動きづらいよ」

バカップルだった。

恋人という新しい関係で繋がったふたりは、昼は学園で今まで通りにクラスメイトとして振る舞い、放課後にお互いの用事が終わるとどちらかの部屋でべったり、という完全にバカップル状態で日々を過ごしていた。

今も、リーリャは明日葉の膝の上に乗り、明日葉はそれに苦言を呈しつつもまったく引き剥がそうとせず、むしろ感触を確かめるようにして腰に手を回している。

使用人たちも用事がなければ部屋には近づかず、誰も咎めるものがいない部屋は、少女たちが結ばれて数週間の間にすっかり恋人の逢瀬の場と化していた。

「ところでリーリャ、次のテスト、数学がもの凄く難しくなるって聞いたんだけど、大丈夫？」

「ん～……難しくなると言われても、私は学園の授業よりもずっと進んだ単元を家庭教師たちから教わっていますから、問題ないとは思います」

そんな状況でも、お互いに優等生だからこそこういう話題では真剣になる。もちろんリーリャは明日葉の膝の上から離れようとせず、むしろ猫のように喉を鳴らしてすり寄らんばかりの勢いなのだが。

「う〜、余裕だ……特待生を維持しなきゃだし、ボクは頑張らないと」

「ふふ、お勉強のお手伝い、しましょうか？」

「うーん……お願いしようかな、折角、完璧お嬢様と一緒に住んでるわけだし……」

「もう、今は完璧お嬢様なんかじゃなくて、ただの神城リーリャですよ？」

「あはは……分かってるけど、ギャップが凄いなあって」

「あっ……き、嫌いになりました？」

「ううん。なってないよ。むしろそうやって気が緩んでるリーリャを見るのは、特別感があって好きかな」

付き合いを始めてから、少しずつではあるが気を緩めたリーリャを見る機会は増えている。

普段の姿が意外なほどに甘えんぼだったり、朝には少し弱かったり、学園で他の子と少しでも仲良くした日は夜の間はずっと離れなかったり。今まで知らなかった一面を相手が見せてくれるだけでなく、自分から積極的に知っていくことを、明日葉は楽しいと感じていた。

「ところで、この格好だとさすがに勉強できないんだけど」

「……お勉強してる間は構ってもらえないので、明日葉さんの匂いを嗅いでいてもいいですか？」

「あんまり悪戯しないならね」

寂しがり屋の恋人に苦笑をこぼして、明日葉は試験勉強を再開する。

明日葉は才能に恵まれているが、だからといって努力を怠る人間ではない。

むしろ彼女が今通っている学園にいる生徒たちは、普通の学び舎であれば誰もが学年主席を取れてもおかしくないほどの才女たちだ。

才能だけでも、努力だけでも辿り着けない特待生という場所に、百合園明日葉は留まり続けている。それはつまり、彼女が自分を甘やかしていないということだった。

ひとたび集中のスイッチが入れば、明日葉は次々と知識を吸収し、自らのものにしていく。

そしてリーリャは、真剣な表情で参考書のページをめくる明日葉の横顔を満足げに眺めていた。

（はぁぁ……一生懸命お勉強している明日葉さんも、かっこいい……）

学園であれば、遠くからたまにちらりと覗き見るくらいしかできなかった真剣に勉強をしている明日葉の顔を、今の自分はいわば特等席で眺め放題なのだ。

しかも眺めるどころか、匂いを嗅ぐことすらも許されている。リーリャは明日葉の邪魔にならないように静かにしつつも、遠慮なく横顔を堪能し、服越しの明日葉の香りを満喫する。

もうそれだけでも充分すぎるほどに幸せを感じることができるのに、その相手は時々こちらに目を向けて、

「……えへへ」

ふにゃ、と頬を緩めてくれるのだ。

（かわっ、いいっ……!!）

格好いいかと思えば突然可愛くなる恋人に、リーリャは内心で悶えながらも笑みを返した。今の自分の顔が緩み切っているであろうことを、自覚しながら。

「テスト期間終わったら、どこか遊びに行ったりしたいよね」

「え、それって……」

「うん、デートのお誘い。……ダメ？」

「ダメなんかじゃありません！　行きましょう、どこでもっ！　あ、どこでもは困りますけど……その、ちょっと遠出で、誰にも会わなくてっ……ふ、ふたりで歩けるところっ……！」

突然のお誘いに慌てつつも、リーリャは何度も首を縦に振った。

リーリャが本当の自分を包み隠さなくなったように、明日葉もまた、少しずつ変わってきていた。以前のように無意識にときめかせてくるだけでなく、恋人としてこちらに踏み込んできてくれる。

お誘いを断られなかった明日葉は、安堵から少しだけ眉尻を下げた笑みになる。

「ふふ、よかった。じゃ、デートのためにもちゃんとテスト頑張らないとだ」

「はいっ、分かりにくいところとか、どこでも聞いてくださいね！」

「あ、本当？　それなら、数学以外にもいろいろ教えて欲しいんだけど……」

特待生と優等生。

学園が誇るふたりの才媛が勉強会をすると、どうなるか。

数日後、テストを返却された明日葉とリーリャの成績は、どちらも全科目満点で総合の順位は同率一位という結果を残した。

「……同率一位だ」

部屋のベッドの上で答案用紙を広げる明日葉に、リーリャはどこか嬉しそうに顔をほころばせて、

「全教科満点がふたり、というのは学園が創立して初めてらしいですよ？」

「だろうね、学園のテスト、いつも難しいもん……ボク、全教科満点は初めてだよ」

「私は何度かありますが……ここまでニアミスや、引っかけ問題に躓かなかったのは初めてですね」

理解力がある明日葉に勉強を教えることで良い復習の時間になったようで、今回のテストはリーリャもかなりの余裕があった。

「ふふ、お揃いですね」

「うん。ちょっと嬉しいかな。次も一緒に勉強しよっか……わっ」

言葉を遮るようにして、明日葉の身体に重みがくる。

手から落ちた答案用紙の代わりに収まったのは、恋人の小さな身体。

押しつけられてきた身体は軽いものの、突然のことに明日葉はバランスを崩してシーツへと倒れた。

「……リーリャ、どうしたの？」

「えっと……その、テスト期間中、結構我慢してたので……そのう……」

「……ん。いいよ、おいで？」

遠慮がないのかあるのか分からない態度に顔をほころばせつつ、明日葉はリーリャを抱き寄せる。

「ん、すぅぅぅぅぅぅぅ……」

「そ、そんなに思いっ切り嗅がなくても……もう、そんなに寂しかった……？」

「ふああ、空気が美味しいですっ……ご飯いっぱい食べられそうっ……!!」

「ボクの匂いってそんな食欲そそる感じなの!?」

「ああ、ごめんなさい、思いっ切り嗅ぐのはちょっと久しぶりで自制が利かなくて……あ、すみませんお腹とか脇の方も嗅がせてもらっていいですか？　いいですよね？　ね？　我慢したご褒美、ね？　或いはお勉強を見たお礼とかでもいいですから、ね？」

「わあ凄い遠慮がない恥ずかしいからお風呂入ってからとか絶対聞いてくれなさそうわあ」

聞いてくれなかった。むしろ慣れた手つきで上着を脱がされた。

「って、直なの!?」

「直に決まってるじゃないですか！　私がテスト期間中、どれだけ我慢したと思ってるんですか!?　隣で勉強を教えながら何回『はぁ～ほんっとうに私の恋人からは良い匂いがしますこれで部活終わりとか絶対嘘でしょうはああもう毎晩この匂いがするアロマをお部屋に焚いて寝たい』とか考えたと思ってるんですか!?」

「知らないよぉ!?　あ、ちょ、ほんと直は恥ずかしっ……ああ、もうっ……ばかっ……」

恥ずかしさから文句をこぼしつつも、明日葉は最終的には諦めて、されるがままになる。

リーリャはすんすんと何度も鼻を鳴らして、明日葉の全身の匂いを余すところなく堪能していく。

腹、腰、足、手首、脇、髪、耳裏、首筋、吐息、胸の隙間。すべての部位の匂いを覚えようとしているかのように、執拗に、ねちっこく、情熱的に、リーリャは恋人の香りに酔いしれる。

「ん、はぁ……本当に、明日葉さん、すっごく良い匂い……甘くて、お花みたいで、蕩けてしまいそうで……もう同じ石鹸で、洗濯物だって同じ洗剤で洗ってるのに、不思議です……」

「っ……うぅ」

上どころか下もすっかり剥かれて下着姿になった明日葉が、満足げなリーリャの下で呻いた。

「もう……学園とは全然違うんだから」

「だって、隠さなくていいって言ってくれましたから……ん、はぁ……良い匂い……」

完璧な自分でなくても受け入れてくれるという安心感は、リーリャから遠慮という壁を取り去っていた。

日に日に想いが募り、昨日より今日の自分の方が強く相手を求めても、百合園明日葉は神城リーリャを拒まずにいてくれるのだ。

どれだけ想い焦がれても足りないとさえ感じてしまう自分の貪欲な感情を、真っ正面から受け止めて愛してくれる存在。そんな恋人を前にして、お嬢様という仮面を被れるはずもない。

「つまり、明日葉さんの前での私は、ただの匂いフェチの神城リーリャです！」

「そ、そこまで開き直らなくても……ね、リーリャ」

「あ、なんですか、明日葉さ、んっ」

「ん、ちゅ……」

不意打ちで唇を奪われて、リーリャは目を白黒させた。

「……匂い、好きなのは知ってるけど……嗅ぐだけじゃなくて、もっといろいろ、したいな？」

「……明日葉さんはどうしてそう、可愛いんですか？」

「かわっ……!?」

「あー、もう可愛い、凄く可愛い……格好いいのに可愛いとか……はあ、ほんともう、そういうところ……はあ、好き……むり……」

推しの尊さに限界を迎えた金髪の少女に、黒髪の少女は微妙な半目を向けて、

「リーリャって、よく今まで学園で本性出さなかったよね……」

一緒に暮らし始めてしばらくの時間が経ち、明日葉はリーリャのこのテンションに慣れてきていた。

激しく求められることに照れや羞恥は覚えるが、嫌ではない。むしろ普段はニコニコと周囲に落ち着いた笑みを振りまいているリーリャが、ここまで強く自分を必要としてくれるのは、嬉しいとさえ思える。

「本性というか、私も自分がこんなふうになるとは思いませんでしたよ？」

「そう、なの？」

「はい。だって知り合ってから一年以上……この間、明日葉さんをお屋敷にお招きするまでは、遠くから見て、すれ違ったときの匂いで満足していましたから」

「あ、匂いフェチの部分は前からなんだ……？」

「ええ。でも今は、明日葉さんのいろんなところがもっと好きです。サラサラの髪も、綺麗な声も、すべすべのお肌も、汗の味も……格好いい明日葉さんも、可愛い明日葉さんも、ぜんぶ好き……好きすぎて、怖いくらいです。どうして前の自分が遠くから見ていられたら幸せ、なんて満足できていたのか不思議なくらい」

「ん……そ、そうなんだ」

「はいっ。今だってテストが終わって、これでようやく明日葉さんと気兼ねなくひっついていられると思ったら

嬉しすぎますし、デートはどこに行きましょうかって、凄く悩みますし、楽しみで堪りませんよ？　その……自分でもびっくりするくらい、我が儘になってしまっていると思います」

以前の自分には、きっともう戻れない。

推しの姿を遠くから見て、すれ違うときに香りを感じて、部活に励む姿に憧れるだけだったあの頃と、今は違う。

「遠くから見ているだけでも満足だった人が、恋人になってしまったんです。それはもう、夢のようで、毎日どうしたらいいか分からなくて、夢ではないいんだろうかと、時々思ってしまったりして……」

紡がれる言葉はひとつひとつを噛みしめるようで、真剣だった。

「……夢じゃないよ」

「ええ。だから、確かめるために……明日葉さんのぬくもりを感じさせてもらっても、いいですか？」

「うん、ボクもリーリャのこと、感じたいから。デートのことは、また今度考えよう？」

どちらともなく笑って、ふたりは唇を寄せる。

ただ求められて与えるのではなく、求め合い、与え合う。

少女たちの逢瀬は、次の日の朝にベッドで目を覚まし、どちらともなく笑い合うまで続いた。

☆リベンジ・デート

「……着きました！」

「や、ほんとかなり遠くまで来たね……」

恋人になってからの初めてのデートに、リーリャは県を跨いだ先にある、神城グループが経営しているショッピングモールを選んだ。

行き先自体は以前と同じようなモールだが、今回はより遠くを選んで、休日の朝から移動だ。

前回以上に気合いを入れてお洒落をしたリーリャが、鼻息荒く意気込みを露わにする。

「今度こそ、自分の欲に流されず健全なデートを楽しみたくて、いろいろと考えてきましたっ……！」

「ええっと……気持ちは嬉しいんだけど、ちょっと声に出すのはやめよう？　学園の人たちがいなくても、リーリャがいるだけで注目の的だからね？」

実際には明日葉の方もかなりの美人であり、どちらか単体というより、正反対の美貌を持ったふたりが並んでいることでより注目を集めているのだが、明日葉は気付いていなかった。

「はっ……す、すみません。それでは今日はデートのリベンジということで、よろしくお願い致します」

「うん、こちらこそ、よろしくね」

「ふふふ……この間の服を着てくれて、嬉しいです」

「っ、だ、だって折角買ってもらったし……その、ボクもデート、楽しみだったから……」

出かける前にも一度やったやりとりを、ふたりは繰り返す。

今日の明日葉の服装は、先日のデートでリーリャに買い与えられた、ワンピースとカーディガンという組み合わせだった。フリルの多い服装は普段とは大きく離れたものだが、デートということで、明日葉なりにめかし込んできた結果だ。

「うぅ、着慣れないから、制服より丈長いのにそわそわするよぉ……」

「ふふ、とってもよく似合ってますよ。ああ、本当にかわいい……」

「も、もう、あんまり恥ずかしいことばっかり言わないでよ、ほ、ほら、行こう？」

真っ赤になって恥ずかしがる明日葉を再度可愛いと褒めたくなったが、あまり言うとまた大変なことになりそうなので自制して、リーリャは明日葉の手をなるべく自然な動きで取った。

「あ……り、リーリャ、手……」

「普通にしていれば、仲の良い同性の友達にしか見えませんよ。ここなら、きっと学園の誰もいませんから……その、お願いします」

「……うん、分かった。ボクもほんとは、こうしたかったから」

わざわざ遠くまで足を運んだ理由は、とっくに察している。

注目されていることは気にはなるけれど、それよりも目の前にいる恋人の気持ちを尊重したい。そう思って、明日葉は手を握り返した。

「えっと……それで、どうしよっか？　どこから回る？」

「もうお昼前ですから、まずはなにか食べて、それからお店を回ろうかと思います。今回は特に行きたいお店はないのですが……その、明日葉さんと、いろんなところを歩いてみたくて」

「ん、分かった。それじゃ、食べに行こうか。……リーリャって普段、こういうところで外食とかするの？」

「いえ、実は初めてで、結構緊張しています……な、なにか無作法があったら教えてくださいね？」

「あはは、そんなに構えることはないよ。むしろ普段リーリャが行くお店の方がマナーとか厳しいと思う」

ふたりは店内見取り図の前であれこれと相談して、最終的にはリーリャが一度行ってみたかったという理由からモールの中にある、全国チェーンのハンバーガーショップに入ることになった。

「不思議なシステムですね、先にお金を渡して、自分たちで好きなテーブルに運んで食べるなんて……」

「そうかな、学食の食券とそんなに変わらない……って、リーリャは行かないから分かんないか。最近だと、席からスマホで注文したりもできるよ」

自分にとってはいつものことでも、リーリャにとってはそうではない。

周囲を興味深そうにきょろきょろと見渡す恋人の様子を見て、明日葉は随分前の自分を思い出す。

(ボクも初めてリーリャのお屋敷に行ったとき、もの凄い価値観の違いを感じたからなぁ……)

生まれも育ちも違うふたりだからこその差異、とまどい、そして楽しさ。そうしたものを共有できることを嬉しく感じながら、明日葉はリーリャを伴って店内の端にあるテーブルに腰掛けた。

「あの、明日葉さん。フォークとかお箸とかってあるのでしょうか……」

「あ、えーと……普通に手で食べるものだけど、パンケーキとかもメニューにあるから、たぶん頼めばフォークは出てくるかな。頼んでこようか?」

「いえ、そういうことなら折角なので皆様と同じように手づかみでいただきます。インドなどでは一般的な食べ方でしたから、大丈夫です!」

「インド行ったことあって、ファストフード入ったことないっていうのも凄いなあ……あ、一応これ、アルコールティッシュね」

感心しながら明日葉は手を拭いて、ポテトにかじりつく。慣れた塩の味とほくほくとした食感が美味しい。

リーリャの方はそんな明日葉を見て、何度か頷くと、同じように手を拭いてからポテトを口に運んで、

「ふみゃっ、あつっ……」

「わっ、大丈夫、リーリャ?」

「うう、大丈夫です……揚げたてなんですね……」

「揚げたてじゃないときもあるんだけど、お昼時は忙しいから、揚げたて率が高いんだよね……」

「うう、やけどとか、してませんか……?」

んべ、と舌を出して上目遣いでこちらを見上げてくる恋人を見て、明日葉は心音が大きくなるのを感じた。

「っ……た、たぶん、大丈夫だと思うよ」

「明日葉さん……どうかしましたか？」

　明らかに目を逸らされたことで、リーリャはどこか不安そうにこちらを見上げてくる。

「そ、その、粗相をしたことは謝りますから……」

「あ、いや、違うの、ごめんんね。呆れてるとか、そういうんじゃなくて、ええっと……ああ、うう、もう……ちょ、ちょっと耳貸して」

「？　は、はい……？」

　もしかして自分の世間知らずで迷惑をかけてしまっただろうかと不安げな表情で耳を寄せてくるリーリャに、明日葉はそっと耳打ちした。

「……リーリャの舌見てたら、すっごくちゅーしたくて」

「ふ、えっ」

「……その、分かる、でしょ？　なんていうか、ムラムラしちゃって……この間のリーリャも、こういうふうに我慢できなくなったのかなって……その、思っちゃったの」

「あ……う、それは、その……その節はご迷惑を……」

「いや、そこはもう気にしないでいいんだけど……えっと、健全なデートがしたくないとか、そういうんじゃないよ、むしろ楽しい。楽しいんだけど……よ、夜はそういう時間があると、ええっと……う、うれしい、かなって……いい、かな？」

「は、はい……それは、もちろん……むしろ私から、お願いしたいくらいで……」

　お互いに顔を真っ赤にしつつも、どちらともなく手を握り、指を絡める。

　そのまましばらく、どこか甘ったるく、どちらも口を開くことが躊躇われるような時間が流れた。

しかし、時間は有限だ。やがて復帰した明日葉が自分の雑念を払うように首を振って、

「さ、冷める前に食べちゃおっか。冷めちゃうとあんまり美味しくなくなっちゃうから」

「あ、はい、わ、分かりました」

手早く食事を終えて、ふたりは改めてモールの中を見て回る。特に目的はなく、一階から四階までの店を端から端へと順番に回っていくウィンドウショッピングだ。

「あ、ここ猫ちゃんのグッズがある……！」

いくらかのお店を回ったところで、少女向けのアクセサリーやグッズが揃っている店先で猫グッズを発見し、明日葉は目を輝かせた。

「明日葉さん、本当に猫が好きなんですね」

「うん。どの動物も好きだけど、猫ちゃんが一番好きかな。休みの日とか、ひとりで猫カフェ行ったりとかするよ。癒やされるんだ……猫ちゃんにおやつあげたりしてね……」

「ふふ、じゃあ今度のデートはそこにしましょうか。私も動物は好きですから、楽しそうです」

「うんっ。……よし、とりあえず三つ、いや四つくらい買おうかな……」

「……その、折角なので、お揃いのものとか……」

「あ……いいね。恋人っぽい、というか、恋人だし。でも、ストラップとかは結構目立つよね、どうしよう」

「えっと……部屋に置くものなら、どうでしょうか。身につけなくても、その……ふと目にしたときに、今日のことを思い出せそうですし……」

「あ、それいいかも。ええと、じゃあ……これとか、どうかな？」

そう言いながら明日葉が手に取ったのは、猫の顔型のビーズクッションだった。

「……膝の上に置くと、ふかふかで気持ち良さそうですね」

「うん、手触りも抱き心地もいいから、寝るときに抱っこしたりするのも良さそうかなって」

「なるほど……可愛いですね」

リーリャの呟きは猫クッションに対してではない。クッションを抱いて寝る明日葉を想像してのことだ。なんならその様子を写真に撮りたいとか思っていた。むしろ撮ろうと心に決めていた。

「リーリャも気に入ったなら、これにしよっか」

「はい。ふふ、嬉しいです」

「えへへ、ボクも……大事にしようね」

恋人がややよこしまな感情を抱いていることには、気が付かない明日葉だった。

お互いに相手のクッションを購入して、ふたりは店を後にする。

そのあとも、明日葉とリーリャは多くの店を回り、時々甘ったるい空気になりながら休日を楽しんだ。

「ん……そろそろ戻った方がいいかな」

夕方になり、スマホの画面で時間を確認した明日葉が、そんな言葉をこぼした。

「そうですね、運転手がいるといっても、隣の県まで出てきていますから……」

「うん。それに夜は、その……ゆ、ゆっくりしたいしね」

「そ、そうですね。ゆっくり……その、人目を気にせずに、過ごしたい、ですね」

お互いに今夜のことを考えて赤面しながらも、ふたりは足を駐車場へと向ける。

「……あの、明日葉さん」

「ん、どうしたの、リーリャ」

唐突に名前を呼ばれて、明日葉は首を傾げた。

リーリャは繋いだ手をじっと見つめ、ややあってから口を開く。

「今日は、ありがとうございました。その……デート、とっても楽しかったですし……我が儘もいっぱい聞いてもらえて……」

「我が儘なんて、そんなことないよ」

「でも、私……前回はあんなに失敗して、今回だって、たくさん甘えてしまっていますし……」

「……甘えてくれて嬉しいから、大丈夫だよ」

不安をかき消すように、明日葉はリーリャの手を握る。

「それにボク、前のデートだって結構楽しかったよ？」

「え、そ、そうなんですか？」

「うん。リーリャが凄い暴走して、恥ずかしいことといっぱいされて、正直大変だとも思ったけど……」

自分の格好を確かめるように眺めて、明日葉は少しだけ照れくさそうに笑った。

「……だけど、こうやって可愛い服を着たボクのことを、本気で褒めてくれて嬉しかった。今まで可愛いものが似合わないって思って遠ざけて、でも好きで……ボクが手放せなかった気持ちを受け入れてくれて、凄く嬉しいなって思ったよ」

「明日葉さん……」

「確かにちょっと困るときもあるけど……でもボクは、甘えたがりだったり、嫉妬深かったりするところも含めて、リーリャのことが好きだから……だからボクの前では、自分を隠さなくていいよ、リーリャ」

「っ……」

彼女の微笑みと繋いだ手から伝わる熱に、心臓が高鳴る。

きゅう、と胸が苦しくなるほどの感情の名前を、リーリャはもう知っている。

知って、それはどうしようもできないと分かって、受け入れてしまっている。

だってさっきまであんなにも幸せな気持ちでいられたのも、ふと湧いた罪悪感からの謝罪に途方もない安心をくれたのも、この人なのだ。

胸を締め付けるかのように苦しく、けれど途方もなく甘いこの気持ちを、自分はもう手放せない。

「っ……明日葉さんは本当に、私を喜ばせるのが上手すぎます……」

「それを言うなら、リーリャはボクを褒めるのが上手だなあって思うよ？」

「……ふふ」

「えへへ」

どちらともなく笑って、それ以上はなにも言わない。

お互いの間に流れるくすぐったい空気さえも心地良く感じながら、少女たちは帰路についた。

☆放課後のふたり

「……ふぅー」

ゴールを走り抜け、呼吸を整えれば、あとは爽やかな疲労と熱が身体から抜けていく。

明日葉はすっかり調子を取り戻したと感じられる自分の走りに、満足の吐息をこぼした。

「タイムも上々だし、体調も悪くないな……」

何度か走っても身体は軽く、気分も高揚している。

むしろ昂ぶりすぎた自分を落ち着かせるためのインターバルが必要なほど、明日葉の走りは冴えていた。恐らくは今までの競技人生の中で最も調子が良いだろう。

「……まあ、理由は一個しかないけど」

寝ても覚めても走っていても、浮かぶのはひとりの顔。

我ながら、驚くほどに恋人のことばかり考えていると、明日葉はひっそりと溜め息を吐いた。

「ボク、もしかしてバカップルの素質があった……？」

初めての恋人に舞い上がっていることを自覚しつつ、明日葉は身体の熱をほどよく逃がすためにストレッチを続ける。

「ふむ、随分と調子が戻ったみたいだね」

「あ、花梨先輩。お疲れ様です」

聞き慣れた声に、明日葉は半ば反射的に挨拶をする。

明日葉と同じように競技用のユニフォームに身を包んだ花梨は、赤茶色の髪をかき上げて、

「その後、どうなったか気になっていたのだが……今の走りを見るに、心配はいらなそうだね？」

「あはは、お陰様で……先輩の方は、なんだか部活に来るの久しぶりですね」

「ふふ、それは仕方がない。なぜなら私はこの間のテストでがっつり赤点を取っていたからな！」

「自慢できない理由だった⁉」

「お陰で先生から部活禁止令を出されてしまってな。自主練は怠らなかったのだが、部活に戻るのは遅れてしまったというわけだ。いやあ、走るのは得意だが勉強はどうも苦手でね」

「意外です、花梨先輩は勉強も得意そうなイメージがあったので……」

「ふふふ、人は意外と見かけによらないものさ」

「それは……まあ、はい。そうですね」

自分でそれを言うのか、とも思ったものの、見かけによらずという言葉はここ最近何度も思ったことなので、

明日葉は素直に頷いた。なにせ自分の恋人が見かけによらない、の筆頭なのだから。

「とりあえず、問題は解決したというか……その、押しかけて、もう一度ちゃんと話しました」

「よかった。私としても、後輩がまた迷いなく部活動に打ち込めるようになったようで大変喜ばしいよ」

「あはは……すみません、いつもお世話になりっぱなしで」

特待生として学園にやってきた明日葉は入学当時、部内に知り合いがいなかった。

そんな明日葉にあれこれと世話を焼いたのが、花梨だった。

「ふふ、そんなことはないさ。うちのエースの調子が良くなれば、うちの部の待遇はますます良くなって、部費も上がって入部希望も増えて、コーチも喜ぶ……つまり良いことずくめだからね」

初めて会ったときから変わらず恩着せがましい物言いをしないところが、先輩らしいと明日葉は思う。

吹いてきた風が汗を冷やしていく心地良さに目を細めながら、明日葉は上を見る。

教室の窓からこっそりと覗いている影を見つけて顔をほころばせそうになるも、表情筋を引き締めて周囲に気取られないように努める。

こちらを覗いている恋人の頬が少しだけ膨れていることを、黒髪の少女は見逃さなかった。

「なんだか嬉しそうだが、どうかしたのかな？」

「あ、えーと……」

顔が緩まないように力を入れたつもりだったが、隣にいた先輩には伝わってしまったらしい。

「……悩み事がなくなって、気分良く走れるなあって思っただけです」

まさか、先輩と自分が話していることに恋人が嫉妬していて可愛いと思いました、なんて惚気(のろけ)を言うわけにもいかず、明日葉は適当な、しかし嘘ではない誤魔化しを口にする。

そのあとも、明日葉は調子良くメニューをこなし、部活の時間を終える。

ユニフォームから制服に着替えて教室に戻れば、あかね色の光に照らされた金髪が期待通りに揺れていて、

「……むぅ」

「こらこらリーリャ、学園でその顔はダメでしょ」

明らかな膨れっ面は、彼女が自分の前でしか見せない恋人としての顔だ。

言いたいことが既に分かっている明日葉は、気軽なステップでリーリャに近づいて、

「心配しなくても、あの人はボクの先輩だよ。むしろこの間、しょぼくれてたボクを励ましてくれて、お陰でリーリャに告白できたんだから」

「……分かっています。皆原花梨先輩、ですよね」

「あ、花梨先輩のこと知ってたんだ？」

「だって私、入学してからずっと時間があるときは明日葉さんの部活を見ていますから……明日葉さんのことを気にかけているあの人のことは、よく目にしてました」

「面倒見いいんだよね……とにかく、大丈夫だから、ね？」

「……分かってますよぅ」

分かっていると言いつつも、リーリャは頬を膨らませたままだ。

自分の席に座り、足をぱたぱたさせて不機嫌を表明する。その様子はまさに見かけによらない、完璧お嬢様などではなく、ただ好きな人を取られて憤る子供だった。

「分かってても、嫉妬しちゃうんだから、私は嫌な子です……うぅ、いいなあ、明日葉さんとあんなに近くでおしゃべりして……いっぱい匂い嗅いで……羨ましいです……」

「いや、花梨先輩は嗅いでないからね？　そこはリーリャだけだからね？」

一応訂正してみたが、リーリャはまったく聞こえていない様子で、不満げな態度を崩さない。こちらに対して

というよりは自分の嫉妬深さから罪悪感を覚えて、落ち込んでいる様子だ。

(やれやれ、まだ校内に結構人いると思うんだけどなあ……)

うっかり忘れ物があったとかで、誰かが教室にやってきたらどうするのだろうか。そうなったら彼女は明日から完璧お嬢様ではなく足ぱたぱたお嬢様とか呼ばれてしまうかもしれない。

「……リーリャ」

「なんですか、明日葉さ……んぐっ⁉」

不意打ちでの口づけに、リーリャは完全に虚をつかれた。

がた、という椅子の動く音が、ここが教室であると強く主張する。

口づけは一度、ほんの短い時間だった。唇が離れると、明日葉は悪戯っぽく笑って、

「……機嫌、直してくれた？」

「あ、すはさ、い、今、学園でっ……」

「うん、そうだね。学園でもどこでも、こういうことをするのはリーリャだけだから。花梨先輩にも、他の子にも、絶対にしないよ。だから機嫌直して？」

そう言って頬を撫でると、相手の指が絡められてきた。手を握って機嫌を直してくれる、そう安堵した瞬間、明日葉の視界はぐるりと回って、

「ふえ？」

ぽすん、と軽い音がして、自分のお尻が椅子についたことを理解する。

思い出すのは先日のこと。古武道の手ほどきくらいは受けているとリーリャは言っていた。

もちろんリーリャのことだから、実際には手ほどきなどというレベルではなく、かなりしっかり身につけているだろう。でなければ、体格で勝る自分を押さえつけるなどできないはずだ。

「え、ええと、リーリャ……？」

恐らくは武術を応用した動きで、一瞬で位置関係を逆転させられた。

そのことを理解して相手を見上げると、リーリャはとろんとした目で、

「あんな、一回だけじゃ、足りませんよ……」

恍惚とした瞳で舌なめずりをする恋人を見て、明日葉はやりすぎたことを悟った。

立ち上がって逃げようにも、脚の間に膝を入れられ、完全に体重をかけられている。無理に逃げようにも、リーリャが本気になれば自分が完全に押さえ込まれるであろうことは、初デートのときに体験済みだ。

「あ、あのね、リーリャ、ちょ、ちょっと落ち着いふぐぅ⁉」

「ん、ちゅ、はふ……あしゅはしゃ、んんっ、じゅるっ……♪」

すっかりスイッチの入ったリーリャが、明日葉の唇に吸い付いた。

唇を舐め、しゃぶり、舌を絡める濃密な口づけ。部活で火照った身体に冷たい指を這わされて、明日葉は身体を震わせた。

「ん、あっ、だめ、りーりゃぁ……ん、ちゅ、ここ、がくえっ、みられ、んぶっ……」

「はぁ、はっ……明日葉さん、かわいい、良い匂い……すき、ん、ちゅっ……」

「ふみゃ、ん、んんっ！」

唇だけでなく、頬や耳、首筋にまでキスを落とされて、明日葉は声を必死で抑えた。

いつ誰が入ってくるかも分からない状況。見られてしまったら言い訳などできないシチュエーションで、明日葉は激しく求められる。

ダメだと思ってしまう気持ちさえ蕩かせるように、甘く、ねっとりとした口づけ。身体中に唾液をつけられ、もう一度リーリャが自分の唇を貪ってきたとき、明日葉はもはや抵抗できなくなっていた。

「ん、あ……こくっ、ん、ちゅっ……」

明日葉は拒否するどころか自らから舌を伸ばし、恋人の唾液を喉の奥へと落とし、うっとりとした瞳で口づけを甘受する。

誰もいない教室、少女たちは夕日に照らされて、お互いの境界線をなくすかのように深く、甘やかに舌を絡め合い、水音を響かせる。

「ぷ、ぁ……」

「はふ、あ、んっ……」

ゆっくりと放された唇から伸びた唾液のアーチを、リーリャは指ですくい、明日葉の口内へと押し込んだ。

「ふぁ、む、ちゅ、ぺろ……」

明日葉は従順に、挿入された指を舐めしゃぶる。リーリャの細い指が、薄い爪が、自分の粘膜をこすっていく感覚が、堪らなく気持ち良い。

快楽と酸素不足で頭をぼうっとさせながら、明日葉は行儀悪く音を立てて、リーリャの指に口内を蹂躙(じゅうりん)された。

たっぷり数分、リーリャは明日葉に指をしゃぶらせて、恍惚に顔を歪める。

「……ダメですよ、明日葉さん……学園でキスなんてされたら、我慢できなくなっちゃいます」

「ん、ぁ、だって、リーリャに、機嫌、なおしてほし、くてぇ……」

「そうですね、それはバッチリ直りました、ありがとうございます。でも……今度は別のところが、悪くなってしまいました」

にっこりと笑うリーリャの顔から意地の悪さを感じて、明日葉は身体を震わせる。

金髪の少女は黒髪の少女の胸元のリボンを結び直しながら、恋人の髪の香りを遠慮なく吸い込んで、

「これからお屋敷に帰って、ご飯を食べて、お風呂に入って、明日葉さんのお部屋に行くまで、私はずっと明日

葉さんをめちゃくちゃにしたくて堪らなくなってしまいました。これはもう、完全に悪い私です。こんな私にした責任、ちゃんと取ってくれるんですよね……？」

「んっ、あっ、わ、分かったよぉ、すきに、すきにしていいからぁ……だ、だから早く、帰ろ……？」

このままだと、お互いに我慢できなくなってしまう。

明日葉の懇願を聞いたリーリャは、にっこりと笑って立ち上がった。

「それでは、先に屋敷に戻ります。……待ってますからね、『百合園』さん」

お嬢様の仮面を貼り付け直して、リーリャは上機嫌に教室を後にする。

残された明日葉は椅子からずり落ちて、何度も深く呼吸を繰り返し、自分の身体に溜まった快楽の熱を収めることに努める。

「……さすがに学園じゃ、控えなきゃ……ボク、もうリーリャが本気になったら、絶対拒めない……んっ、あっ……ふ、ふうぅ……」

自分のスカートの中身が、汗ではないもので濡れていることを自覚して、明日葉はひとり、羞恥に頬を染めた。

腰砕けになった明日葉が身支度を整えて屋敷へと足を向けられたのは、リーリャが教室を出て数分後のことだった。

☆夜長に堪能するもの

明日葉とリーリャが恋人関係となってからというもの、ふたりはどちらかの部屋で並んで就寝するのが日課になっていた。どちらの部屋もベッドは大きく、少女ふたりで寝るのには困らない広さだ。

猫がプリントされたお気に入りのパジャマに身を包んだ明日葉は、リーリャの格好を見て、

「前から思ってたんだけど、リーリャのその寝間着……なんていうか、恥ずかしくない……？」

「前にも言った気がしますが、あまり厚手の寝間着は苦手で……本当は裸で寝たいのですが、さすがにそれはしたないので、折衷案（せっちゅうあん）ということでこうなりました」

自分の寝間着の端を持ち上げて、リーリャが答える。

リーリャが着ているのは、本人の真っ白な肌が透けて見えるほど薄く、どこか妖艶（ようえん）な雰囲気にも見えるネグリジェ。下はショーツを穿いているが、上はブラを着けていないので、当然のように桜色の突起が見える。見えてしまう。

「……正直その格好も充分、はしたないと思うんだけど……」

「そ、そうですか？」

「うん、なんていうか……うん、かなりえっちだと思う……」

改めて卑猥（ひわい）だと言われたリーリャは、ややショックを受けた顔をして、

「で、でも肌触りが良くて、寝やすいんですよ？」

「……冬は寒そう」

「……冬はお部屋に暖房をつけてます」

「こたつでアイス的な発想だなあ……いや、寝るときはそうじゃないと落ち着かないって言うなら、いいんだけど……」

正直、目のやり場に困るというのが明日葉の感想だ。

いくら自分にバカップルの才能があったからといって、四六時中ムラムラきているわけではない。普段はよこしまな気持ちを抜きにして、リーリャに接している。

（でも、こんなふうにえっちな格好で目の前にいられたら……うぅ、意識しちゃうよ……）

えっちなことばかりがしたいわけではなく、実際にそういうことをしない日だって多い。

それでも、恋人の寝間着姿がセクシーなのは、ちょっと刺激が強いと感じる明日葉だった。

「えへへ、明日葉さーん」

挙げ句、本人はそれをまったく自覚せず、こちらにすり寄って甘えてくるのだ。

「わ……も、もう、しょうがないな、リーリャは」

煩悩を追い出すことに努めながら、明日葉は恋人の体温と重みを受け入れる。

「ん、はぁぁ、今日は明日葉さんのお部屋ですから、ベッドから明日葉さんの匂いがする上に、本物の明日葉さんの香りも吸い放題……ふうぅ……」

「ん、ちょ、もうっ……首は、ん、くすぐったいよおっ」

「あ、逃げちゃダメです、もっとじっくりたっぷり嗅ぎたいんですから……はああ、お風呂上がりの明日葉さんの匂いもすっごく素敵です……」

「そ、そう？　リーリャと同じもの使って、身体洗ってるよ……？」

「そう、そこなんですよ！」

「ふぇっ」

急に大きな声を出されて、明日葉は驚いた。驚かせた側のリーリャは興奮した様子で鼻息荒く、

「石鹸もシャンプーも、洗濯用の洗剤も我が家のものを使っていて、明日葉さんの香りは変わっているはずなんです！　でも私は、明日葉さんの匂いをいつも良い香りに思って……不思議ですよね⁉」

「あ、う、うん。そ、そう、だね……？」

押しの強い恋人に若干引きつつも、明日葉は頷く。

「どうしてかは分かりませんけど、明日葉さんの匂い、やっぱり好きです。こんなに良い匂い、他にありません。ああ、毎日嗅いでいられるなんて……夢じゃないですよね？」

「……あは」

うっとりしたり、不安そうになったり。ころころと表情を変えるリーリャを見て、明日葉は自然と顔をほころばせていた。

「あ、ひどい。なんで笑うんですか」

「ごめん。……夢だったら、ボクの方も困るよ。せっかく、こんなに可愛い恋人ができたんだから」

「えへへ……」

頬を撫でれば、リーリャは猫のように目を細めてすり寄ってくる。

指先から感じる相手の体温を幸せだと思いながら、明日葉は恋人に口づけた。

「ちゅ、ん……」

「ん、あ……明日葉さん……んっ」

少しだけ触れては離れる優しいキスを、何度も繰り返す。

幸いだと思う気持ちが全身を満たしてくれることを感じながら、明日葉はリーリャと体温を交わした。

「ん、えへへ……最近の明日葉さんは、積極的ですね」

「う……ごめん、つい」

「いいえ。私も嬉しいですから」

屈託なく笑って、リーリャは明日葉の隣に寝転がって手招きをした。

自分も同じようにベッドに身を投げ出して、ふたりで一枚のシーツにくるまる。

「……片思いだったとき、私はずっと満足していました。遠くから明日葉さんを見て、たまに近くで、明日葉さんの香りを感じて……それだけで自分は満足だと思えていました」

「……うん」

絡められる指から、体温が伝わる。伝わった温度は鼓動になって、お互いの耳に届いている。

「でも、明日葉さんと一緒に暮らし始めてから、私の気持ちは前よりもずっと膨らんで……膨らんでいるのに、明日葉さんが私のことをどう思っているのか分からなくて、不安でした」

蒼色の瞳を細めて、リーリャは笑う。それはお嬢様としての完璧な微笑みなどではなく、ただ愛しい人と、大好きな人と一緒にいられることに幸いを感じる、少女の笑顔だった。

「だけど今は、明日葉さんの気持ちが分かります。指先から、心音から、声から、瞳から……私のことを大好きでいてくれるって、伝わってきます。だから、謝らなくていいんです。こうしてくれる方が……嫉妬深い私には丁度いいみたいですから」

未だに、リーリャは嫉妬する度に自己嫌悪を感じている。けれどそうして誰かに嫉妬してしまうくらいこの人のことが好きなのだということも、認められるようになっていた。

「このぬくもりと、幸せをいっぱい感じられるなら……私はいくらでも、求められたいですし……求めたいです……ん……明日葉さんの匂い……ううん、明日葉さんのぜんぶが、好きですから……」

「あ……リーリャ……」

身を寄せてくる恋人が、堪らなく愛おしい。

自然と回した手が、薄い寝間着越しに肌に触れる。

手を繋いだ状態から抱き合う姿勢に変わり、少女たちはお互いの存在を感じた。

「……リーリャはちっちゃくて、柔らかいね」

「明日葉さんは良い匂いで、包み込まれると安心します……しあわせ、です……」

「ん、そっか……嗅がれるのは恥ずかしいけど、リーリャにならいくらでも」

髪に指を通せば、金色の輝きはなめらかに指に絡み、明日葉を歓迎するかのようだった。

しばらくの間、感触を楽しんでいると、やがて恋人の蒼い瞳はゆっくりと閉じていき、

「ん……す、ぅ……」

「あ……ふふ、おやすみ、リーリャ」

夜の情事を行わない日のリーリャは、驚くほど寝入りが良い。

お陰で明日葉は、しょっちゅう恋人の寝顔を堪能する時間を得られていた。

ぷにぷにと頬をつつけば、自分と同じと思えないほどに柔らかい感触。ふにゅ、と声をあげるのも、なんとも可愛らしく感じてしまう。

「……ほんと、可愛いな」

麗しい金色の髪に、真っ白な肌と、はっきりとした目鼻立ち。

手指は自分よりも遥かに細く、どこに触れても柔らかくて心地が良い。すやすやと眠る姿はまるで、お伽噺のワンシーンのように神秘的で、いつまでだって眺めていたくなってしまう。

明日葉は眠りについた恋人の寝顔や、寝息、感触を確かめるように堪能して、ひっそりと溜め息を吐いた。

「……絶対、ボクよりリーリャの方が可愛いんだけどな」

本人が起きているときに言ってしまうと数倍の言葉が返ってくることを、相手が眠っているのをいいことに、明日葉は遠慮なく呟いた。

「肌とかすべすべで、ほんと、お人形みたいだし……髪だってサラサラで、物腰も……まあボク以外には完璧で……頑張り屋で、意外なほど頑固で……寂しがり屋で、嫉妬深くて……ふふ、弱いところを、ボクだけに見せてくれて……」

言葉として並べると、愛おしさが増してきてしまう。

手元のリモコンを操作して電気を落とすと、明日葉はリーリャを胸にしまい込むようにして抱きしめる。

「……こんなに可愛い恋人がいて、ボクだって幸せだよ、リーリャ」

額（ひたい）に軽くキスをすれば、暗闇が訪れた部屋に湿った音が響いた。

「……むにゃ……あすはさん……」

「ん……夢の中でも、ボクといてくれてるのかな？」

「ん、えへへぇ……ダメですよぉ……そんなにいっぱい嗅いだら、あかちゃんできちゃいますよぉ……」

「ボクの匂いはリーリャの夢の中でどこまで進化してるの……⁉」

医学がだいぶ進歩した夢を見ているらしいリーリャに突っ込みを入れながら、明日葉はふう、と溜め息を吐く。

「まったく、完璧お嬢様の神城リーリャはどこに行ったんだか……まあ、そんなところも可愛いけど」

そのまま目を閉じれば、嗅覚と感触、そして体温で、愛おしい恋人の存在を感じられる。

「……絶対、匂いもリーリャの方が良い匂いすると思うんだけどな。自分の匂いなんて、良いか悪いか、分からないし……ふぁ……ん……ねむ……」

幸福を抱いて、黒髪の少女はゆっくりと眠りに落ちた。

どうか朝が一秒でも遅く来ますようにと、願いながら。

☆見えない先行き

「そういえば、まだ先の話になるのですが……ひと月後の金曜は、家を空けると思います。いえ、空けるわけではないのですが……明日葉さんのお部屋に来るのは難しくなるかもしれません」

先日のデートで買った猫クッションを抱いて、リーリャは明日葉に声をかけた。

今日は日曜日。恋人同士なので、休日に同じ時間を共有するのはごく自然なことだった。

声をかけられた明日葉は、艶のある黒髪に櫛を通して手入れしながら首を傾げる。

「ん、そうなの？」

「はい。その日は我が家で催し物があって……お父様が人を招いて晩餐会をするそうですから、私も出席しないといけなくて」

「ばんさんかい……」

漫画や小説くらいでしか聞いたことがない単語を、明日葉は反芻する。

「なんか凄いお嬢様っぽい単語だね」

「実際、世間一般で言うお嬢様なんですよ？　今は……」

「うん、今はただの匂いフェチのリーリャだよね」

何気ない顔をして抱きしめている猫クッションは実はリーリャのものではなく、明日葉が自分の部屋から持ち込んだものだった。未だに少し恥ずかしいとは思うが、いつも通りの行動なので、明日葉は突っ込みを入れなかった。

金髪の少女は恍惚とした顔で恋人の匂いがたっぷり染み込んだ猫クッションに顔を埋めている。

「はああ、熟成された明日葉さんの匂いも、いい……この匂いのスモークチーズとかずっと口の中で転がしていられます……」

「たまに思うんだけど、ボクそんなに美味しい系の匂いなの……？」

前にも、ご飯がいっぱい食べられそうとか言われた気がする。

やや半目になった明日葉に対して、リーリャはひとしきり香りを楽しんでから、言葉を投げる。

「それで、不自由をおかけしてしまうのですが……パーティの当日は他にホテルを取りますから、明日葉さんはそこに泊まっていただけますか？」

「あ、匂いについては答えてくれないんだ……ええと、どうして？　この部屋、誰かが泊まったりする？」

「いいえ。ただ、晩餐会の間は踊りや音楽などもあってどうしても騒がしいですから……お手洗いも行きづらくなるでしょうし」

「おおう、本当にお金持ちのパーティなんだね……」

シンデレラの舞踏会のようなものを思い描いていた明日葉だが、あながち間違ってはいないらしい。

「いや、でも、なるべく部屋から出なければいいだけなんでしょ？　だったらお屋敷にいるよ」

「え、でも……」

「一泊分の荷物とかも面倒だし、誰かが部屋を使うわけじゃないなら、いつも通りにここで過ごしたいな」

「……大丈夫ですか？」

「うん。全然大丈夫。それに、リーリャが忙しくて会えないなら、次の日……その、一番に顔見たいなって思うから。パーティが金曜なら、次の日は土曜で、休みだからね」

「……そう言ってもらえるのは、凄く恋人としては嬉しいのですけど……でも、退屈ではありませんか？」

「スマホが使えなくなるわけでもないし、部屋で軽いトレーニングくらいはできるし……それに今だって、おうちの用事でリーリャが遅くまで帰ってこないことはあるし、大丈夫だよ」

「……分かりました。明日葉さんがそう仰るなら。食事は従者に届けさせますし、お風呂も家人用のはいつも通りですから、気にせず使ってください。参加者に会ったら、私の友人だと言えば問題ないですから」

「うん、分かった。それにしても本当に、そういうお金持ちっぽいイベントがあるんだね」

「ええ。使用人たちも忙しくなりますし、私も出ないといけませんから、少しだけ大変です」

「でも、リーリャのお父さんが開くってことは、帰ってくるってことだよね？　よかったじゃない、久しぶりに会えるんだから」

リーリャの両親は忙しく、どちらも世界中を飛び回っている。明日葉が屋敷に居を移してひと月以上の時間が経過しているが、未だに一度も会ったことがなかった。

「お父様と会えるのは嬉しいのですが、晩餐会の出席がメインですからゆっくりとは話せませんし、翌日はすぐにイタリアの方に行くと聞いています」

「うわ、ほんとに忙しいね……」

「母も、今は映画の撮影などで忙しいですから……」

「昔からそんな感じなの？」

「そうですね。屋敷にいる間はとても可愛がってもらっていますが、どうしてもおふたりとも忙しくて」

「そっか……」

「メールなどで連絡は取れますし、寂しく思ったことはありませんよ。今は明日葉さんがいますから、なおのことです。むしろ私のことを気にかけすぎてお仕事を疎かにするようなら、私の方が怒ります」

両親の不在は生まれたときからのことで、その生活は当たり前のことだ。

むしろ両親の仕事が順調であることはリーリャにとっては誇らしく思えることだった。テレビをつければいつだって母がいて、街には父が関わった店や商品が溢れている。

「明日葉さんの方は……その後、お父様はどうですか？　落ち着かれているといいのですが」

「うん、何度か電話して話を聞いてるんだけど、再就職も上手くいったし、気持ちも落ち着いてきたって。リーリャのお陰だね、ありがとう」

「いいえ、そうしてくれたのは、私のお父様ですから」

「でも、頼んでくれたのはリーリャでしょ？　だからやっぱり、ありがとうって思うよ」

「……分かりました。そういうことでしたら、お気持ちを受け取っておきます」

さっぱりとした態度で、けれどいつだって感謝を忘れない明日葉のことを、リーリャは恋人になる前から心地良く感じていた。そしてその気持ちは、恋人になっても変わることなく続いている。

「でも、やっぱりお父様に頼り切りなのは悔しいです。今度明日葉さんが困ったら、私の力で解決できるように頑張ります」

「いや、自分が困ったら、普通は自分でなんとかするものだと思うんだけど……？」

むふう、と鼻息を荒くする小さな恋人の髪を撫でて、明日葉は苦笑した。

撫でられている方のリーリャはぶんぶんと首を振って、明日葉の疑問を否定する。

「ひとりでは抱え込ませません。明日葉さんは私の恋人で、恋人を守るのは当然のことですから」

「……じゃあ、ボクはリーリャが困ってるときに頑張ったら、それでおあいこってことになるのかな？」

「はい。といいますか、それならもうこの間してもらっていますよ。私の部屋に来て、あんなにも情熱的に告白してくれて……えへへへ……」

「うぐっ。あ、あれは……その、ボクの方も熱くなってたから……うぅ、思い出すと結構、いやもの凄い恥ずかしい……」

「恥ずかしくなんてありません、格好いい告白でしたよ！」

「えう、うぅ……ありがと……」

勢いがついていたとはいえ、自分でもよくやったものだと明日葉は思う。

頬に手を当てて身体を揺らして悶えている様子の恋人のことは可愛いけれど、あまり掘り返されると恥ずかしいというのが本音だった。

「とにかく、私も大事な人を守りたいのです。お父様に頼らずに、自分の力で。だから……頑張って、神城の家を継がないといけないと、前より強く思っています」

「あ……」

はっきりと口にされた言葉に、明日葉は心臓を撫でられるような心地になった。

「その、継ぐっていうのは……」

「あ、そういえば言っていませんでしたね。私は神城の娘ですが、家督を継ぐかどうかは、私の実力次第だと言われていて……学園を卒業後は父の事業のお手伝いをして、神城グループを継ぐに相応しいかどうか見定めると言われています」

「……もし、リーリャがお家を継げなかったら、どうなるの？」

「家を出され、普通に自立することになるのではないかと。或いはお父様が、どこかに縁談を持ちかけるという可能性もありますが……」

「え、縁談⁉　お見合いってこと⁉」

「あ、大丈夫ですよ。私には明日葉さんがいますから。だからその場合はきちんとお断りをして、家を出ることになると思います。それまでに学んだことを活かして起業するか、どこかに就職をするか……いずれにせよお父様もお母様も、血縁だからといってすべてを与えるようなことはしないと、前々から仰っていますから」

「……ん、そっか。それは、えっと……良いこと、だね」

「……明日葉さん？　どうか、しましたか？」

「ご、ごめん、なんでもない」

恋人の頭を撫でていたはずの手が、いつの間にか止まっていた。

明日葉は作り笑いをして、その場を誤魔化した。

(もしもリーリャが家を継ぐとして……そうしたら、ボクは……?)

恋人の存在、それも同性の恋人というのは、リーリャにとって足枷となるのではないか。奇異の目で見られ、或いは非難されるのではないだろうか。そんなことを、明日葉は考えていた。

世界は少しずつ寛容になっていて、同性での恋愛も認知されてきている。それでも、自分たちの関係は多くの人の常識から外れている。そんなことは分かっていた。分かっていた、つもりだった。

けれどこうして、自分たちが異質であるということに向き合って感じる重みは、想像している以上に強く、明日葉にのしかかった。

「……明日葉さん。考え事ですか?」

「あ、え、ええと……や、リーリャは将来のこととか、凄く考えてるなあって思って」

「そうですか? 普通だとは思いますが……継ぐ継がないの選択はありこそすれ、親の家業をどうするかは、避けては通れない事柄ですから」

「……ん、そっか、リーリャたちはそうだよね。えっと、ボクには継ぐものってなくて……家がなにか大きなことしてるわけじゃないから、ちょっとびっくりして」

「……確かに、明日葉さんの『普通』だと、そうなるんですね……すみません、気付きませんでした」

「あ、ううん。そこは気にしないで。むしろ学園に通ってて、そういうのボクだけだと思うし」

特待生という身分の明日葉以外の生徒たちは、リーリャも含めて、すべてがお嬢様と呼ばれる人種。どの生徒も大なり小なりという違いはあれ、大きな権力、立場を持った親が存在するのだ。

「……ということは、明日葉さんは今のところ、将来のことは決まっていないのですね」

「あ、うん……まあ、そうなる、かな」

自分の将来のことは、ぼんやりとしか考えたことがなかった。

今の実力であれば陸上選手という選択肢もあると、自惚れも込みで明日葉はそう思う。けれどそれはビジョンとしてはひどく曖昧で、なりたいものかと問われると素直に頷けるものではない。

微妙な顔をした明日葉に対して、リーリャはぱあっと顔を明るくして、

「じゃあ、職場体験などいかがでしょうか⁉　具体的には我が家のメイドとか‼」

「本当に具体的な上にそれどっから出してきたの⁉」

どういうわけかメイド服を取り出した恋人に、リーリャは全力で突っ込みを叩き込んだ。

「それはもちろん、うちで働く人用のスペアですよ？」

「……リーリャの部屋にスペアがあるわけないよね？」

「……そんなことないですよ。そういうときもあります」

「嘘だ！　今、目逸らしたでしょ！　そんなにすぐ出してくるってことは、タイミング計ってたよね⁉」

「う、ううぅ、だって着て欲しくて……ダメ、ですか？」

「っ……だ、ダメじゃない、けどっ……ああもう、しょうがないなぁ……」

明らかに自分が誘導されていることを理解しながらも、明日葉は拒否できなかった。

恋人から上目遣いでおねだりをされて断れない程度には、明日葉はリーリャにベタ惚れなのだった。

「……一回だけだからね」

「はいっ！」

「ああもぉぉ……なんでそんな良い笑顔なんだよぅ……」

もちろん、リーリャの上機嫌はこれから可愛い服を着た明日葉を見られるという単純な理由からだ。

「だって明日葉さん、あのデート以来、ああいった服は着てくれませんし……チャンスは逃さないようにしよう

と思いまして」

「普段からあの格好はハードルが高いよ……あとそれでなんでメイド服なのかが分からない……これはお洒落っていうよりコスプレでしょ？」

「絶対似合うと思ったんです！ いいえ絶対に似合います！ さあ早く！」

「どうしてキミはボクのことになると妙に押しが強いかなぁ……!?」

推しである恋人に対して感情が昂ぶって暴走しているリーリャに若干引きつつも、明日葉は素直に服を脱ぎ、給仕服へと袖を通す。

「ん……もしかしてこれ、意外と動きやすい……？」

神城家の従者のために作られたメイド服は見た目こそクラシカルで、古式な風体だ。

露出はほとんどないものの、ふんわりとしたスカートや、頭を飾るホワイトブリムと呼ばれるフリルつきのカチューシャがしっかりと洒落っ気を出し、嫌みではない清楚な美しさを演出している。

一見すると鈍重にも見えてしまう格好。しかし着てみると驚くほどに快適であることに気付く。

「見た目より重くないし、結構伸びるって言うか、動きに対して無理な感じもない……」

「ふふ、うちで働く使用人たちの仕事着はすべて個人の体型に合わせてオーダーメイドで、素材も良いものを使って仕立てていますから。快適に仕事をするためには、人だけではなく、備品もきちんとしたものでなくてはいけませんからね」

「なるほど……ん……？ ねえ、リーリャ、一つ聞いていい？」

「なんでしょうか？」

「このメイド服、スペアなんだよね？」

「はい、そうですよ」

「……仕事着はぜんぶ、個人に合わせたオーダーメイドなんだよね？」

「……そうですね」

「じゃあなんでこれ、こんなにボクにぴったりなの？」

「…………」

「もう笑顔のまま否定もしなくなったよこの子は……!?」

「いいじゃないですか、ちゃんとお小遣いで買いましたし！　ちょっと明日葉さんが着た姿を想像して興奮していただけですから！　そしてチャンスが巡ってきたんですから!!」

「正直なのは良いことだけどそれは開き直りだからね!?」

スペアを用意して機会を窺うどころか、最初から明日葉に着せるために仕立てていたらしかった。

「はあ、まったく……まあでもこれなら思ったより、動けそうだ、ねっ」

恋人の行動力と資金力にやや呆れつつも、明日葉はその場でくるりと回ってみせた。ふわりとスカートが浮かび、フリルが宙を舞う。

普段から身体を鍛えている明日葉の動きは淀みなく、すらりとした美貌と相まってひとつの演技のような動きで、リーリャは思わずそれに見惚れてしまった。

つま先を使った優雅な一回転。終えてから一拍を置き、やわらかな布地は正しく元の位置に収まった。

頭を飾る白のホワイトブリムを指でつまみ、乱れがないことを確認して、明日葉は感嘆の吐息をこぼす。

「うーん、本当に動きやすい……びっくりだ……これは本当にお仕事しやすいかも」

「ふふ、就職先を決めるときはこういった細やかな部分にも気を配っているか、注目してみることをおすすめしますよ。そして神城グループ傘下の企業なら、どこでもある程度の質は保証します！　お屋敷つきのメイドなら、もちろんすべての備品が最高級品です！」

「なんか今、流れで自分のところに就職させようとしてない？」

作為的なものを感じつつも、給仕服の予想外な着心地の良さに、恥ずかしさもかなり薄れていた。

「……でも、さすがにメイドさんほど掃除とか料理が上手なわけじゃないから、こういう仕事は無理かな」

「……そうでもないですよ。明日葉さんにしかできない仕事があります」

「へ？　それはどういう……ひゃんっ⁉」

「こういうこと、です」

「あっ……」

ほんの瞬(まばた)きほどの時間もなくベッドに押し倒されて、明日葉はぶるりと震えた。

恐怖からではない。今、自分を押さえつけているリーリャの目が、明らかに怪しい光を放っていたからだ。

あの目をしたリーリャに普段なにをされているか、もうすっかり身体が覚えている。それを思い出すだけで心音が大きくなり、お腹の奥に熱が灯る。そんな明日葉の変化をリーリャは見逃さなかった。

「……明日葉さん、えっちになりましたね」

「う、あっ、だって、それはリーリャが……すぐ、こうやってっ……」

「はい。私が護身のために習った技術を悪用して、明日葉さんをこうして押さえつけて、抵抗できなくなるまでいじめて、鳴かせるから、ですよね？」

唇を舐める舌はあまりにも妖艶で、自然と瞳が吸い寄せられてしまう。

既に明日葉の上には、完璧なお嬢様も、人形のように清楚な少女もいなかった。

そこにいるのは、独占欲と劣情と、恋慕(れんぼ)に駆られる厄介な恋人だった。

「っ、またそうやって、開き直って……」

「だって、本当のことですから。ね、明日葉さん……妄想していたこと、してもいいですか？」

「ん、あっ……」

首筋を舐められて、明日葉は震える。

どうすれば恋人が自分の望みに応えてくれるのかを、リーリャはもう知っている。

口づけて、大げさに水音を響かせるように舐めて、そして耳元でただ囁けばいい。

「……おねがいします」

「っ……わ、わかった、よぉ……リーリャの好きにしていいから……だ、だから、変に焦らさないでぇ……」

少し身体に触れるだけで、明日葉は泣き出しそうな顔をする。

羞恥心で茹で上がりそうな頬は何度身体を重ねても変わることはなく、リーリャは恋人の反応がいつまでも初々しいことに満足の吐息をこぼした。

「はあ……そういう服も似合っていますよ、明日葉さん……可愛いです……ん、ちゅ」

「んっ、し、知らないっ……や、首、だめっ……」

言葉が耳を撫で、唇と舌が首筋を這う。

何度与えられても慣れることのない甘い痺れが、全身に広がっていく。

（まだ、触られてもないのに、ボク、もうこんなっ……）

スカートの奥、明日葉の下着は既に、愛蜜で濡れていた。

恋人に軽く愛撫をされる、ただそれだけで明日葉の身体は、身じろぎをするだけでも快感を得てしまうほどに発情してしまうようになっていた。

（思い出しちゃう、期待しちゃう……いじめられたく、なっちゃうっ……）

リーリャの細い指が、ぬめった舌が、熱っぽい言葉が、今まで自分をどのように蹂躙してきたのか、思い出してしまう。

そして同時に、今からなにをされるのか、どうしようもなく期待してしまう。どんなふうに責められて、どうやって鳴かされてしまうのかと、身体がいやらしくなる準備を始めてしまう。

そんな期待を知ってか知らずか、リーリャはくすりと艶っぽく微笑んで、

「明日葉さん、知っていますか？」

「あ、な、なに、を……？」

「昔々、英国では子供にお乳を飲ませると胸の形が変形してしまうと言われていて……貴族は生まれた子供に自分の母乳ではなく、母乳が出る女性を雇ってその人が子供にお乳を与えていたんです。それも立派な、メイドさんのお仕事だったんですよ」

「あ……」

言葉を紡ぎながら、リーリャはメイド服をはだけさせて、明日葉の胸を露出させる。

「私、明日葉さんのおっぱいが、飲みたいな……？」

求められていることを理解して、明日葉はそっとブラのあわせを外した。

もちろん、明日葉は妊娠などしていない。母乳など出てくるはずがない。ただ回りくどく、胸を吸わせろと言われているだけだ。

しかし明日葉は求められた通りに、未だ成長の余地がある未熟な果実を恋人の目の前へと晒した。豊満ではないが、形のいいバストを持ち上げて、リーリャへと差し出す。

「……どうぞ、お嬢様」

ぎこちなくも、口調すらも従者らしくかしこまって、明日葉は了承の意志を示した。

その従順な仕草に、リーリャは満足げに微笑んで――

「あむっ……♪」

桜色の突起に、遠慮なく吸い付いた。

「ん、あっ、ひうっ……！」

なにをされるのか分かっていても、襲いかかる甘い痺れは全身を駆け巡り、少女の細い喉から嬌声を絞り出させる。興奮と期待で勃起していた乳首がちうちうと音を立てて吸われ、舌先であめ玉のように転がされた。

舌のザラついた感触と、舌裏のぬるりとした質感が緩急となり、明日葉の身体が仰け反った。

「ん、ちゅううぅ……ん、あはぁ、おいしい……」

「あ、ひっ……んにゃっ、ああっ⁉」

「じゅる……ぺちゃ、ん……ちゅ、ちゅぅ……」

「んっ、んっ……あ、だめぇ、ちくび、おかしくっ……ん、あぁぁ……」

夢中になって、リーリャは明日葉の乳房を味わう。乳首を吸うだけでなく、舐め、唇で咀嚼し、口に含みきれない柔肉を両手で揉みしだく。

双丘の谷間から香ってくる甘い匂いに浮かされながら、金髪の少女は思うままに胸を貪る。

卑猥な音を響かせながらの授乳プレイは、明日葉の乳首がすっかりふやけ、とろとろに蕩かされるような錯覚を得てもなお、続けられた。

「ふぁ、あんっ、あ……やっ、あかちゃんはっ、んっ、こんなやらしい吸い方っ、しないよぉっ……」

「んぅ……ぷぁ、だって明日葉さんのおっぱい、ちっともミルクを出してくれないじゃないですか」

「っ、だって、ボク、あかちゃんがいるわけじゃっ……んひぁぁんっ⁉」

非難するような口ぶりのリーリャに言い返そうとして、明日葉は悲鳴じみた声をあげた。

舌による愛撫で勃起させられた乳首を、思い切りつねられたのだ。

「口答えする悪いメイドさんのおっぱいは、お仕置きです……はむっ」

「あっ、ひぎっ、は、ひぁぁぁぁぁっ⁉」

乱暴に片方の突起をつまみ上げられ、もう片方にも容赦なく吸い付かれる。

左右の乳首に違う快感を与えられ、呼吸を忘れるほどの刺激に明日葉は目を白黒させる。

「あっ、ああっ、やら、ひぐっ、んんんっ⁉」

「あは……痛いのも気持ち良いなんて、本当にえっちなメイドさんです」

「やっ、ちがっ、ちがうのっ、そんな、んぁっ、やめ……りーりゃ、おねがっ、いっかいとめてぇっ⁉」

「こーら、ちゃんとお嬢様って呼んでください。明日葉さんは今、私のおっぱいメイドさんなんですから」

「あひっ、ごめんなしゃっ……おじょう、さまっ、お願い、しましゅっ、ボクのちくび、いじめないれぇっ⁉ へんに、へんになっちゃうよぉっ……！」

長時間の胸への愛撫は、痛みすらも愉悦になってしまうほどに明日葉の脳髄を快楽で蕩けさせていた。

ぞわぞわと昇ってきて降りられなくなる背徳的な感覚に、明日葉は必死で許しを請う。今それを得てしまったら、完全に堕ちてしまうと思ったからだ。

被虐的な快楽に溺れようとしている自分から必死に逃れようとして懇願する明日葉を、リーリャはにっこりと笑顔で見下ろして、

「……ダメです♪」

かり、と、痛いほどに勃起した乳首に、八重歯を突き立てた。

「ひっ……あはぁぁぁぁぁっ⁉」

絶叫とも言える声をあげ、明日葉は強制的に絶頂させられる。

細くしなやかな身体を仰け反らせ、触れられてもいない秘部から愛蜜を迸らせて、黒髪の少女は目の前に現われては消える光に意識を飛ばされる。

「はひっ、はーっ、はーっ……ひっ、あっ……」

「……はむ、ちゅっ、じゅるるるぅ……」

「んひぃっ⁉ あ、らめ、今、吸っちゃ、んんっ⁉ あひっ、あぁぁあああ……⁉」

絶頂の余韻に震え、淫らな嬌声をこぼす恋人の姿を目にして、我慢などできるはずがなかった。

リーリャは汗の浮く肢体の温度と香りを堪能しながら、敏感になったイキたての乳首を味わった。

舌先で弾く度に甘い味が広がり、喘ぎ声が響く。立ち昇る汗は淫靡な香りとなり、リーリャの興奮をさらに煽っていく。収まりかけた快楽の波を再び揺さぶられ、明日葉は何度も絶頂を味わうことになった。

「ぷはっ……ん、明日葉さんのおっぱい、すっごく美味しいです……これならミルクが出なくても許してあげますね……？」

口を離し、舌なめずりをして、リーリャはうっとりと言葉をこぼす。もちろんその間も、すっかりふやかされてしまった敏感乳首をいじり倒すことは忘れない。

「あひっ、ひん……あ、あぁ……」

「あ……明日葉さんったら、すっかり飛んじゃってますね……かわいい……」

度重なる乳首イキで、黒髪の少女は意識を朦朧としている。恋人の声もどこか遠く、言葉を返すことができないほどの、激しい快楽の残滓に耐えていた。

そんなびくびくと全身を震わせる明日葉を見て、リーリャは恍惚に顔を歪める。

「ん、もう……そんなに可愛いお顔を見せられたら、私も我慢できないです……」

失神寸前まで追い込んだ恋人のスカートをめくりあげ、下着までも勝手に外してしまう。

淫蜜でぐっしょりと濡れた薄布に、金髪の少女は躊躇なく顔を埋めて、

「ん、すううぅ……はぁぁ、すっごくいやらしい匂い……♪」

持ち主の意識がはっきりとした状態であれば顔を真っ赤にしたであろう変態行為だが、今は咎められることはなかった。

「はぁ……ん、明日葉さん……」

名前を呼んでも、返事はない。明日葉は未だに、快感の中で意識を揺さぶられている状態だ。

リーリャは発情し切った瞳で、もどかしそうに衣服と下着を脱ぎ、生まれたままの姿になる。控えめな縦筋は既に、興奮によって熱と粘り気を帯びていた。

淫蜜に濡れた恋人のクレヴァスへ、金髪の少女はゆっくりと腰を下ろしていった。

「んっ、あっ……」

「ふぁ、ひゃぁぁぁ……」

お互いの秘部が口づけを交わした瞬間、少女たちは薔薇(ばら)色の吐息をこぼす。

蕩けたふたつの花園は、くちゅくちゅと淫らな音を奏で、愛蜜を交換した。

「んぁぁ、すごい……明日葉さんのおまんこ、あったかくて、ぬるぬるでぇ……ん、んっ……」

「ひゃぁぁあっ、り、りーりゃぁ……りーりゃぁぁ……」

粘膜で濡れた敏感な器官の衝突に、ふたりは溶け合うような快楽を得て、嬌声をあげた。

何度も絶頂した明日葉は譫言(うわごと)のように恋人の名前を呼び、責めているリーリャはそんな恋人の姿に、より劣情を催して、激しく腰を振りたくる。

「んっ、んっ……あ、んんっ……」

「ひゃ、あぁっ、あんっ、あっ」

正常位での行為は、秘部同士を擦りつけるというよりは、何度もぶつけ合うことで快感を得る。

荒っぽい口づけを繰り返すようにリーリャは腰を振り、己の女性器をぐりぐりと恋人に押しつける。ふたつの花びらが絡み合い、つぼみのような肉芽が衝撃で震えていた。

お互いの蜜を混ぜ合いながら、少女たちは花園を濡らし、湿り気を帯びた吐息と恋慕を口にする。

「はぁぁ、明日葉さん、好きです、好きっ……ん、ちゅ、はむっ……」

「あひっ、り、りーりゃぁ……りーりゃ、すきぃっ……」

もはや、主従ごっこなど頭からすっかり抜け落ちて、明日葉はリーリャの名前を飛ぶ。

対するリーリャは、明日葉が従僕の服装をしていることでより征服欲が満たされ、この上なく興奮した心持ちで恋人の身体を蹂躙していた。

「ああ……おまんこがひくひくして、目もとろんとして……んぁぁ、とってもえっちで、綺麗で、かわいいですよっ、明日葉さんっ……！」

「ひっ、あっ、あ、あはぁぁぁ……」

もはや何度上り詰めたのかも分からず、明日葉は甘い声をこぼしながら、断続的な絶頂を味わうのみになっていた。

お互いの性器がぶつかり、愛蜜が絡み合い、肉の花びらが口づけを交わす度に視界の中で星が瞬き、潮まで吹いて絶頂してしまう。

愛蜜はさらなる快楽を得るための潤滑剤となるどころか、ベッドシーツにシミを刻むほどしとどに溢れ、リーリャが腰を打ち付ける度に幾本もの淫靡な糸を形作った。

「っ、あ、んんっ……はぁぁ、きもち、んっ、いいっ……」

絶頂が近いことを感じながら、リーリャは速度を上げていく。

ぐずぐずに蕩け、真っ赤になるほど熟れた自らの果実を相手へと押しつけ、クリトリス同士を擦り合わせるようにグラインドしては、また離れて、ぶつける。

既に幾度も自慰に及んでいる金髪の少女の腰捌きは慣れたもので、隠されていたサディストな一面もあり、すっかり責め手として開花していた。

自分が腰を振る度に恋人が嬌声をあげ、絶頂し、全身を強張らせるのが堪らなく楽しい。そんな気持ちがリーリャを昂ぶらせ、快楽の極みへと導いていく。

「んっ、あっ……明日葉さん、わたし、わたしっ、もう……イキます、イッちゃいます、からっ……」

「ふぁ、にゃああっ、りっ、りーりゃぁ、んぁぁ!?」

「明日葉さんっ、あすはさんっ、あすはさんっ……！」

自らの絶頂のため、そしてそれまでに一度でも多く恋人を果てさせるため、金髪の少女は全力で腰を振った。

淫靡な音とふたり分の喘ぎ声が響き、ベッドが軋みをあげる。

リーリャは昇っていく感覚に身体と心を委ね、そして、

「っ、は、う、イク……あ、あああああぁぁぁっ!!」

達する瞬間に一際強く腰を打ち下ろして、リーリャは絶叫した。

そしてそれはつまり、幾度もオーガズムを重ねて蕩けた花園を全力で押し潰すという行為に他ならず、
小さな悲鳴をあげながら、明日葉の方も快楽の極みへと達することになった。それもこの日最も大きく、深い絶頂に。

「あはぁぁぁぁ……」

もはや声すらほとんど出せずに、明日葉は焦点の合わない瞳を揺らし、麗しい肢体を震わせた。

「ん、あ……ふぁぁ……」

快楽を極めたことで脱力し、リーリャの身体が崩れた。

金色の少女は自ら抱かれるようにして、黒髪の少女の胸に顔を埋める。

「は、んんん……はあ、たくさんイッた明日葉さんの匂いは、格別ですね……」

「あ、は……ひ、はぁ……」

連続絶頂から解放され、明日葉は緩やかに呼吸を整え、溜まりすぎた熱を逃がしていく。

恋人が快感の余韻からゆっくりと戻ってくるのを、リーリャは満面の笑みで眺めていた。

「ふ、あ……は、はぁぁ……んんっ……」

「少し、落ち着いてきましたか？」

「ん、うん……リーリャ、はげし、んっ、すぎっ……」

肌が触れ合い、少し擦れただけでも、度重なる絶頂ですっかりふやかされた身体は敏感に反応してしまっている。そんな明日葉の状態を当然知っているリーリャは意地悪く微笑んで、時折わざと肌に指を這わせながら、言葉を紡ぐ。

「だって、明日葉さんがあんまりにも可愛くて……どうでしょう、明日葉さんが本当にうちの従者になってもらえると、私としてはとっても嬉しいのですけど」

「んっ、あっ……も、もおっ……絶対身体保たないから、却下(きゃっか)で……んっ……」

そんな進路を選んでしまったら、毎日こんなふうにイキ狂わされてしまう。

ぼうっとした頭でも分かる未来予想図に、明日葉は力なく首を振った。

「そんなことありませんよ、ちゃんと優しくちょうきょ……ごほん。好待遇にしますから。毎日私に匂いを嗅がせたり、甘やかしたりしてるだけでお給金いっぱい払いますよ？」

「それ社会的には養われてるっていうし、今調教って言いかけたよね……？」

推しへの課金はご褒美ですと言わんばかりの勢いのリーリャに、明日葉は未だ快感で潤んだ瞳で必死に半目を作ってみせる。

唐突に始まった明日葉の職場体験学習は、完全に間違った方向で終了したのだった。

☆ひとりのよる

「うぁー……」

ぐったりとした表情で、明日葉は突っ伏した。

疲労の原因としては、テスト期間が終わったことで、夏にある陸上競技の大会に向けて部活のメニューがハードになってきているのが主な理由だ。

文武両道を掲げる学園の運動部はどれも強豪揃いであり、練習はどこもハードだ。明日葉が所属する陸上部もその例に漏れず、まして特待生という身分の明日葉に対する期待は非常に大きい。

周囲からの期待に応えるため、明日葉は今まで以上に日々のトレーニングに励んでいた。

「今日は……リーリャ、帰ってこないんだっけ」

お風呂から上がることで一日の疲れをどっと自覚した明日葉が、ベッドに突っ伏したままで呻く。

リーリャの方も晩餐会の準備などで不在の日が増えており、ここ最近はひとりで眠ることが増えていた。

「まあ、たまに朝起きたら隣で寝てたりするけど……」

夜遅くに帰ってきたリーリャは、時たま明日葉が眠っている間に隣で眠ることがある。

多少は期待している自分がいて部屋に鍵をかけていないのは確かではあるものの、寝起きでいきなり絶世の金髪美少女の顔はやや心臓に悪いというのも、明日葉の素直な感想だった。

「……はあ、気が付いたらリーリャのことしか考えてないな、ボク……」

目を閉じても瞼の裏に浮かぶのは恋人のことばかりで、寂しがっていることを強く自覚してしまう。

いつものようにこちらの風呂上がりの匂いを堪能して「はああ、この匂いならずっと嗅いでいられます、毎日この香りがする紅茶が飲みたい」とか言い出す恋人がいないことを、どこか残念にすら感じてしまっている自分がいた。

「いやそれはちょっと変態すぎるかな。でもリーリャなら言いそう……」

ある意味信用できる恋人の言動を想像して、明日葉はややげんなりした顔で溜め息をこぼした。

先日のデートで買った猫クッションを抱いて、明日葉はベッドに身を投げ出す。

頭の裏をかすめていくのは、あるひとつの悩み事。

「これからのこと、か……」

それは、自分が今までぼんやりとしか考えてこなかったことだった。

日々のことを精一杯にこなしてきた自分にとって、未来というのはあまり想像したことがなかった。

故に先日、恋人が見ている景色が何年も向こう側にあると知ったとき、明日葉は愕然としたのだ。

未来のことを言われてようやく、数年後の恋人に自分が重荷にならないだろうかなんて不安に駆られた自分と違い、神城リーリャはもっとずっと先を見通していたから。

「……当たり前か」

百合園明日葉と、神城リーリャは違う。

明日葉は両親から継ぐようなものはなにもない。

幼少の頃から努力を重ねたのは周囲の期待に応え、自分が磨かれていくことが楽しいと感じられたからで、近い未来のことを考えることはあっても、何年も先を想うことはなかった。特待生という身分も、学費が免除され、今よりも遥かに高度な教育と、トレーニングを受けられると思ったから望んだもの。

今までの明日葉の人生は、その場その場で自分なりの最適解を選び、選んでから努力した結果だ。

「……でも、リーリャはそうじゃない」

リーリャは産まれたときから、神城家という大きな重圧を背負っていた。

彼女の両親は自分の娘を、ただ与えられるだけのお姫様にしなかった。自分の力で道を切り開き、幸せを得る、それこそお伽噺で大冒険をするお嬢様のような、そんな存在を望んだ。

そしてリーリャはそんな両親の期待を臆することなく受け入れ、いつか来るその日のために研鑽を積んでいる。

今の自分のために頑張っている自分と、いつかの自分のために頑張っている彼女。

自覚してみると、その違いはあまりにも大きくて、

「っ……」

襲ってきた不安感から逃れるように、明日葉は己の身を丸めた。

手入れの行き届いた柔らかなシーツは優しく少女の身体を包むが、救いの言葉までは紡がない。

「……こわい、な」

自分ひとりの人生なら、こんなふうに不安は感じなかっただろう。

将来のことが見えなくても、いつか本当にやりたいことが見つかるだろうと楽観できたのだろう。

けれど明日葉はもう、自分の人生を自分だけのものだと思っていなかった。

神城リーリャという、誰よりも優先したいと思える存在を、見つけてしまったから。

「でも……ボクは……」

いずれ、父の跡を継ぐのだと、リーリャは迷いなく言い切って見せた。

その道は彼女なら不可能ではないけれど、きっと険しいものになる。

そんな大変な道を行こうとしている恋人にとって、自分は重荷になってしまうのではないだろうか。

同性という異質な恋人を持った指導者に、意義が唱えられるのではないか。そうでなくとも、自分では神城リーリャという少女が持つ才覚を、子孫として残すことができない。

「ボクは、リーリャの人生に……必要、なのかな……」

自嘲（じちょう）気味の言葉は、きっと恋人がその場にいたら首を振って否定したことだろう。

しかし今、室内には明日葉ひとりだけ。こぼれた言葉はあまりにも重く、言葉を作り出した少女自身の心に、トゲのように刺さった。

ぐるぐると回る思考は徐々に深く、暗い場所へと沈んでいく。不安に手を差し伸べるものはなく、たったひとりで答えを出せるほど、今の明日葉は前向きではない。

いつだって自分の道を自らの手で切り開いてきた少女は今、初めて他人の、それも最愛の恋人の人生をどうするかという責任の重さを感じていた。

「なにか、できることなんて……あるのかな……いつだって自分のことで手一杯で、お父さんの借金だって、結局リーリャがなんとかしてくれて……今だって、ボクがリーリャの役に立ってるだなんて、とても言えないのに」

不安と焦燥（しょうそう）で思考の海に沈んでいく明日葉は、決定的な間違いをしていることにも気付かない。

「……リーリャ」

名前を呼んでも返事はなく、胸の奥が空（むな）しくなるだけ。

心の底に沈んだ重荷に引っ張られるように、少女の瞼は閉じていく。

意識が落ちるそのときまで、明日葉の脳裏には恋人の顔が焼き付いていた。

「さすがに少し、ハードですね……」

国内でもトップクラスの教育機関であるお嬢様学園での生活に加えて、プライベートでは武道や茶道、音楽などといった多くの講師から与えられる山積みの課題をこなし、そして近々行われる自宅での舞踏会の準備も進める。

神城家の一子として十数年以上も完璧に演じ切っているリーリャですら、はっきりと疲労を感じるほど、ここ最近の仕事量は増えていた。

「とはいえ、お父様がお任せしてくださる以上は、手は抜けません」

普段であれば主催者である父が主導して、舞踏会や晩餐会といった催しが行われているが、今回は大部分をリーリャが担当することになっていた。

時間帯の指定や招待状の作成、呼び寄せる料理人や音楽家、演目や食事のメニュー、さらに当日の給仕や護衛の配備数など。本来であれば一学生が担うべきではない権限を、彼女の父は娘に与えていた。

「……神城の娘としての出来を見る。そういうことです」

先日、父と連絡したとき、準備の一切を任された。そして任された以上、父は自分の手腕を評価するつもりだろう。緩みのない自分を、神城の娘は完璧であるというところを、見せなくてはならない。

そういった理由から、ここ数日のリーリャはひとりでいくつもの書類に目を通し、招待状を作成し、予算と相談し、幾度も当日のシミュレーションを行っていた。無論、学生の本分たる勉強や、神城の娘として身につけるべき教養を得ることも忘れずに。

「ふうぅ……でも休めるときは、きちんと休憩しましょう……」

風呂から上がったばかりの身体は重く、下着のような寝間着でさえも重く感じてしまうほどだった。金髪の少女は遠慮なく、その小さな体躯をベッドへと投げ出す。

白く、柔らかなシーツに沈み込んだリーリャは、少しだけ瞳を閉じて、

「……明日葉さんに会いたいです」

今の自分の欲を、素直に口にした。

一度口にしたら止まらなくなってしまったらしく、リーリャは自らのベッドの上でごろごろと転がって、

「はあぁぁ、明日葉さんに会いたい……でももうこんな時間だから寝ているでしょうし……今の私、無防備に寝ている明日葉さんを見て自制する自信がないですし……明日葉さんも大会が近くて忙しいみたいですから、迷惑にはなりたくないですし……はぁ……」

激務による疲労よりも、明日葉と過ごす時間が減ることに、リーリャはストレスを感じていた。

「うぅぅ、明日葉さんが恋しいです……嗅ぎたい、舐めたい……どうせごろごろするなら部活終わりの明日葉さんの匂いが充満する部屋でごろごろしたい……或いはお風呂上がりの明日葉さんの匂いがする紅茶で一息つきたい……はぁぁぁ……」

明日葉がいれば全力で突っ込みが飛んできたであろう欲望をただ漏れにさせながら、リーリャは本日何度目かの溜め息を吐く。神城家自慢のお嬢様を演じなければならない彼女にとっては、溜め息を吐くことすら自室でなければできないことだ。

「……欲求不満です」

自分の今の状態を、リーリャはシンプルに、そしてはっきりと理解していた。

「こんなこと、以前の私ならなかったのに……欲というのは、恐ろしいものですね」

恋人になる前の自分では、考えられなかった自らの変化。

お嬢様としての日々を過ごす中で、時折明日葉を遠くから眺め、残り香に触れるだけで充足を得ていた頃とは、明らかに違う。

寝ても覚めても自分の頭の中に恋人がいて、想い続け、焦がれ続ける。いつだって目を閉じればぬくもりも、香りも、声だって思い出せるほどに濃密に繋がっているはずで。それはただ遠くから見ていた頃の自分よりももっと幸せなはずなのに、更に深く、強い結びつきを求めてしまう。

恋人になる前よりも今の自分の方が遙かに強く、百合園明日葉に恋焦がれていると、神城リーリャは自らのことを評価する。

「つまり、ベタ惚れなんですよね……はあぁ……ほんと好き……顔も声も匂いも性格も、なにもかも好き……もしかして私の好みに合わせて生まれてきたのでは……？」

知れば知るほど好きになる感覚は、深みにはまっていると自分で分かるほどに致命的で、けれど抜け出したいなどと考えられないほどに甘美だった。

今だって、可能なら愛しい人に会いに行って、触れて、愛を囁いて、朝までふたりで蕩け合っていたいと感じている。むしろ疲れで神経が昂ぶっているからか、そういった欲望は旺盛なくらいだった。

身体は疲れているのに、心は恋人を求めて悶々としており、とても眠れそうもない。リーリャは十分ほどベッドの上でごろごろしていたが、やがて意を決して立ち上がった。

「……ちょっと寝顔を見るくらいは、してもいいですよね。恋人ですし、むしろそういうのは恋人の特権でしょうし……一日頑張ったご褒美にそれくらいは許されるはずですよね……」

ちょっと寝顔を見ただけで我慢できるかどうかはさておき、リーリャは明日葉のことに関してはすっかり忍耐力が弱くなっていた。

自らの欲望に負けたリーリャは飛び降りるようにしてベッドから抜け出ると、軽やかな足取りで廊下へと出る。

既に時刻は日付を変えており、深夜の屋敷は明かりこそ灯っているものの、歩く従者はまばらだ。なお、ほとんど裸のような寝間着はいつものことなので、誰にも咎められることはない。すれ違う従者たちからの丁寧な挨拶に微笑みで応えつつ、リーリャは恋人が寝泊まりする部屋の前へとやってきた。

「……失礼しまーす……」

部屋のドアをノックせずに静かに開け、小さな声で挨拶する。既に眠っているであろう明日葉を起こしたくなかったからだ。

予想通りに部屋は暗く、恋人はベッドの上ですらりとした体躯を丸め、眠っている様子だった。

窓からの月明かりを頼りに、金髪の少女は愛しい人の元へと辿り着く。

「……こんばんわ、明日葉さん」

普段はまとめられているサラサラの黒髪を持ち上げれば、微かで、けれど確かな実感が得られるだけの重みと、手触りがある。

「ん……すぅぅ……はぁぁ、これこれ……やっぱり明日葉さんの匂いは最高です……疲れが取れます……明日葉さんの匂いがする部屋なら私、一日中働けそうです……ああでもこの匂いがあったら逆にテンションが上がりすぎて仕事にならないかもしれませんね……？」

突っ込みが不在なので、リーリャの暴走は止まらなかった。髪の匂いを堪能したあとはベッドシーツに顔を埋め、染みついた香りを存分に吸い込み、そのままベッドに上がって恋人の隣へと寝転ぶ。

「はぁはぁ……まだちょっとお風呂上がりの匂いが残ってる……ああ、この耳の裏に一軒家を建てて明日葉さんと住みたい……くんくんくん……すううう……はあああ……♪」

「ん、んんっ……？」

「あ……いけませんね。ついうっかり起こしてしまうところでした」

起きてしまったら起きてしまったで恋人に名前を呼んでもらえるが、安眠の妨害になってしまう。

「ああ、でも……どのくらい悪戯をしたら、起きるのかは……ちょっとだけ興味が……」

眠りを妨げたくないなどと口走っていた先刻の自分が、あっさりと手のひらを返してしまっていることを自覚していたが、湧いてきた欲望は抑えがたい。まして、その対象が目の前にいるとなれば尚更だ。

「ふふふ、明日葉さぁん……♪」

リーリャは未だに眠りの底に沈む恋人の上へと覆い被さるようにして移動して、

「……?」

違和感に、気が付いた。

「これ、は……」

瞳を閉じ、規則正しい寝息を立てる愛しい人の寝顔には、陰りがあった。

頬へと指を這わせれば、指先には少しだけひっかかりを感じられる。

うっすらとついた痕を拭い、舌先でこそぐと、塩の味がした。

「明日葉さん、泣いて……？」

涙の痕の理由は、分からない。本人は眠っていて、起こしてまでそれを聞くのははばかられた。

しかし、もしもこの涙の味が自分の味覚の不調でないのであれば、

「……なにか、あったんでしょうか」

浮かんだ疑問に答えは返ってこないが、少なくとも悪戯をするような気分ではなくなってしまった。

リーリャは少しの間考えを巡らせたものの、やがて小さく息を吐くと、恋人の身体を抱き枕にするようにして、ベッドに横たわった。少しでも、眠っている愛しい人が安心を得られるように、自らの温度を分け与えた。

「ん……りーりゃ……」

眠っていても存在を感じとったのか、明日葉はリーリャの胸元へと顔を寄せてきた。

「ふふ、私の夢を見てくれてるんですか、明日葉さん」

「だめだよ、りーりゃ……靴の匂いは、かがないでぇ……ん、ん、ジャージも、だめぇ……あ、こらぁ……ん、すう……」

「え、なんですかその羨ましい世界。ちょっと現実の私と入れ替わってもらえませんか？」

夢の自分が羨ましすぎて、リーリャはやや我を忘れかけた。

「……明日葉さんの中の私は、本当に匂いフェチなんですね。いえ実際そうですからなにも言えませんが……あぁ、明日葉さんの頭、すっごい良い匂い……くんかくんかはふぅ……はぁぁ好き……」

夢の中の自分に嫉妬してしまっている自分を自覚しつつ、リーリャは明日葉の頭部の匂いを堪能する。

「……不安なことがあるなら、話して欲しいです」

忙しくて聞けなかった自分も悪いと思いつつも、恋人が泣いていたという事実は、金髪の少女に不安をもたらした。

朝起きたら、涙の理由を聞かせてもらえるだろうか。そんなことを考えながら、リーリャは自らの意識をゆっくりと眠りへと落としていく。

自分は必ず恋人のことを守るという強い意志が、自然と腕に力を込めさせていた。

☆心の距離は

現実はいつだって、予想や願い通りとはいかないもので。

「明日葉さん、昨日はその……怖い夢を見たりとか、していましたか？」

触れられたくないことかもしれないと、そう思いつつもリーリャは遠回しに昨夜のことを明日葉に問いかけた。

寝顔に浮いた涙の痕のことが、どうしても気になってしまったからだ。

「え？　なんのこと？　あ、ごめん、ボク朝練があるから、先に行くね」

そう言って引き留める間もなく、明日葉は学園へと向かってしまった。

結局、涙の理由を聞けないまま、数日が経過して。

「……困りました」

言葉を体現するように眉尻を下げて、リーリャは首を捻った。

表情が曇っている理由は、恋人のこと。

「……なんでもない、なんてことはないですよね」

夕暮れの教室の中、リーリャはこっそりと陸上部の練習風景を覗いている。

遠巻きに見える恋人の走りは、明らかに精彩を欠いていた。

明日葉の様子がどうしても心配になったリーリャはここ数日、忙しい時間を無理に割いて、明日葉の部活の様子を眺めている。

「……どうして」

言葉を交わさなくても、走り方を見れば明らかになにか悩み事を抱えているのは明白だった。今の明日葉の走りは、特待生の取り消しを言い渡されたときと同じで、ひどく崩れている。

周囲にもそれは露骨(ろこつ)に伝わってしまっているらしく、他の部員や、教師からいくつもの声をかけられているのが見える。特に、皆原花梨は遠巻きに見てもとても気遣っているようだった。

声をかけられる度に、明日葉は苦笑いや、頭を下げて応じている。大会の時期が近く、張りつめた空気が流れる中で、明日葉だけが明確に取り残されていた。

「明日葉さん……」

見ていられない。今すぐ行って、声をかけて、可能ならその悩みを取り除きたい。

しかしリーリャはここ数日、自分が明らかに避けられていることも感じ取っていた。

話しかけても上の空で、大会が近いから夜もトレーニングをすると部屋に来ることもなく、こちらが足を運んでも入室を拒否される。今だって、明日葉はリーリャがこうして覗いていることを知っているはずなのに、一度もこちらに視線を投げてこない。

「……もしもし、私です。先生方に頼まれた用事がありますので、スケジュールを少し遅らせてください。ええ、ええ……迎えも、またこちらから連絡します」

リーリャは従者に連絡を取って嘘の予定を伝えると、自分の席に腰掛けた。今日こそはきちんと話そうと、そう決心したからだ。

「晩餐会の準備も、あとはドレスの最終チェックくらいですから……これくらいのサボタージュは許されるでしょう」

教室にかけられた時計の針が回る音に耳を澄ませ、時間が経つのを待つ。

やがて足音が聞こえてきて、リーリャは教室のドアの方を向いた。

「あっ……」

扉を開けた明日葉が、明らかにばつが悪い顔をする。今は会いたくなかったと、そういう表情。

「……お疲れ様です、明日葉さん」

避けられているのが被害妄想ではなかったことを実感しつつ、リーリャは優しい笑顔を浮かべようと努めた。

「う、うん、リーリャ、さん……今日はまだ、ここにいたんだね」

「はい。連日忙しくて、少し疲れてしまったので」

他人行儀に呼ばれるのは、学園ではいつものことだ。

けれど今はその態度を取られることすら、寂しく感じてしまう。

「あ、ご、ごめんね、ボクまだ、もうちょっと部活が……」

「明日葉さん」

「っ……あ、あの、リーリャ、さん……今は百合園って呼んだ方が……」

びくり、と身を震わせて話題を変えようとする明日葉を見て、リーリャは溜め息を吐きそうになる。それではなにか後ろめたいことがあると、自白しているようなものだ。

「明日葉さん、なにかありましたね？」

「う、な、なんでもないよ……」

「気付いてないかもしれませんが、明日葉さんは分かりやすいからすぐに分かります。今日だって部員の皆様や先生方に、心配されていたようですし」

「それ、は……」

「……明日葉さん。なにか不満や不安があるなら、話して欲しいです」

想いを口にすると、明日葉はこちらから目を逸らした。

空回っているというよりは空振りさせられた感覚から、リーリャは少しだけ眉尻を下げて、

「……私では、力不足ですか？」

「ちがっ……そんな、そんなこと、ないっ……違うの、リーリャが頼りにならないとかじゃなくて……」

「だったら、ちゃんと話して欲しいです。私は明日葉さんの……恋人のつもりです。恋人を守るのは、当然のこ

とですから」

数日前も口にした言葉をリーリャはもう一度、真っ直ぐに相手の目を見て告げて、手を伸ばす。

「っ……だ、だめ、なんだ……」

無理に取るのではなく、相手から繋いでくれるのを待っていた手は、握られることはなかった。

「だめ……？」

「恋人、だから……リーリャには、言えない……どうすればいいのか、分からないけど、でもっ……ボクは、重荷には、なりたくないっ……」

「明日葉さん、それはどういう……」

「っ……ごめんっ！」

問いただされることを拒否するように、明日葉は自分の鞄を持って、走り去ってしまう。

「っ……明日葉さん……」

虚空を掴んだ手を見つめて、リーリャは苦い顔をした。

恋人のぬくもりを与えられなかった手はひどく冷たく、心の距離が開いていくのを感じる。

両手を握っても心の冷えはなくなることはなく、金髪の少女は身を震わせた。

寂しさを強く感じた次の瞬間、ドアが再び開けられた。

「っ……！」

「おおっと、そう構えなくてもいいとも、神城くん」

教室に現われた人物は、予想外の相手だった。

茶の色彩が強い髪を持つ上級生のことを、リーリャは既に知っていた。

「……皆原、花梨先輩？」

「おや、神城の娘さんに名前を覚えられているとは、光栄だ」

「あなたのお家が携わっている事業……製薬業にも、神城グループは関わっていますから」

「……そこまで覚えているとは、本当に噂通りの完璧お嬢様なのだね」

「いずれ、神城の家を継ぐつもりでいますから。取引先のことを知るのは、当然のことです」

よそ行きの笑顔を貼り付けたリーリャに対して、花梨はやや大仰に肩をすくめて、

「まあ、知ってくれているなら話が早くて助かるよ。……堅苦しいのは苦手なので単刀直入に言うが、神城くん、明日葉くんになにかしたかな？」

「仰っている意味が、よく分かりません」

「よく分からない、なんてことはないはずだ。だってキミ、明日葉くんと仲良しだろう？　というかぶっちゃけたところ、付き合っているだろう？」

「そんなことはありませんよ。勘違いです、皆原先輩。百合園さんはクラスメイトで、尊敬もしていますが……特別に仲が良いというわけではありません」

十数年という歳月、リーリャが培ったお嬢様の仮面は、核心を突かれても一切揺るがなかった。

あくまで笑顔を崩さないリーリャに対して、花梨は困ったように頭をかいて、

「困ったな、一応変な噂を流したり、興味本位の野次馬で聞いている訳ではないのだけど……うーん……では、私もひとつ、大事な秘密を明かしたら信じてもらえるかな？」

「秘密……？」

「うん。実は私、陸上部のコーチとお付き合いをしている」

「は……!?」

突然降ってきた爆弾じみた情報に、さすがのリーリャも微笑みの仮面が剥がれた。

「え、あの、陸上部の顧問の方は……というか、学園の先生方は……」

「うん、ご存じの通り、学園の教諭はみな女性だ。つまり、そういうことになるね」

けろりとした顔で、花梨は大事(おおごと)を口にする。

「つまりそちらが特待生と優等生の同性愛なら、こちらは教師と生徒の同性愛……ふふ、禁断度ではこちらの勝ちかな？」

「なんの勝負になってるんですか……!?」

「すまない、今のは場を和ませたかっただけだ。……さて、少しは信用してくれたかな？　そうでなくとも、明日葉くんのことだから私のことは好意的に紹介してくれていると思うのだが」

「……分かりました」

目の前にいる相手が言ったことが嘘にしろ本当にしろ、外に知られれば重大なことになる。

本当であれば間違いなくこの相手は自分と恋人の立場を懸(か)けているし、嘘であったとしても嘘をつくだけの覚悟がいる。そんなことを初対面のこちらに言ってくる時点で信用してもいいのだろうと、リーリャは判断した。

「なに、何度も言うが別に心配しなくても、野次馬根性とか、そういうのではないよ。最近調子が良かったうちの部員がまた腑抜けてしまってね。なにかあったか……或いは恋人と喧嘩でもしたのかと思って、ね」

純粋に後輩を心配する気持ちから、お節介だとは思いつつも部活帰りの明日葉を追った、というのが花梨の事情だ。

しかし話そうと思っていた相手は教室から逃げるようにして出てきて、そのまま下駄箱へと向かってしまった。

そこで、教室の中にいる恋人に話を聞こうと思ったというわけだった。

「……なにかあったのだとしたら、私の方が聞きたいくらいです。急に……その、避けられるようになってしまいましたから」

「心当たり……避けられる、少し前……」

「ふむ……心当たりは？」

　他人の言葉を聞き、リーリャは少しだけ頭を冷やし、記憶を探る。

　恋人との最近の出来事をひとつひとつ、ゆっくりと噛みしめるように金髪の少女は思い出して、

「……えへへ……　」

「今、明らかに脱線があったように見えたが」

「あ、話しかけないでください、今集中して思い出してますから。具体的には耳の裏の匂いとかを！」

「神城くん、さては結構なポンコツだね……!?」

　失礼な言葉が飛んできた気がするが、恋人の匂いを思い出すことの方が優先されると判断したので、リーリャは意識的に無視した。

「心配しなくても、もう大体の予想はついています。少し冷静になって考えれば、思い当たることはいくつかありましたから」

　未だ少女の身とはいえ、リーリャは数多くの大人たちを相手取って話す経験もある。中には本心を隠してこちらに相対してくるものも多い。

　冷静になって思い返せば、恋人の態度から違和感を辿るのは簡単であり、その理由も想像がつく。

「……というわけで大体の理由が分かったので、あとは明日葉さんの匂いとか声とか表情とかを思い出して、元気を取り戻していました」

「あ、ああ、そうか。なんていうか、凄いな、キミは……異常と天才は紙一重というか……発想が飛躍しすぎて、冷静なのか変態なのか判断がつかない……」

　微妙な顔をしつつも、花梨は賞賛の言葉を述べた。

「ま、まあ、理由が思い当たるのならなによりだ。よければ私もできることはしよう」

「……皆原先輩は、本当に面倒見が良いのですね」

「明日葉くんは可愛い後輩だからね。それに、私と、私の恋人……コーチにとっても、陸上部のエースが不調というのはあまり喜ばしくないのでな」

下心が一切ないわけではない。そしてそのことまでオープンにしても、この相手は問題ないだろう。そう判断して、花梨は包み隠さず己の本心を口にする。先輩としての心配も、ひとりの少女としての打算も、彼女の心の中ではしっかりと共存していた。

「ありがとうございます。ですが手助けは必要ありません」

「……私程度の手を借りずとも、神城家の完璧お嬢様は解決できるということかな」

「いいえ、そういう意味ではありません。申し出は本当に有り難く思っています。でも……きっとあなたも、恋人が泣いていたら、自分が涙を拭わないと気が済まないでしょう？」

「……うん。それは、確かにそうだね」

返された言葉に納得して、花梨は素直に頷いた。恋人のことを守るのはいつだって自分でありたいというのは、きっと多くの人が思うことだと、納得ができたからだ。

「すまない。少しばかり野暮(やぼ)というか、構いすぎたね」

「気に病まないでください。お陰で冷静になれましたし、明日葉さんも皆原先輩にはお世話になっていると聞いていますから。でも、ここからは、きっと……いえ、今度こそ、その役目は私でありたいんです」

一度目は、父親に懇願して救ってもらった。

二度目は、自分が泣いている間に部活の先輩から道を示された。

三度目こそは自分が救いたい。救わなくてはいけない。百合園明日葉という愛しい人を守る役割を、神城リーリャは他の誰にも譲りたくないのだから。

「……了解した。うちのエースのことを、しっかり元気にしてやってくれ」

「はい、お任せください。……それでは、皆原先輩。ごきげんよう」

人形のように整った顔立ちを文句なしの笑顔にして、リーリャは頭を下げ、教室から出て行く。

やるべきことを決めたリーリャの足取りは軽く、思考はなめらかだ。だが胸の奥は熱く、感情は昂ぶっていた。

(まったく、やることが多くて大変で……幸いです)

胸に満ちるこの想いを、恋人に伝えるために。

神城リーリャは前を向いた。

☆分かちがたいもの

晩餐会の日が近づくにつれて、リーリャと明日葉が会う機会は減っていた。

同じ屋敷に住みながらもほとんど顔を合わせない生活は、明日葉が神城家で寝泊まりするようになってから初めてのことだった。

本来であれば寂しいと感じてしまう状況が、今の明日葉には有り難いと思えた。自分が真っ直ぐに恋人の顔を見られる精神状態にないことを分かっているからだ。

「……はあ」

毎日のように重ねている溜め息が、またひとつ積み上がる。

出口の見えない迷いの中で、黒髪の少女は心を溺れさせていた。

「今日が、晩餐会の日か……」

ぼんやりと眺めていたスマホに表示された日付を見て、明日葉は呟いた。

時刻は夜。リーリャの指示で今日の食事は明日葉の自室に届けられ、既に食器も回収されている。

なにもやる必要がなく、なにもする気が起きない黒髪の少女は制服のままでベッドに身を投げ出して、無為な時間を過ごしていた。

「……リーリャ」

会いたくない。そう思っているのに、ひとりになって考えるのはいつだって恋人のことだった。

「っ、うぅ……」

会いたい気持ちと、会ってどうするのだという気持ち。

相反する感情は胸の痛みとして、明日葉を苛む。目を閉じ、身体を丸めても、痛みはどこにも消えてくれず、その度に恋人のことを想ってしまう。

つい先日意識した、将来という言葉は、明日葉の心に重くのしかかっていた。

「リーリャのために、ボクができることなんて……」

それは随分前、春の終わり頃に初めて神城の屋敷に招かれたときにも思ったことだった。

父親の借金を肩代わりするように取り計らってくれたリーリャに対して、自分はなにも返せないと思った。完壁超人のようなお嬢様に自分ができることなど、思いつかなかったからだ。

結果として明日葉は「なんでもする」と口にして、リーリャの住む屋敷で彼女とともに住むことになった。

「でも……」

今は、あのときとは状況が違っている。

自分たちは恋人関係で、恩や義理だけの付き合いではなくなった。

助けてもらったからなんでもするという打算的な関係ではなく、恋人だからなんでもしてあげたいという関係に、変化したのだ。だからこそ、明日葉は『これから』について悩んでいた。

「リーリャが、家を継いで……」

神城の家を、グループを継承するという未来。

リーリャにはその意識があり、努力もして、結果も出し続けている。

いずれ遠くはない未来に、彼女は望みを叶えるだろう。

「でも、そうしたらボクは……」

そんな輝かしい未来を歩む恋人に、自分はなにができるというのか。

彼女はいつだって完璧で、誰かの助けなどなくても望みを叶えられる。

そんな彼女の未来にとって、自分という存在は弱みで、重荷になってしまう。

「っ……」

身を引くべきだ、という考えが胸を突いた。

その思考を正しいことだと思いつつも、明日葉は痛みと拒絶でしか迎えられなかった。

きっと自分は重荷になる。彼女の人生の足枷になる。どれだけ彼女が自分のことを想ってくれても、いらぬ噂や、物笑いの種になってしまう。そう思うのに、胸の痛みが恋人に会いたいと訴えている。

「……すき、なんだ……」

少し前まではただ尊敬するべきクラスメイトだった。

なのに、いつの間にか自分の胸が張り裂けてしまいそうだと感じるほどに、百合園明日葉は神城リーリャに恋焦がれている。

整った顔立ちも、外面の笑みも、隠れた嫉妬深い一面も、すぐに恥ずかしいことをしてくるところも、透き通った声も、煌びやかな髪も、着ている服やお気に入りのカチューシャですら、好きだと思える。

自分が彼女にとってなにもできなくて、今だってきっと顔を合わせたら、ろくに話もできないと分かっているのに、それでも明日葉はリーリャの側から離れるという選択を受け入れられないでいた。

「っ、う……」

奥歯を軋ませて、明日葉は感情がこぼれるのを拒絶する。今それをこぼしたら、自分はきっと耐えられなくなってしまうと、分かっているから。

会いたい気持ちと会ってはいけないという気持ちの間に挟まれて、息苦しい。

「……ボク、は……」

光を失いつつある瞳で、明日葉はゆらりと立ち上がった。

雑に靴を履いて部屋を出た明日葉の足取りは重く、しかしそんな彼女に声をかけるものはいない。従者たちはみな晩餐会の対応に追われ、『お嬢様の友人』を気遣うだけの余裕がない。

やがて明日葉は、ある部屋へと辿り着く。ノックをせずにノブを回せば、扉はあっさりと少女を迎え入れた。

「……リーリャ」

部屋の主の名前を呼んでも返事がないことを、明日葉は知っていた。

無人となった恋人の部屋は静かで、いつもなら出迎えてくれる花のような笑顔もない。

電気が落とされ、月明かりだけが差し込む部屋で、明日葉は座り込んだ。

「……寂しい、な」

会いたくないなんて嘘だと、少女は自覚する。

本当は今すぐに会って、みっともなく泣いてしまいたい。

キミになにも与えられないけれど、好きだから一緒にいたいと、そんな我が儘を言いたい。

けれど自分の我が儘が恋人の重荷になってしまうのは、耐えられない。

「あ……」

手元に触れるものは、いつかのデートで買った、お揃いの猫クッションだった。

想い出が恋心を揺さぶり、胸を軋ませる。心臓がじくじくと痛み、視界が潤む。

「っ……」

気が付くと明日葉は、リーリャのクッションに顔を埋めていた。

鼻先に触れる残り香は甘く、それだけで脳裏には大好きな人の笑顔が浮かんでくる。

「……リーリャがボクのクッションに顔を埋める理由が、ちょっと分かったかも……」

こんなにも胸が痛いのに、恋人のことを思い出すだけで少しだけ笑みがこぼれてしまう。

「会いたいな……でも、会ってなにを話せばいいんだろう……」

どうしようもない気持ちで身体を丸めて、明日葉は途方に暮れる。

「……リーリャ」

何度も呼んだ名前をもう一度口にして、明日葉は猫クッションに顔を埋めた。

視界が暗くなり、嗅覚が恋人を感じる。今だけは、その優しさに浸っていたかった。

「ん……リーリャ……」

「明日葉さん」

「……はあ、幻聴が聞こえるなんて、よっぽど寂しがってるんだなぁ……」

「そうですか。私も寂しかったから、おあいこですね」

「そうだよね。避けられて、寂しくないわけないよね……ごめんね、リーリャ……」

「はい。ところで……明日葉さん、私の匂いフェチが移りました？」

「いや、これは寂しくて……って……りー、りゃ……？」

「はい。あなたの恋人の、神城リーリャです」

随分と饒舌な幻聴だと思って顔をあげると、笑顔の恋人がいた。

「なっ、なななななっ、なん、でっ……!?」

「なんでと言われると……晩餐会を抜けて明日葉さんに会いに部屋に行ったらいなかったので、もしかしたら私の部屋にいるかもしれないと思って、こっちに足を運んだだけですよ？」

「ど、どうして……忙しいんじゃ……」

「忙しいのは準備を任されていたからです。今の神城家の当主はお父様ですから、晩餐会そのものには私がいなくても問題はありませんし……お父様には少し疲れたので早めに休みますと言って、きちんと了承を得ていますから。……それに、一番ドレスを見せたい人が不在のパーティなんて楽しくないですから」

「あ……それって……」

「はい。もちろん、明日葉さんのことですよ。……ドレス、似合いますか？」

柔らかく微笑んで、リーリャはくるりとその場で回ってみせる。

リーリャがまとうパーティ用に仕立てられたドレスは、背中が大きく開いたデザインでありながらもいやらしさはなく、上品に仕立てられていた。首元のチョーカーや長い手袋はリーリャの白い肌を彩り、ドレスと相まって、妖精のような少女の魅力を存分に引き立てている。

いつも通りのカチューシャも、制服のとき着けているのとはまた違った、優美な印象を漂わせていた。

「似合う……すっごく綺麗で、ほんとにお人形さんみたい……」

「ふふ。明日葉さんに褒められるのが、やっぱり一番嬉しいですね」

聞き慣れた賛辞であっても、恋人から贈られるのは特別な嬉しさがあった。

「……明日葉さん。折角なので、踊っていただけませんか？」

「ふえ、きゅ、急にそんなこと言われても……ボク、ダンスなんてしたことないし……」

「大丈夫です、私がリードしますから」

「ふえ、ちょ、リーリャ……わ、わっ……」

恋人に手を握られて、明日葉は半ば強引に立たされる。

絡められる恋人の指は細く、久しぶりに感じる体温にどきりとしてしまう。

「明日葉さん。もう一方の手は、私の背中に添えてください」

「え、ええっと……こ、こう、かな……？」

「はい。……それでは、手を引きますね」

音楽はなく、スポットライトは月明かり。リーリャの言葉が、始まりの合図になった。

金色の少女は軽やかに、導くように、優しく手を引いてステップを踏んでいく。

「わ、と、と……」

ぎこちなく、しかし転ぶことはなく、明日葉はリードされるままに、靴音を鳴らした。

「ふふ、お上手ですよ、明日葉さん」

「そ、そうかな、よく分かんないんだけど……」

手を引かれる明日葉は、拙いながらも徐々に足運びを覚え、リズムを掴み始めていた。元々運動はできて、音楽も苦手というわけではない。リーリャが刻むステップもそう難しいものではなく、簡単なものをループしているのみなので、明日葉が慣れるのは早かった。

そして恋人の動きがこなれていくにつれて、リーリャの動きはより軽やかになっていく。

黒髪の少女が一方的にリードされるぎこちない踊りが、少しずつ形を変える。

動きの乱れと硬さは徐々に消え、ふたりの距離が近くなっていく。

足音に引っ張られるようにして踏んでいたステップは、いつの間にかリズムに乗って、次へ、次へ。

「……あはっ」

「……えへへ」

自然と笑みがこぼれれば、お互いの想いは自然と伝わった。

少女たちは月明かりに照らされ、思うままに靴音を響かせる。

ふたりだけの舞踏会は、しばらくの間続いた。

「……明日葉さんは、飲み込みが早いですね」

数分の時間を経て、リーリャがステップを止め、言葉を紡ぐ。

恋人からの賛辞に、明日葉は緩く首を振って、

「リーリャの教え方がいいからだよ」

「ふふ、ありがとうございます」

無言でも心地良い時間を名残惜しく思いつつ、明日葉は結ばれた手から力を抜く。

するりとほどけようとした指は、リーリャが手に力を入れたことで留められた。

「え……」

「ダメですよ、明日葉さん。逃げないでください」

「逃げ……たり、なんて……」

「しています。それもここ最近、ずっと」

「っ……」

蒼色の瞳に真っ直ぐ見上げられて、明日葉は言葉を詰まらせた。

自分の心に囚われて、恋人と向き合うことを拒絶していたのは、事実だからだ。

「……ごめん」

絞り出すようにして紡いだ言葉は言い訳や肯定ではなく、謝罪だった。

こうして相手から向き合うことを選んでくれて、逃げられなくなっていると分かっていても、明日葉は恋人に自分の心をさらけ出すことができないでいた。

(だってこんなのは、我が儘だ……)

離れたくないけれど、重荷にはなりたくない。

離れるべきだという気持ちを恋心が阻害して、重荷になりたくないという想いを無力感が痛みに変える。

ぐちゃぐちゃに混ざり合った感情は、いつも太陽のように笑っていた少女から笑顔を奪い、冷え切った謝罪だけが紡がれる。

「っ……ごめん、リーリャ……」

繰り返される言葉に呼ばれるようにして、涙がこぼれた。恋人の真剣な瞳に見つめられて、溢れさせまいと耐え続けてきた感情に限界が訪れたのだ。

「……明日葉さん」

自分よりずっと背の高い恋人の頬を、金髪の少女は手を伸ばして優しく拭う。

言うべきことはもう、決まっていた。

「……今から私、結構怒りますからね」

「へ……?」

「せーの……えいっ」

むにぃ。

「ひゃひっ⁉」

両の頬を引っ張られて、明日葉は素っ頓狂な声をあげた。

「ふぎゅっ、うぃ、うぃーひゃ、ひょ、えぶぶ……」

つねられ、こねられ、また引っ張られる。

痛みはない、けれど突然のことに明日葉の思考は完全に止まった。

たっぷり数十秒の時間、リーリャは明日葉のほっぺをもみくちゃにした。

「まったくもう……いいですか、明日葉さん」

「あう、な、なに……？」

「そちらからきちんと説明してくれないので憶測で言いますが……明日葉さんは今、自分の存在がいつか神城リーリャにとっての不利な存在になるだとか、自分にはなにもできないだとか、そういうことを考えているのでしょう？」

「っ……⁉」

ぴたりと当てられて、明日葉は目を見開いた。

その反応だけで充分だというように、リーリャは深々と溜め息を吐いて、

「ほら、やっぱり」

「う、あ、それは……な、なんで、分かったの……？」

自分の心情を完全に見透かされて、明日葉は混乱したまま疑問符をこぼす。

「少し冷静になって考えれば分かります。明日葉さんがよそよそしくなったのは、私がいつか神城家を継ぐという話をした頃からで……先日は、重荷になりたくないと、そう言っていましたから」

「う……」

「私は交渉技術として、他人が考えていることを見透かす術もある程度覚えています。習ったことを恋人の隠し事を暴くのに使うのは気が引けますし、不愉快でしたら謝罪もします。ですが……どうしても、心配でしたから」

リーリャは先ほどまでつねっていた恋人の頬を、また優しく撫でた。

あの夜見た涙の痕はもう消えている。新しく流される雫を、金髪の少女は丁寧に拭った。

「明日葉さん。あなたはひとつ、大きな勘違いをしています」

「勘違いって……」

「あなたが私にとって重荷になるなんて、あり得ません」

「そんなこと、ないよ。だってリーリャは、ボクの助けなんて必要ないし……女の子同士じゃ、周りに否定されたり、子供もできないし……神城の家にもリーリャにも、ボクはなにも……」

「……そんなことを今更気にするんですか」

「そんなって……大事なことでしょ⁉」

「はい。大事なことですね。私たちの関係を知ってそれを揶揄する人もいるでしょうし、神城も私の代で終わりかもしれません。でも、それは……明日葉さんより大事なことではありません」

「なっ……」

口にする言葉に、迷いの感情はない。

「明日葉さんの勘違いは、自分の重要さを低く見すぎているところです。なので……今から口説き返します」

「口説き返す、って……」

「いつか私が泣いているときに、そうしてくれました。だから今度は……私が、私がどれだけあなたのことを好きか、改めて伝えます」

すう、と息を吸って。

リーリャは心を、ぶちまけた。

「明日葉さんは可愛いですっ‼」

「は……⁉」

「もう何回も言いましたけど何度言っても言い足りません！　ああもう可愛い、なんですかこの可愛さはっ……こうやって見てるだけで可愛いしか感想が出てこない……顔がいい……人生懸けて推したい……」

「ちょ、ちょっとリーリャ……？」

「そう、そうですね。まず顔がいい……整ってます、なんていうか凄く綺麗な配置で……それに髪が凄くきらきらで……どっちかというと格好いいとみんな思っているはずですし、私も最初、明日葉さんを初めて見たのが大会の映像で、とても格好いい人だなと思ったのですけど……ですけどっ！　なんですかあの走ったあとの無邪気な笑顔！　可愛いすぎます！　はぁぁ～、ほんと……そういうところですよ、明日葉さん！」

「ど、どういうところ……⁉」

「格好いいが先に来て可愛くなるとかずるいでしょう⁉　それを誰にでも振りまくなんて、もうっ……恋人になってからずっといろんな人に嫉妬しっぱなしですよ、私は！　うっかり人を魅了しすぎです！　でもそういうところも好きだからそのままでいてください是非よろしくお願いします‼」

「うえ、え……？」

「あーもうそうやってよく分からないって顔をする無自覚さ！　天然たらし！　はいかわいい！　たまにわざとやってないか心配になるくらい可愛い！　もう今日は私、自分を抑えませんからね。なにが猫ちゃん可愛いですか、明日葉さんの方が絶対可愛いですけど⁉」

「な、なんで怒り気味なのぉ⁉」

恋人が完全に己の枷を外したのを見て、明日葉は混乱していた。

だが明日葉の混乱など、リーリャには知ったことではない。

この分からず屋で鈍感で、格好よくて可愛くて、そして妙なところで自分を追い詰めたがる恋人を絶対に逃がすまいと、金髪の少女は相手をしっかりと抱き寄せた。

「ひゃ、か、顔、ちかっ……」

「睫毛も長いし、しかも声も可愛いですね。しばらくろくに声も聞いてなかったので、寂しかったです……」

「そ、それは悪かったと思ってるけど、その、リーリャ？　ちょっと落ち着いて……？」

「落ち着けるような心持ちで恋してません、明日葉さんだって少しも落ち着いてないから自分で勝手に悩んで閉じこもっていたんでしょう⁉」

「ぐ、ぐうの音も出ない……！」

「そうやって真面目で真剣に悩むところだって、私は好ましく思っていますよ！　誰から告白されても、何度告白されても律儀にちゃんと断って頭を下げるところも好きです！　でも気軽に泣いてる子の涙を拭くとかはちょっと心配になるのでやめて欲しいです！　明日葉さんの天然たらし‼」

自分の気持ちに正直になったリーリャの感情の吐露は、もはや止まらなかった。

既に恋人関係になり、自分の醜い部分も恋人には隠さないと決めていたリーリャだったが、それでも多少なりとも自制している部分はあったのだ。自分が踏み込むべきではないと思ったらそうしたし、いつでもダダ漏れだと恋人も困るだろうと思って、あえて抑えていた部分。

（けれど、明日葉さんが勘違いしてしまうというなら、すべてをさらけ出しても恥ずかしくなんてありません。だって私は……この人のことがなによりも大事で、好きだから）

今自分がしていることが、想っていることが、口を突いて出る言葉が、恋の熱に浮かされたが故の後先を考えていないものだという自覚はもちろんあって。それでも、その熱を決して手放したくないという想いが、少女を突き動かしていた。

「あなたの見目も、性格も好き。そしてもちろん匂いですね！　私が匂いフェチになったのは明日葉さんが良い匂いすぎるせいなので！」

「し、知らないよぉ⁉　んひゃっ、ちょ、ちょっとぉ……⁉」

「すぅううううううはああああああ……谷間の空気が美味しいぃぃぃ……！」

身長差から、明日葉にもたれかかれば自然と顔が胸に埋まる。

リーリャは恋人の谷間の空気を、存分に吸い込んで味わった。

「ふう……今日も最高の匂いですね……」

「ぶ、部活終わってお風呂も入ってないよぉ！」

「むしろご褒美じゃないですか！　ありがとうございます！　ここ最近、晩餐会の準備で凄く疲れていたので元気になりました！」

「うううぅ、リーリャの変態っ……」

「その変態の恋人にお預けをしていたのは明日葉さんじゃないですか。責任取って、ちょっとおとなしくしててください、はあはあ……お風呂入ってないって聞いて、むしろ興奮してきました……！」

「ふ、ふえぇぇ……⁉」

「んんん……久しぶりの明日葉さんの匂い、しかもお風呂前の濃厚（のうこう）な……えへ、えへへ……ふんふん、くんかくんか……じゅるっ」

「じゅるっ⁉」

「すみません。はしたないところを見せてしまいました、ついよだれが……はあ、ほんっとうに良い匂いがしますね、明日葉さんは……控えめに言っても食べてしまいたい……はっきり言うと襲いたい……あ、ちょっと腕を上げてもらってもいいですか、脇の下とか今凄く嗅ぎたいので……ほら、私のことを避けていたお詫びとかそういう感じで、ね？」

「うぅぅ、なんで断りづらい言い方するのぉ……」

もちろん、罪悪感に訴えれば明日葉が素直に言うことを聞いてくれるのを知っているからだ。

半泣きで腕を上げた明日葉の脇を、リーリャは遠慮なく堪能する。汗の匂いはどこか甘酸っぱく、頭の奥がぼんやりするほど魅惑的な香りだった。

しばらくの間、リーリャは恋人の香りを胸いっぱいに吸い込んだ。明日葉は顔を真っ赤にして恥じらいつつも、逃げることはなかった。

数分もの時間、明日葉の香りを念入りに嗅ぎ尽くしたリーリャは、満足の吐息とともに、

「ふう……分かりましたか、明日葉さん？」

「……恋人の変態具合なら、凄く分かったけど」

「あ、そうやって私にだけ向けてくれる半目も好きです」

「そうだね、だってリーリャ以外にこんなに呆れることないからね……!?」

「はい。私だって、あなた以外にこんなに変態になることはありません」

「っ……そ、そんないい笑顔で、言われてもっ……」

言っていることは最低のはずなのに、恋人の笑顔が眩しすぎて、胸が高鳴ってしまう。

なにより、相手が言ったことが本当だと、分かってしまう。

誰からも認められて、自分もそうなるように努めてきた神城リーリャという少女が、己をすべてさらけ出していることの意味は、今更確認するまでもないことだからだ。

「……何度だって言います。私は、明日葉さんが好きです」

「っ、リーリャ……」

「あなたの声が、顔が、心が、匂いが……全部好き。それはきっと、何年も経てば変わることもあるかもしれませんけど……変わっていくあなたとも隣にいたいと思えるくらい、私はあなたのことが大好きなんです」

「でも、ボクは……なにもできなくって……」

「明日葉さん。私の人生に、神城の家をどうするのかというのは切っても切り離せない問題です。だから……あなたと付き合うと決めた時点で、私はそこまでちゃんと考えています」

真っ直ぐに相手を見て、リーリャはきっぱりと言葉を告げた。

「侮(あなど)らないでください。あなたが心配している将来のことなんて、私はとっくに覚悟を決めているんです」

「っ……！」

「あなたがいることで起きるなにもかもを、受け入れる……良いことも、悪いことも、どちらでもないことも、全部です。私は神城の娘として……ひとりの、ただの神城リーリャとして。ぜんぶ覚悟して、あなたと恋仲になる道を選んだんです。私が望んで、そう決めたんです」

「りー、りゃ……」

「もしも神城家の誰もが許さないというのなら、私が継いでその方針を変えます。もしも神城グループの有力者が認めずに嘲ると言うのなら、私が実力で黙らせます。世界中の誰もが私たちを引き裂くというのなら……そんな世界、私が作り直してやります」

「うっ、あ……」

「あなたと恋を知るまでの私は、周りの期待に応え、そんな自分が誇らしいと思っていて……だからこそ、家を継ぐために努力してきました。でも、今の私は……前にも言ったとおりです。恋人を守るのは当然のことで……

あなたを守るのが、いつだって私でありたい。そんな我が儘を通すために、神城グループを継ごうとしているのです。職権乱用する気満々です」

今だって、両親を誇る気持ちも、使用人たちを慈しむ気持ちも、グループの発展を願う気持ちも、なにひとつ変わらず、損なわれていない。

しかし優先順位の一番上は、変わってしまった。そうしたいと思える相手ができてしまったからだ。

「それなのに、あなたがいなくなったら……私が頑張る意味が、なくなってしまうではないですか」

頬に熱を感じるのは、感情が溢れたからだった。

悲しみではなく、愛おしさから流れる雫を、リーリャは拭わなかった。この人にだけはすべて見せても構わないのだと、既に決めているからだ。

「なにもできないなんて、そんなことはありません。不利益になるなんて、そんなこともありません。明日葉さんに、世界で一番好きな人に、自分を隠さずにいられる……泣いている私も、笑顔の私も、変態の私も、ぜんぶ見せられる。これに勝る利益は……いいえ、これよりも素晴らしい幸いは、この世界のどこにもありません」

「っ……！」

純真な蒼い瞳に見つめられて、ようやく明日葉は自分の間違いに気が付く。

明日葉が、己の存在がリーリャにとって多くの不利益になるかもしれないという不安を抱えながらも、恋人と離れることを拒んでいたように。

自分の恋人も、なにもかもを理解した上で別れたくないと思ってくれていたのだ。

「ごめんよ、リーリャ……」

自分の想いが、完全に空回りしていたのだと明日葉は思い知った。

「分かってくれれば、いいんですよ」

素直に頭を下げる明日葉に、リーリャは微笑んで、もう一度手を握った。

「あ……」

手を引かれると、足は自然とステップを踏んだ。

先ほど、リーリャに導かれるままに覚えたダンス。リズムに乗って、ふたりは部屋の中で踊る。

景色が巡る中で、正面にいる相手のことだけが鮮明に見える。柔らかい微笑みを向けてくる恋人のことを、明日葉はなによりも綺麗だと思った。

「それでも……それでも、明日葉さんが不安を感じるなら……私になにかをしないと気が済まないと思うのなら、これから覚えてください」

「覚える、って……」

「はい。こうして、私に手を引かれて今、少しだけ踊れるようになったように……自分が神城の娘と付き合うのに足りないと思うのであれば、足りるようになればいいと思います。だって明日葉さん、努力するのは得意なはずでしょう?」

「あ……」

「部活でのあなたがひたむきに走り続けるように、勉強でも結果を残しているように……今の自分で不足だと思うのなら、積み上げればいいのです。私だって生まれたときから、なにもかもができたわけではないんですよ?」

「……ああ」

言われた言葉は、驚くほど容易く胸の奥へと落ちていく。

部活でも、勉強でも、そうだった。今日の自分が昨日の自分より、そして明日の自分が今日の自分より良い結果を残すために、明日葉は努力をしてきた。

今の自分の不足を、今すぐ補えなくてもいい。むしろひとつずつ取り組んでできることを増やす方が、自然なことだ。そんな当たり前のことすら、抜け落ちていた。

「……本当に、ボクはバカだ」

恋は盲目、という言葉が明日葉の頭をよぎる。

踊っていた足を止め、今度こそ明日葉は恋人の顔を真っ直ぐに見据える。心の底から、向き合える。

「ごめん、リーリヤ。その……もの凄く、心配かけて」

「はい。もの凄く心配かけたし寂しかったし怒りました。ちゃんとご機嫌取ってください」

「ご、ご機嫌って……え、ええ……っと……」

「ふふふ、簡単なことですよ……えいっ」

「ふわっ……」

結ばれたままの手指が強く絡められ、引き寄せられる。

バランスを崩して姿勢が下がった明日葉の唇に、柔らかなものが触れる。

「ん、ちゅ……」

「ふ、う……ん……」

唇が重なったと感じた瞬間、明日葉は身体から力を抜いた。

体温の交換を求めるような、長く、深いキス。

「ふぁ、む……あむ……」

「ふぇ、りーりゃ、あ、んっ……」

唇を甘噛みされ、舌先でノックされて、明日葉は堪らずに口を開いてしまう。

ぬるりと入り込んできた舌は、明日葉の口内を確かめるようにして這い回った。

「ん、ふぅ、あ、んん……」

「じゅる、じゅるる……ちゅ、こくん……ぷぁ……ちゅっ……」

歯裏までを舐められ、頬の粘膜をこそがれ、舌を絡め取られる。

じゅわりと明日葉の口内に溢れてきた唾液は舌先で汲み上げられて、リーリャの喉を鳴らした。

「ぷは……明日葉さん」

唇を離し、恋人の名前を呼ぶリーリャの瞳は、燃える炎のように揺らめいていた。

「あ……り、リーリャ……」

分かる、分かってしまう。このあと自分がなにを求められるのか、目を見るだけで理解してしまう。

「ベッド、行きましょう？」

耳元で囁かれる誘いの言葉に抗えず、明日葉は自然と頷いていた。

☆仲直りの夜

「っ……あ、の、リーリャ、ボク……まだ、お風呂入ってなくて……」

「ええ、知ってます。汗の匂い、とっても素敵で……私、もうすっかり疼いてしまっていますから」

「っ、ああっ……」

逃げられない。いや、逃げようなどと思っていない。

制服越しに指を這わされるだけで、簡単に力が抜けてしまう。

「ん……久しぶりで、明日葉さんも興奮していますか？　なんだかいつもより、声が甘い気がします」

「い、言わないでぇ……」

指摘されて顔を真っ赤にする明日葉を見て、リーリャの背中にぞくぞくとしたものが這い上がっていく。

自分だけが百合園明日葉のすべてを知っているという独占欲が満たされていく感覚は、思わず舌なめずりをしてしまうほどに甘美だった。

「脱がせますね、明日葉さん」

「あ、うっ、うぅ……」

拒絶の言葉がなかったので、リーリャは遠慮しなかった。

ひとつひとつ、焦らすように衣服を剥ぎ取っていく。一枚脱がされる度に顔を赤くする恋人の反応をつぶさに観察し、目に焼き付けていく。

リボン、ジャケット、シャツ、スカート、そしてお気に入りの猫のヘアゴム。それらを外されて下着姿になった明日葉は、首元までを朱色に染めて、今にも泣き出しそうなほどに恥じらった表情を見せてくれた。

「はあ……明日葉さん、かわいい……」

「っ、ううぅ……は、恥ずかしい、よ……あんまり、見ないで……」

「ふふ、大丈夫ですよ、私も脱ぎますから」

そういう問題じゃない、と明日葉は思ったが、既にリーリャは衣服を脱ぎ始めていた。

晩餐会のために仕立てた美しいドレスから現われた少女の肢体は、月明かりに照らされてその肌の白さを浮かび上がらせる。

手袋と下着を外し、カチューシャだけを残したリーリャの姿に、明日葉は自分の裸を見られている恥ずかしさをほんの少し忘れるほど見惚れた。

「……明日葉さんの方こそ、すっごく見ているじゃないですか」

「だ、だって、リーリャの裸、綺麗で……ひ、久しぶりに見るから、余計に……」

「ん……明日葉さんになら、ぜんぶ見せてあげますよ。だから明日葉さんも……ぜんぶ、見せてください」

「あ……」

デザートのように後の楽しみに残された下着。リーリャはまずはブラに手をかけ、フロントのホックを外した。

締め付けから解放された胸が外気に触れ、明日葉は冷たさに震えた。つぅ、と不意打ちのように下乳の部分をなぞられて、びくん、と尻が持ち上がる。

「んっ、やぁ……」

「ふふふ、可愛い……それじゃ、最後ですね」

「あ、や、あぁぁ……」

はっきりと言葉にされて、自分が今から最後に残った下着を外されることを強く意識してしまう。

リーリャは潜り込むようにして、明日葉が身につけている最後の一枚に顔を寄せて、

「ん……すんすん……」

「ひゃっ⁉　な、なにしてっ……⁉」

「なにって……下着越しに、明日葉さんの一番大切なところの匂いを嗅いでるだけですよ?」

「やっ、やぁぁ……は、恥ずかしいよぉ……」

「あ、こら、脚閉じちゃダメですよ。ほら、力抜いて……一番近くで、明日葉さんのおまんこの匂い嗅ぎながら、ぱんつを脱がせたいんですから」

「っ、や、あうぅ……だ、だめ、そんなの、恥ずかしすぎるよぉっ……」

「明日葉さんが力を抜いてくれないなら、ずぅっとこのまま嗅いじゃいますよ……?　ふぁ、くんくん……はぁぁ、すっごくむれむれで、えっちな匂いぃ……♪」

「わ、分かったからぁ……ゆ、許してぇ……」

自分の最もデリケートな部分の香りを事細かに説明されて、明日葉はとうとう観念した。

力を抜いた明日葉の脚を、薄布の感触がするすると滑っていく。

月明かりに晒された明日葉の秘所は、既にしっとりと濡れそぼっていた。

「あは……ん、ふぅ……すぅぅ……」

「ひゃ、や、やだっ、なんでまだ嗅いで……!?」

「ん……嗅ぐのをやめるなんて、一言も言ってませんよ？ ああ、明日葉さんの生おまんこ……すっごくとろとろで、蜜を垂らして……ふふ、見ても嗅いでも素敵です」

「っ、や、ま、待って……お願い、リーリャ……」

「ん……なんですか？」

「……り、リーリャばっかり、ずるいよ……ボクだって、リーリャの恥ずかしいところ、その、み、見たい……」

羞恥心に染まりながらも、明日葉は望みを口にした。

自分だけが気持ちよくされてそれを観察されるのではなく、相手にも快楽を与えたい。

恋人からの懇願に、リーリャは少しだけ思案して、

「……分かりました。では、こういうのはどうでしょうか。明日葉さんはそこで四つん這いになってください」

「へ、あ、こ、こう……？」

言われるがままに、明日葉はベッドの上で犬のような姿勢になる。

「……これむしろボクがもっと恥ずかしい格好になっただけじゃ」

「ん、慌てないでください。こうして……ん、しょ」

訝しんだ明日葉の腹の下に、リーリャが潜り込んでくる。

「う、わ……」

「こうすればお互いに一番恥ずかしいところを見られますから……おあいこで、いいですよね？」

俗に言う、シックスナインと呼ばれる体位。

互いの秘部を相手にさらけ出す格好で、少女たちは向かい合った。

「あ、う……リーリャのここ、綺麗……」

明日葉の眼前にあるぴっちりと閉じた割れ目からは、薄く、愛蜜が滴っていた。

ほとんど無毛のクレヴァスは魅惑的で、明日葉は自然と顔を近づけて、じっくりと眺めてしまっている。

「ん……自分が見られる側になると、少し恥ずかしいですね……まあ、私からも見えているのですけど」

感じやすい明日葉の秘所は、既に愛撫を受けたかのようにしとどに濡れていた。

顔を離していても、汗と淫蜜の混ざった甘酸っぱい香りが嗅覚を刺激して、リーリャの下腹部が自然と疼く。

「あ、あの、リーリャ、触ってもいい……？」

「っ……どうぞ。私も、そうしたいですから……一緒に、ね？」

「う、うん、うんっ……」

お互いの色香に誘われるようにして、ふたりは恋人の花園へと触れた。

「んっ……あぁっ……」

「ひゃうっ……!?」

ふたり分の甘い声が、部屋の中に淫らに響く。

リーリャが明日葉の陰裂に指を這わせ、明日葉はリーリャの陰核を優しく撫でた。

「ん、や……明日葉さ……んっ、くり、は……」

最初のタッチでより強い快楽を得たのは、リーリャだった。

いきなりクリを刺激されるとは思っていなかった金髪の少女は、予想外の強い刺激に全身を震わせた。

「ぼ、ボクだって、リーリャの弱点は、し、知ってるんだからっ……」

「んぁ、ひゃぁぁ……ん、ま、まけません、からぁ」

いつの間に勝負になったのかと思いつつも、明日葉の負けん気に刺激され、リーリャも本腰を入れて愛撫を始めた。愛液を指に絡め、花びらのような肉を傷つけないように、指腹で撫でていく。

びくん、と恋人の内股が震えるのを感じている証拠だと解釈して、リーリャは明日葉の秘所に刺激を与える。

わざとらしく、くちゅ、くちゅ、と音を立てるのは、明日葉の羞恥心をかきたてるためだ。

「んぁ、ん、ううぅ……くぅんっ」

そうして触れている間にも、リーリャの肉芽には明日葉の指が這い回っていた。刺激は優しく、こちらを決して傷つけないように配慮していると分かるもの。しかし弱点への執拗な愛撫は、リーリャの理性を確実に削り、性感を高めていく。

（あ、明日葉さん、ほんとに上手に……！）

リーリャが明日葉の弱点を知っているように、明日葉もまた、リーリャの弱点を覚えていた。

羞恥心を煽るように責められると感じてしまう明日葉に対して、リーリャはクリへの刺激に弱かった。自分の股の間から響く喘ぎ声と、執拗に陰核に与えられてくる甘い刺激が合わさり、金髪の少女もまた嬌声をこぼす。

「ん、ふぁっ……りーりゃ、んんっ……」

「ふぁ……あすは、さっ……ひぁぁっ⁉」

唐突に刺激が変化して、リーリャはびくりと仰け反って、大きく目を見開く。

淫蜜をまぶされたクリトリスはすっかり充血し、ひくひくと甘く痺れ、勃起していた。そうして隆起した肉芽に、明日葉が口づけを落としてきたのだ。

「んっ、あっ、明日葉さっ、ひぅぅぅん⁉」

包皮を舌先で丁寧に剥かれ、最も敏感な箇所をぬめりのある唇で撫でられて、リーリャは堪らず声をあげた。

「んん、ちゅ……あ、リーリャの今の声、すっごく可愛かった……」

「っ……明日葉さんがおまんこにキスするなら、私だってしちゃいますからね……」

「ふえ、あ、ちょ、待っ……」

「ん、じゅるぅ……」

「ふひゃぁぁぁっ……」

少しだけできたはずの余裕が、あっさりと削り取られた。リーリャの小さな舌が、肉びらを柔らかく広げ、淫穴をほじくる。明日葉のクレヴァスからどろりとした粘液がこぼれて口元を濡らすが、構わなかった。

「ん、ふぁ……ちゅ、こく……こくっ……♪」

リーリャは恋人の愛液を愛おしそうに目を細めて舐め取り、子猫がミルクをせがむようにじゅるじゅると音を立てて、恋人の秘裂へとむしゃぶりつく。

「あ、やっ、りーりゃっ、やぁぁん⁉」

当然、責めを強められた側の明日葉は堪らない。

愛液まみれになった縦筋を舌で蹂躙され、時折くぱぁと指で開かれて、中のひくつきまでもじっくりと見られてしまう。

もはやリーリャの陰核を責めるどころではない。絶え間なくやってくる快楽の波に、明日葉は腰を砕けさせないように必死に耐えた。

快楽で悶える度にほどかれた黒髪が躍り、月光に反射する。リーリャが蜜を舐め取り、陰裂に舌を這わせることで発生するぴちゃぴちゃという水音に合わせて、明日葉は形の良い尻を振って淫らなダンスを踊らされた。

「は、あん……やっ、り、リーリヤ、んぁぁっ」

「ちゅ、ん……はあ、明日葉さんのおまんこ……良い匂いで、美味しい……」

「っ、やあぁ……」

入浴を終えないままの発情した明日葉の花園は、甘さと酸っぱさの混じった淫らな香りで、匂いフェチのリーリヤを更に昂ぶらせる。

手指や舌だけでなく、吐息すらも、リーリヤのあらゆる熱が性器に触れる度に明日葉は甘い声をあげ、淫蜜がとめどなく溢れた。

「っ……は、り、りーりゃ、ボク、もおっ……こしっ、力はいらないよぉっ……」

「ん……私も、明日葉さんのおまんこの匂いを嗅いで、いっぱいえっちな蜜を味わって……切なくなってきちゃいました」

「っ……いっしょに、きもちよく、なろ……?」

「……はい、明日葉さん」

お互いの気持ちが重なり、体位が変わる。今度は明日葉が下になる番だった。

寝転がった明日葉の片足を持ち上げて、リーリヤが跨がる。

少女たちの秘所はひくひくと甘く震え、触れ合いを今か今かと待ち望み、愛液を垂らしていた。

自分の淫汁が相手の太ももに落ちていくのを見て、リーリヤは喉を鳴らす。

「明日葉さん、私……」

「うん……来て、リーリヤ……」

ゆっくりと腰が下ろされ、ふたりの距離が近づいていく。

お互いの心音が聞こえるほどに高鳴るのは、何度身体を重ねても変わることがなく。

やがて、少女たちの距離は零になった。

「ふぁぁ……！」

「ひゃぁぁ……！」

秘裂と秘裂が重なり、くちゅりと音を立て、蕩け合う。

リーリヤは滑り落ちてしまわないように明日葉の足にしがみつき、明日葉はすぐにでも達してしまいそうな甘い刺激にシーツを強く握りしめた。

「ん、あっ、すご……久しぶりの、明日葉さんとの、せっくす……んん、おまんこ、あついですぅ……」

「ふやぁぁ、き、気持ち良いよぉ、りーりゃぁ……」

「んん、明日葉さん、もうこんなに蕩けちゃって……いっぱいいっぱい、イかせちゃいますからね……お預けされた分、いっぱい、いっぱい……！」

「やっ、んぁっ、そんな、いきなり、はげしっ……」

肉と肉がぶつかり合う音が響くほど、リーリヤは腰を打ち付けた。

長い間お預けを食らっていた少女の情欲はようやく訪れた解放の場に歓喜し、自然と行為は激しいものになる。

愛しい相手の身体に密着し、体温を貪り、甘い声を堪能し、脚に浮いた汗を舐め取り、淫らな香りを吸い込む。

視覚、触覚、聴覚、味覚、嗅覚。五感すべてが明日葉で満たされ、幸福で胸が満たされる。

「ふ、あぁ……ん、あ、はうぅ……」

「あは……可愛い、明日葉さん、好きです、好きっ……」

「んっ、ぼ、ボクもぉ……すき、んっ、だよぉっ……」

紡がれる言葉に胸が熱くなり、腰の動きが更に加速する。

ふたりの花園は蜜に濡れ、何度も触れ合い、肉びらと肉びらが激しく絡み、陰核は擦れて包皮を剥かれ、収縮する膣内は新たな蜜を分泌し、より深い快楽を求める。

「ふあぁぁ……りーりゃ、りーりゃっ……りーりゃ、すきっ、だいっ、すきぃ……！」

「はあぁ、明日葉さん、明日葉さんっ……ん、ふぅぅ、はぁ、こすれるの、きもち、いいっ……！」

少女たちは愛しい人の名前を呼び合い、甘い言葉をこぼして、お互いに高まっていく。

月光が照らす室内で、リーリャと明日葉は互いを感じていた。

今だけは誰の目も気にすることなく、未来への悩みも不要だった。

愛しい人の熱を、声を、香りを、感じる今がふたりの心を甘く、深く、狂おしく、満たす。

情愛が溢れるかのように、ふたりの陰裂から愛液がこぼれ、混ざり、溶け合っていく。

「ひうっ、あはぁぁ……」

「んぁ、はっ……はうぅ、くううんっ」

とめどなく溢れる淫液の潤滑はさらなる腰の動きを促し、クレヴァス同士の濃厚な口づけをなめらかにする。

「ひゃうぅ、りーりゃっ……ボク、もお、やっ、い、イッちゃ……」

「んっ……いいですよ、明日葉さん……イクところ、見ててあげますからっ……ん、んっ……！」

徐々に高まっていく快楽に先に音をあげたのは、明日葉の方だった。

明日葉を絶頂に導こうと、リーリャは、腰をぐりぐりと押しつける。

明日葉のクレヴァスが押し潰され、じゅぶりと淫らな悲鳴をあげて愛液を噴き出した。

体重をかけた責めに、黒髪の少女は必死で首を振って、

「ひうあぁぁだめぇぇぇ……い、いっしょに、いっしょにイキたいよぉっ……お、おねがいぃ……」

「っ……そんな、可愛いおねだりしてっ……ん、はぁぁ……ん、んんんっ……！」

甘ったるい声で懇願され、リーリャは脳が痺れるような感覚を得た。

「ん、ちゅっ……」

「ふぁ、んっ……」

ぞくぞくとした快楽の電流に誘われるようにして、リーリャは明日葉の唇を貪る。

恋人は口づけを甘んじて受け止め、たどたどしくも舌を絡めて迎え入れてくれた。

リーリャはディープキスの感触に酔いしれながら腰を振り、明日葉は目をつむって、絶頂を堪える。

「明日葉さんっ……あすは、さんっ……あぅぅ、すきっ……愛して、ますっ……！」

「っ……ぼ、ボクもぉ……あいしてる、よぉっ……」

「あは……もう、絶対に離しませんからね……？」

「うんっ、うんっ……ひっ、あっ！　は、離さないでぇ……ずっと、いっしょにいてぇっ！」

「んっ……ほんとに、おねだり上手なんですからっ……ふ、あぁぁ、あんっ！」

可愛らしい声でいじらしいことを言う恋人に、愛おしさが止まらない。

高まった気持ちはそのまま性感に変わり、リーリャを高みへを昇らせていく。

「んっ……はぁぁ、明日葉さん、わたしもっ……イキそう、ですっ……だから、もうすこし、だけぇ……」

「うんっ、うんっ……がまん、して、ひぁっ、あ、我慢、するからぁ……りーりゃ、りーりゃぁっ……！」

「ふやっ、あはぁっ……んぁぁぁぁっ！」

きゅうきゅうと寂しげにひくついた明日葉の花びらは、摩擦によってベールを脱がされたリーリャのクリトリスを、舐めしゃぶるようにして刺激した。

最大の弱点に甘く吸い付かれて、腰が震えてしまう。リーリャは快楽に突き動かされて、更に激しく、陰核を明日葉の肉びらへと擦りつける。

「う、あ……もう、だめっ、ほんとに……イ、イっちゃいますぅ……」

一緒に絶頂したいという恋人の願いを叶えるために、リーリャは自分を追い込んだ。

自分の弱い部分を徹底的に責める腰使いは、金髪の少女を確実に絶頂と導いていく。

「はっ、あっ……明日葉さん、イク、イキますっ……イクから、いっしょにっ……！」

「うんっ、ふぁぁっ、は、あはっ……イ、いっちゃぁ……ひ、ひぐぅうっ⁉　あはあああああっ⁉」

「ん、あっ、ひ……ふぁぁぁぁぁんっ⁉」

全身を震わせて、少女たちは望み通り同時に快楽を極めた。

リーリャの淫裂は絶頂の収縮でどぶりと淫汁をこぼし、明日葉は全身を震わせながら潮を吹き出した。

白く、濃密な本気汁が、透明な潮と混ざり合い、卑猥なジュースになってベッドシーツにシミを刻んでいった。

「あ、はっ……はぁぁっ、ふぅ……」

恋人の足にしがみつくようにして絶頂の波に翻弄されていたリーリャは、やがて身体から力が抜けて、明日葉の上に倒れた。

「ん……はぁ、はぁ……リーリャ……」

イッたばかりでぼんやりとした頭でも、幸福を感じられる恋人の重み。

力なく微笑みながらも、明日葉はリーリャの金髪に指を通し、頭を撫でた。

「あ、ん……明日葉さん……」

名前を呼ばれた明日葉は、自然と唇を重ねるために顔を寄せた。

性交を終え、相手を労り、慈しむような、浅い、けれど愛情深いバードキス。

ちゅ、という音が何度も響き、胸の奥を幸福が優しく満たしていく。

「……大好きだよ、リーリャ」

「はい、私も……明日葉さんが、好きです。誰よりも、なによりも……大好きで、愛おしくて……ずっと、一緒にいたいです」

「うん……今度こそ……絶対、離れないから」

もう一度、今度は誓うために口づけをして、明日葉は恋人の手を握った。

自分よりも小さく、細く、けれど自分よりもずっとしっかりとした覚悟を感じられる、優しい手指。

絡められてくる感触と温度に胸が張り裂けてしまいそうなほど、途方もない愛おしさが満ちていくのを感じる。

「……幸い、です」

満たされているのは、リーリャも同じだった。

数日前まで感じていた、恋人が自分から離れていくのではないかという不安は消えて、明日葉の優しく、愛おしい眼差しが向けられてくる幸せを噛みしめる。

改めて、この人のためなら自分はなんだってできるだろうと、そう思えるだけの尊い人が、自分が最も愛して離したくないと思える恋人が、確かに隣にいてくれる。胸の奥に熱く、優しく、手放しがたい感情が燃えていることを、リーリャは感じていた。

心地良い倦怠感に任せて力を抜けば、明日葉の心音が聞こえてくる。金色の少女はその音を確かめるように、胸に顔を埋めて、

「……あー、良い匂い……ふへへ、しあわせぇ……」

「……って、まだ匂い嗅ぐ元気があるの⁉」

「えっちなことして汗だくになった明日葉さんも最高の香りですよ……ふふ……」

「そ、そんないい顔で言われてもっ⁉　も、もおぉ……落ち着いたら、一緒にお風呂入ろうね……？」

「つまりこのあと、お風呂上がりの明日葉さんの匂いも堪能できるんですね……⁉」

「……もう、好きにして」

恋人の押しの強さに呆れつつも、明日葉は晴れやかな気持ちで微笑んだ。

絡められてくる指も、寄り添ってくる温度も、なにもかもが愛おしく感じられる。

「……大好きだよ、リーリャ」

「はい。私も……大好きです、明日葉さん」

何度口にしても足りないと思える愛しさを、もう一度だけ言葉にして。

ふたりの少女はしばらくの間、お互いの温度を感じていた。

☆これからも、きっと

「……今日も無事に、スケジュールをこなすことができましたね」

晩餐会が終わり、数日が経過していた。リーリャの生活は、完璧なお嬢様として振る舞い、未来のための技術やコネクションを身につけるといういつものルーチンに戻っていた。

金髪の少女は車から降りると、多くの使用人が頭を下げる中を、にこやかに微笑んで歩いていく。

自らが住む屋敷の扉を開けると、そこには自分が一番会いたいと思っている人物がいた。

「あ……明日葉さん、帰っていたんですね」

名前を呼ばれた黒髪の少女は、屈託のない、爽やかさを感じさせるような笑みで手を上げた。

「おかえり、リーリャ。ボクも今戻ってきたところだよ」

自然とふたりは並び、リーリャの部屋へと足を向けていた。

歩幅は自分の方が少し広いのは分かっているので、明日葉は自然とゆっくり歩く形になる。

無言の気遣いを理解しつつ、リーリャは恋人と連れだって、急がずに自室へと戻る。

ドアを開けてふたりで入室し、閉めてしまえば、そこはもうふたりだけの世界だった。

リーリャは完璧お嬢様としての仮面を脱ぎ、ただの『神城リーリャ』になるための合図として、一度深く肩の力を抜いて、

「はぁぁぁぁ部活帰りの明日葉さんの匂いをいきなり嗅げるなんて今日は良い日ですねぇ……‼」

「部屋入った瞬間のギャップ凄すぎないっ……⁉」

未だにこの唐突な切り替えに慣れない明日葉が、飛びついてきたリーリャを慌てて抱き留めた。

拒絶されなかったのをいいことに、リーリャはくんくんと大げさに鼻を鳴らして、

「はぁぁ、ほんと、今日も最高の香りですね……疲れた身体と心にダイレクトに効きます……絶対休めない日とか、この匂い嗅いだら間違いなく元気ですね……！」

「ボクの匂い、今度は栄養剤みたいに言われてるんだけど……はぁぁ、もう……」

もはやいつものこととなった恋人の行動に、明日葉は呆れの溜め息をこぼした。

リーリャはいつも通り、明日葉の全身の匂いをくまなく堪能して、

「それにしても明日葉さん、今日は早かったんですね。匂いも、あまり汗の香りがしませんし」

「もう夏休みに入る前だからね。夏休みが本番だから、始業式前は少し緩い感じにするみたい。あ、そういえばリーリャ、花梨先輩となにかあったの？　お礼言っておいて欲しいって言われたんだけど……」

「あ、ええと……前に少し、頼まれ事をしたんです。ちょっとした用だったので、お礼は必要ないと言ったんですけど」

唐突に出てきた名前に、リーリャはすべてを説明する必要はないだろうと判断して話を終えた。

「ふーん、そっか、それならいいんだけど……確かに伝えたからね。……それにしても夏休み入ってからが怖いなあ……練習を楽しみにしておけって、今日コーチに言われてさ、ちょっとゾッとしたよ」

「あら……陸上部はかなり厳しいと聞くので、大変そうですね。でも調子が戻った今の明日葉さんなら、大丈夫ですよ。……いっぱい汗かいて帰ってきてくださいね？」

「今、最後に凄い本音が出なかった⁉ そりゃ頑張るつもりだから、汗はいっぱいかくだろうけど！」

正直すぎる恋人の言葉を聞いて、明日葉は夏休みの自分は散々嗅がれてしまうであろうことを予感した。

「ふふ、それにしても夏休みですか……今年は明日葉さんがいるから、特に楽しみです」

「そう言ってくれるのは嬉しいけど……でも、リーリャも忙しいでしょ？ そんなに一緒にはいられないんじゃない？」

陸上部は大会があり、明日葉はその練習と調整で忙しくなる。

一方でリーリャも、学園が休みの期間はコネクションを広げたり、経済学などを集中して身につける良い機会になるため、既にかなりの予定が埋まっていた。

「確かにお互いに忙しい身ですが、まったく会えないわけではないですし……折角の夏ですから、予定を合わせて数日、我が家の別荘に避暑に行くのもいいかな、なんて……どうですか？」

「……それは、凄く魅力的かも……」

「ふふ、別荘なら従者も連れていかなくていいですし、家以上に他人の目を気にせずにイチャイチャできますからね。プライベートビーチなどもありますよ？」

「それはそれで、ボクたち凄いただれた生活をしそうなんだけど……ううぅ、正直になりたい自分がいるよ……」

ビーチがあるということは恋人の水着が見られるということだ。正直めちゃくちゃ見たい、絶対また妖精みたいに可愛い、というのが明日葉の本音だった。

「……ね、リーリャ」

「はい、なんでしょうか」

「あれから、少し考えたの。将来のこと……これからのこと」

「……では、聞かせてください」

真面目な顔をする明日葉に、リーリャも同じように真剣になろうと、少しだけ離れる。

真っ直ぐにこちらを見据えてくる瞳は黒く、澄んでいた。あの日、初めて彼女の走りを見たときのようで、綺麗だと、リーリャは思う。

「ボクはこれからも、リーリャの恋人でいたいし、いるつもり。そこは絶対、誰になにを言われても、譲りたくないと思ってる」

「……はい」

「そしてリーリャの恋人でいる以上、足手まといになんかなるつもりはない。だから……ボクはキミの、付き人になろうと思うんだ」

「付き人……ですか？」

「うん。護身術とか、あとは経済のこととか学んで……リーリャが神城グループを継いで、大きくする、その手助けがしたい。それと……その……」

明日葉は一瞬だけ、もにょもにょと口ごもったが、やがて覚悟を決めたように前を向いて、

「正直、ね。こうやって部屋だけじゃなくて……仕事中でも、ずっとリーリャの側にいたいと思ったんだ」

「あ……」

「だからボクは……公私、どっちもリーリャの側にいられるように、リーリャの付き人とか、秘書になりたい」

「……自分で言うのもおかしいですが、私の補佐は大変だと思いますよ？」

「大丈夫、普段のリーリャの相手だけでもう大変だから」

「あ、ひどい。確かに私は明日葉さんを振り回していますし、隙あらば嗅いでますし、時間さえあればすぐえっちしたがりますけど」

「自覚大ありだったよ、この子……」

「好きなんですから、しょうがないじゃないですか」

完全に開き直ったリーリャに対して、明日葉は突っ込む気にもなれなかった。溜め息を吐きながらも手を握れば、恋人の体温が感じられる。愛しさに対して、指を絡めて応えてくれることを、幸いだと思う。

「……リーリャがボクを守ってくれるって言ったように、ボクだってリーリャを守りたいんだ。誰よりも……一番近くで」

「……ありがとうございます、明日葉さん。それじゃあ今日から早速、特訓ですね。うちの講師たちに、時間があるときに明日葉さんにも教えてもらえるように頼んでおきます」

「うーん、大変そうだ……」

げんなりした口調でありながら、明日葉の顔は笑顔だった。

これから先に起きるなにもかもに、隣にいる愛しい人と一緒に向き合いたい。

「大変だけど、頑張るよ」

決意は胸に宿り、既に炎のように燃えていた。

そんな恋人の笑顔を眺めて、リーリャはほう、と息をこぼす。

「……やっぱり明日葉さん、可愛いけど、格好いいですね」

「な、なに、急に。そんなに褒めても、なにも出ないよ？」

「ふふ。改めて、あなたのことが好きだなぁと実感しただけですよ」

リーリャの頬が緩んだのは、自分がただ焦がれていた頃のことを思い出したから。

「明日葉さんのことが眩しくて、遠くから見ているだけで満足だと思えるほどに焦がれて……けれど、こうして触れ合って、知り合って……今はもう、前よりもずっとずっと、あなたに恋焦がれています。明日葉さんの匂いだけでなく、全部が……大好きです」

「……ボクも、リーリャのことが大好きだ」

「……ふふ」

「……えへへ」

少女たちはお互いに、花が咲くようにして微笑んだ。

繋いだ手はあたたかく、いつまでも離れることはないという安心が、ふたりを包み込む。

これから先の未来になにがあるかなど分からなくても。

この愛おしさが胸に灯っている限り、きっと乗り越えられる。

百合園明日葉と神城リーリャは、そう予感した。

「それじゃ、お茶でも淹れて……ゆっくり明日葉さんの匂いを嗅がせてもらいましょうか」

「う……お、お風呂入ってからじゃダメ？」

「そんな……入る前と入った後、どちらもプレミアムな価値があるんですよ⁉　そして今は部活帰りの濃厚な匂いを堪能したい気分なんです！」

「ボクの体臭を季節限定商品みたいに言われた……ひゃっ、ちょ……わ、わかった！　分かったから無理に嗅ごうとしないでよぉ⁉」

花の香りのように甘やかな少女たちの愛情表現は、今日も賑やかに、密やかに行われる。

今日も、明日も、その先も。ふたりの手が結ばれて、お互いが恋焦がれている限り、ずっと。

ふたりの距離は、離れない。

あとがき

どうも皆様、ちょきんぎょまるです。

はじめての方ははじめまして、お久しぶりの方はお久しぶりです。

この度、長年の夢だった百合で小説を一本書かせていただけることに相成りました。お声かけくださった編集さんには感謝感激です。


さて、あとがきから読む人のために内容に触れずに紹介しますと、特待生の子がとある理由で退学になりそうになるんですが、それをお嬢様が救い、「お礼をしたい」と言ったら「ん、今なんでもするって言いましたよね？」という感じの話です。お嬢様は匂いフェチです。


女の子同士のいちゃいちゃは素晴らしいですね。もっと書きたかったんですが文字数オーバーして削るほど書いてしまったので、がんばって詰め込みました。

割とシンプルめな百合にしようと思ったんですが、シンプルにしようとしたはずなのにヒロインの片方が匂いフェチになりました。まあでも女の子って良い匂いするからいいかなって思いました。

私はハーレムではない恋愛ものと言うのは、バディものだとも思っています。

そして私はいつもバディものは対比を書くのが好きで、今回も対比として、くっきりと属性の違いがあるふたりにしました。

親の敷いたレールに乗っているけれど、先々まで見通している少女。

自分の力で今を切り開いて来たけれど、いつかの未来をまだ知らない少女。

かたやお淑やかだけど激しくて、かたや明るいけれど奥手。

そんなふたりが何処に向かうのか、というのが今回のお話でしたが、如何だったでしょうか。

楽しんでいただければ、幸いでございます。


さて、それではここからは謝辞を。


お声かけくださった編集さん、ありがとうございます。百合で書籍化する夢を叶えて頂き大変嬉しかったです。

また、編集さんには個人的におめでたいこともあったということで、先々の幸せをお祈り致します。

素敵なイラストをつけてくださったつるこんにゃく先生。ふたりともとっても愛らしく描いて頂き、ありがとうございます。

私を支えてくれる家族。いつもありがとう。今回もこうしてひとつ、本を積み上げることができました。

そして、この本を手に取ってくれた皆様。再度になりますが、楽しんでいただけると幸いです。

それでは、今回はこのくらいで。

またどこかでお会いできるのを楽しみにしています。

本書は書き下ろしです。